CLAUDIA ROSSBACHER

Steirerpakt

CLAUDIA ROSSBACHER

Steirerpakt

Sandra Mohrs siebter Fall

GMEINER SPANNUNG

Bisherige Veröffentlichungen im Gmeiner-Verlag:
Steirernacht (2016), Steirerland (2015), Steirerkreuz (2014),
Steirerkind (2013), Steirerherz (2012), Steirerblut (2011)
Enter ermittelt in Wien (Band 2) (2016), Enter ermittelt (2013),
Wer mordet schon in der Steiermark? (2015),
Steiermark – 66 Lieblingsplätze und 11 Erlebnisstraßen (2013),
Hillarys Blut (E-Book Only, 2016)

Personen und Handlung sind frei erfunden.
Ähnlichkeiten mit lebenden oder toten Personen
sind rein zufällig und nicht beabsichtigt.

Besuchen Sie uns im Internet:
www.gmeiner-verlag.de

Im Ehnried 5, 88605 Meßkirch
Telefon 07575/2095-0
info@gmeiner-verlag.de

1. Auflage 2017

Lektorat: Claudia Senghaas, Kirchardt
Herstellung: Mirjam Hecht
Umschlaggestaltung: U.O.R.G. Lutz Eberle, Stuttgart
unter Verwendung eines Fotos von: © Hannes Rossbacher
Druck: GGP Media GmbH, Pößneck
Printed in Germany
ISBN 978-3-8392-2044-3

Der historische Einser-Sessellift vom Präbichl auf den Polster ist seit seiner Stilllegung im April 2016 endgültig Geschichte. Dieses Buch widme ich all jenen, die sich für seine Erhaltung eingesetzt haben, wenn auch leider vergeblich. Aber wer weiß? Vielleicht ist ja doch noch nicht aller Tage Abend …

Der Vollständigkeit halber: Der Museumsbetrieb der Erzbergbahn wurde nach zwei Jahren Ruhepause, die in den Handlungszeitraum dieses Buches fällt, wieder aufgenommen.

Ein Glossar der steirischen beziehungsweise österreichischen Ausdrücke und Abkürzungen befindet sich am Ende des Buches.

PROLOG

Geschundene Seelen
im Pakt vereint.

Die Tage gezählt,
das Schicksal besiegelt.

Im Antlitz des Todes
entblößt und verhöhnt.

Dämon der Lust –
dem Teufel geweiht.

KAPITEL 1

Samstag, 17. Mai 2014, Graz

1.

Mit den wuchtigen Orgelklängen verstummten auch die Kirchenglocken. Oder schwiegen diese schon länger? Sandra Mohr war sich nicht sicher. Im bombastischen Hochzeitsmarsch von Mendelssohn-Bartholdy, der die Braut am Arm ihres Vaters zum Altar begleitet hatte, waren alle anderen Geräusche untergegangen. Nun richtete der Pfarrer das Wort an das Brautpaar und die versammelte Festgemeinde.

Ein kurzer Blick über ihre rechte Schulter ließ Sandra erahnen, dass die Mariahilferkirche inzwischen bis auf den letzten Platz besetzt war, wenngleich sie die linke Seite hinter ihrem Rücken nicht überblicken konnte. Umso genauer nahm sie den Weihrauchgeruch wahr, der nicht gerade zu ihren Lieblingsdüften zählte. Einmal mehr zupfte sie fröstelnd an ihrem Kleid herum. Hätte sie bei der Anprobe bloß nicht auf ihre Freundin gehört, bereute sie die Wahl, obwohl ihr das korallenrote Etuikleid mit den Organza-Ärmeln, das nicht ganz bis zu den Knien reichte, besonders gut stand. Das hatten ihr vorhin auch die Blicke ihres Begleiters bestätigt, mit denen er sie sprichwörtlich ausgezogen hatte. An einem Tag wie diesem solle sie ausnahmsweise einmal nicht mit ihren Reizen geizen und bloß nicht zum biederen Kostüm greifen, hatte ihr Andrea geraten. Schließlich war Sandra nicht als Abteilungsinspektorin des LKA Steiermark zur Hochzeit geladen, sondern als Exfreundin des Bräutigams, der an diesem Tag ihre Nachfolgerin heiratete. Julius sollte sehen, was er an Sandra verloren hatte. Am besten es auch noch bitter bereuen. Typisch Andrea. Wer in ihren Augen einen Fehler beging, musste dafür büßen. Rache war Blutwurst. Und Blunzen mit Sauerkraut zählte nun einmal zu den Leibspeisen der Freundin.

In Gedanken versunken stand Sandra auf – wie all die anderen Gäste, die sich aufs Stichwort des Pfarrers nahezu synchron von den Kirchenbänken erhoben. Wenn sie schon frieren musste, so würde sie in diesem Kleid wenigstens gute Figur auf den Hochzeitsfotos und -filmen machen, versuchte sie sich mit einem weiteren Argument ihrer Freundin zu trösten. Schließlich war damit zu rechnen, dass auch die Medien über die Hochzeit des stadtbekannten Radioreporters berichten würden, der die große Liebe in seiner Physiotherapeutin gefunden zu haben glaubte. Dass er Sandra wegen ihr verlassen hatte, stand auf einem anderen Blatt Papier. Der Trennungsschmerz hielt sich freilich längst in Grenzen. Sie gönnte Julius, der nach einem

Skiunfall querschnittgelähmt im Rollstuhl saß, alles Glück dieser Welt.

Während der nächste kalte Luftzug die feinen Härchen in ihrem Nacken und auf den Unterarmen zu Berge stehen ließ, bereute Sandra einmal mehr, dass sie sich den Überredungskünsten ihrer Freundin geschlagen gegeben hatte. Und dass der eigens für die Hochzeit zurechtgelegte Paschminaschal zu Hause geblieben war. Von den sommerlichen 29 Grad Celsius, die an diesem Maitag für die steirische Landeshauptstadt prognostiziert waren, spürte man im Hause Gottes leider gar nichts. Weder die hauchdünnen Strümpfe noch die hochhackigen Slingpumps vermochten die Kälte abzuhalten, die vom schachbrettgemusterten Marmorboden über ihre Füße die Beine hochkroch. Fehlte nur noch, dass sie sich eine Blasenentzündung holte.

Ohnehin hielt Sandra es inzwischen für eine Schnapsidee, die Einladung ihres Verflossenen überhaupt angenommen zu haben. Als sie zugesagt hatte, war sie noch mit seinem Nachfolger liiert gewesen. Auch Paul Stadler hatte sich inzwischen von ihr getrennt. Mit ihm hätte sie die Trauung besuchen wollen. Nicht zuletzt, um ihn bei dieser Gelegenheit vielleicht auf den Geschmack zu bringen, ihr einen Heiratsantrag zu machen. Sandra seufzte. Ihre Zukunftspläne waren leider gründlich gescheitert. Die eigene Hochzeit konnte sie vorerst ebenso vergessen wie ihren Kinderwunsch. Als alleinerziehende Kriminalbeamtin bei der Mordgruppe des LKA Steiermark zu arbeiten, strebte sie jedenfalls nicht an. Dabei wäre vermutlich genau das eingetreten, hätte sie das Baby, das sie damals von Julius erwartet hatte, nicht verloren. Selbst mit einem gemeinsamen Kind wäre aus ihr und dem fünf Jahre jüngeren Mann bestimmt kein glückliches Paar geworden, grübelte sie weiter. Dafür waren sie einfach zu verschieden, wusste sie heute. Wiewohl der Sex mit ihm fantastisch gewesen war. Doch das war schließlich nur *ein* Punkt von vielen, der in einer Partnerschaft passen musste. Wenn auch in ihren Augen ein ganz wesentlicher.

Ohne es bewusst wahrzunehmen, folgte sie weiterhin dem Gottesdienstritual und ließ sich wieder auf der Kirchenbank nieder. Ebenso wenig fiel ihr auf, dass sie sich wie die meisten anderen Kirchenbesucher bekreuzigte. Zwar hatte sie die ererbte Konfession längst abgelegt und betrat Gotteshäuser nur noch in Ausnahmefällen wie diesem, jedoch war ihr die katholische Liturgie schon während der Kindheit in Fleisch und Blut übergegangen. Die frühzeitig eingeübten, sich ständig wiederholenden Gebete und Kirchengesänge würde sie wohl bis ans Ende ihrer Tage nicht mehr vergessen, so sehr hatten sich diese in ihrem Gedächtnis eingebrannt.

Ihr Begleiter wandte sich ihr zu. »Du zitterst ja. Ist dir kalt?«, flüsterte Sascha Bergmann und rückte noch näher an sie heran. Wenigstens strahlte eine gewisse Körperwärme von ihm ab.

Sandra kam es nun selbst absurd vor, dass sie ausgerechnet den Chefinspektor gebeten hatte, sie zur Trauung zu begleiten. Wo er doch lieber zum Zahnarzt ging als in die Kirche. Aber an wen hätte sie sich sonst wenden sollen? Andrea weilte just an diesem Wochenende in Paris. Und außer ihr war Bergmann der Einzige, der vom Beziehungsaus mit Paul wusste. Wenngleich sie ihm den wahren Grund dafür wohlweislich verschwiegen hatte. Paul musste selbst entscheiden, wann er sich outete und zu seiner sexuellen Neuorientierung stand. Nur Andrea war eingeweiht. Aber die konnte schweigen wie ein Grab, wusste Sandra aus langjähriger Erfahrung.

Mit einem Nicken bestätigte sie Bergmann, dass sie fror, ohne ihn anzuschauen. Dabei sah er in seinem hellen Anzug gar nicht mal so übel aus. Hätte er dazu noch eine Krawatte oder Fliege getragen, wäre er glatt als Bräutigam durchgegangen. Anstatt der üblichen Sneakers hatte er beige Mokassins aus Sämischleder an. Sogar seine Haare, die sonst wirr in alle Himmelsrichtungen standen, hatte er irgendwie gebändigt. Nur sein Dreitagebart war stehengeblieben. Aber der gehörte nun einmal zu Bergmann wie das Amen zum Gebet. Ohne die teilweise ergrauten Stoppeln im Gesicht fühlte er sich nackt, hatte er Sandra kürzlich verraten, als sie sich für ihren Geschmack viel zu nahe gekommen waren. Beim bloßen Gedanken daran wurde ihr heiß. Im nächsten Augenblick lief es ihr leider schon wieder kalt über den Rücken. In einem schwachen Moment hatte sie sich nach der schmerzlichen Trennung von Paul ausgerechnet bei Bergmann ausgeheult. Stundenlang hatte er sie getröstet, bis sie schließlich betrunken und erschöpft in seinem Bett gelandet war. Wohlgemerkt ohne ihn. Dass der Chefinspektor diese Situation wider Erwarten nicht ausgenutzt hatte, rechnete sie ihm insgeheim hoch an. In jener Nacht wäre sie womöglich verzweifelt und alkoholisiert genug gewesen, um mit ihm zu schlafen. Eine Vorstellung, die ihr, in nüchternem Zustand betrachtet, schier unerträglich erschien.

»Julius Matthias Czerny«, drang die Stimme des Pfarrers an ihre Ohren, »so frage ich dich nun vor Gottes Angesicht …«

Bloß jetzt nicht wieder heulen, betete Sandra und schluckte die aufsteigenden Tränen hinunter. Die Gesamtsituation machte ihr nun doch deutlich mehr zu schaffen, als sie befürchtet hatte. Hochzeiten waren ja an sich schon eine hochemotionale Angelegenheit, die sie leicht zu Tränen rührte, umso mehr diese hier. Noch dazu, wo die schmerzliche Trennung von Paul keine vier Wochen zurücklag.

»Willst du die anwesende Elisabeth Maria Schöffmann zu deiner Ehefrau nehmen?«, fuhr der Pfarrer fort. »Willst du sie lieben, achten und ehren, ihr die Treue halten in guten wie in schlechten Zeiten, in Gesundheit und Krankheit, bis dass der Tod euch scheidet?«

»Ja«, hallte Julius' sonore Stimme, in die sich Sandra damals auf Anhieb verliebt hatte, durch das blumengeschmückte Kirchenschiff.

Verstohlen wischte sie sich eine Träne aus dem Augenwinkel. Sie hätte schwören können, dass nicht einmal Bergmann es bemerkt hatte, als er ihr plötzlich ein Taschentuch reichte.

2.

Draußen hatte die Temperatur weiter zugelegt. Noch ehe Sandra an der Reihe war, dem Brautpaar vor dem Kirchenportal zu gratulieren, hatte sich ihre Gänsehaut verflüchtigt. Die offiziellen Fotos der Hochzeitsgesellschaft waren inzwischen im Kasten. Wie erwartet schwirrten auch einige Societyreporter auf dem Mariahilferplatz herum, die in ihren Klatsch- und Tratschbeiträgen über die sogenannte Promihochzeit berichten würden.

Erst vor wenigen Wochen hatte Julius ein Buch über seinen Skiunfall, die langwierigen Therapien in der Rehaklinik Tobelbad und sein neues Leben als Querschnittgelähmter veröffentlicht und damit einige mediale Aufmerksamkeit geerntet. Immerhin hatte er es sogar in die Top Ten der Sachbuch-Bestellerliste geschafft. Unter anderem war er als Stargast im Frühstücksfernsehen und in Talkshows aufgetreten, um seine Biografie und sich selbst zu promoten. Aber auch, um sich als Rollstuhlfahrer für Barrierefreiheit im öffentlichen Raum einzusetzen und bestehende Missstände anzuprangern.

Sandra freute sich von Herzen, dass Julius die schwierigste Zeit überstanden hatte und trotz des Schicksalsschlags wieder zuversichtlich in die Zukunft blickte. Was für eine schöne Kulisse zum Heiraten, dachte sie, die Augen auf den Grazer Uhrturm gerichtet, der sich hoch oben auf dem Schloßberg über der Altstadt vor makellos blauem Himmel präsentierte, während unten die Schreie der Mauersegler durch die Gassen hallten. Sandra liebte die schrillen lang gezogenen Töne, die von den Hausmauern reflektiert wurden, waren sie doch ein untrügliches Zeichen, dass der Sommer endgültig in der Murmetropole eingezogen war. Dabei hatte man in den ersten beiden Aprilwochen noch bezweifeln dürfen, dass der Frühling jemals wiederkehren würde, so bitterkalt war es gewesen. Doch dann war der Winter von einem Tag auf den anderen in den Frühsommer übergegangen. Nahezu alle Blüten waren gleichzeitig explodiert und nicht wie gewöhnlich nach und nach.

Einem der umstehenden Fotografen fiel ihr glückseliges Lächeln auf. Schwups, war seine Kamera auf sie und ihren Begleiter gerichtet, der neben ihr in der Schlange der Gratulanten wartete. Prompt fühlte sich Bergmann bemüßigt, ihre Taille zu umfassen und in die Kamera zu grinsen, bis sie endlich an der Reihe waren, das Brautpaar zu beglückwünschen.

Julius musterte Sandra eindringlich, als sie sich zu ihm herabbeugte, um ihn auf die Wangen zu küssen. »Schön, dass du es zu unserer Hochzeit geschafft hast«, sagte er mit einem herzlichen Lächeln.

Dass sie an seinem Festtag Bereitschaftsdienst hatte, wollte sie ihm lieber nicht auf die Nase binden und damit womöglich seine Freude trüben. Viel zu oft hatte sie die gemeinsamen Freizeitpläne dem Beruf geopfert, was immer wieder zu Streitereien zwischen ihnen geführt hatte. »Alles Gute, mein Lieber! Ich freu mich ja so für dich«, antwortete sie ebenso strahlend. »Was für ein schönes, glückliches Paar ihr zwei doch abgebt …«

»Ihr beiden aber auch«, schmunzelte Julius, der einige

Querelen zwischen ihr und Bergmann mitbekommen hatte. Wie oft hatte sie sich bei ihrem Freund über den ungehobelten, arroganten Chefinspektor und seine sexistischen Witze beschwert. Jetzt hielt Julius sie und Bergmann offenbar auch privat für ein Paar. Oder versuchte er, durch seine Provokation nur herauszufinden, ob sie eines waren? Dass sich der Reporter stets von seiner Neugierde leiten ließ und nichts, aber auch rein gar nichts für sich behalten konnte, hatte Sandra einmal fast ein Disziplinarverfahren beschert und ihre Liebesbeziehung von Anfang an belastet.

Noch ehe sie gegen Julius' Anspielung protestieren konnte, bedankte sich Bergmann für das Kompliment und gratulierte ihm zu seiner jungen hübschen Braut, der sich Sandra nunmehr zuwandte, um auch sie zu beglückwünschen.

Der Klingelton irritierte Sandra. Eindeutig war es Bergmanns Handy, das da hinter ihrem Rücken läutete.

Kurz angebunden schüttelte auch er der Frischvermählten die Hand. »Glückwunsch! Entschuldigung, ein Notfall«, sagte er und wandte sich ab, um einige Schritte abseits den Anruf entgegenzunehmen.

Die Braut sah dem ihr unbekannten Mann verdutzt hinterher. »Ist Ihr Mann Arzt?«, fragte Elisabeth Maria Schöffmann-Czerny vulgo Lisa.

Julius kam Sandras Antwort zuvor. »Aber nein, Lisa. Er ist Chefinspektor beim Landeskriminalamt Steiermark, genauer gesagt, bei der Mordgruppe«, erklärte er seiner Holden, die prompt bestürzt reagierte.

»Mord? Um Gottes willen … Doch nicht an unserem Hochzeitstag!«, beschwerte sich Lisa mit spitzer

Stimme, was die Aufmerksamkeit einiger Gäste auf sich zog.

»Hoffentlich nicht«, entgegnete Sandra und verabschiedete sich. »Tut mir leid«, fügte sie in Richtung Julius hinzu, ehe sie sich nach Bergmann umwandte. Was ihr Exfreund zu ihrem frühzeitigen Aufbruch sagte, nahm sie nicht mehr wahr. Höchstwahrscheinlich war das auch besser so. Ohnehin glaubte sie, seine anklagenden Blicke auf ihrem Rücken zu spüren, auch wenn sie sich das vor lauter schlechtem Gewissen nur einbildete. Es geht doch nichts über eingefahrene Beziehungsmuster, dachte sie, während sie Bergmann auf ihren hohen Absätzen mühsam hinterherstöckelte. Erst an der nächsten Kreuzung holte sie ihn ein.

»Wie? Eisenstraße, na gut … Aber Polster? Was denn für ein Polster?«, fragte er den Anrufer. »Geht's auch ein bissl konkreter, Lubensky? Oder meinst du gar den Toni?« Bergmann lachte über seine Assoziation mit dem ehemaligen österreichischen Fußballspieler, während Sandra das eigentliche Missverständnis viel witziger fand. Im Gegensatz zum Chefinspektor aus Wien war der gebürtigen Obersteirerin nämlich auf Anhieb klar, was der Anrufer aus der Einsatzzentrale mit dem »Polster« meinte. Angesichts der mutmaßlichen Todesmeldung verkniff sie sich jedoch das Lachen.

»Ein Berg, ach so … Warum sagst du denn das nicht gleich? … Ja, jetzt hab ich es verstanden, Einser-Sessellift vom Präbichl auf den Polster«, wiederholte Bergmann Lubenskys Erläuterungen und sah Sandra fragend an.

Die nickte wissend und konnte ein Schmunzeln nicht länger unterdrücken.

Bergmann beendete das Telefongespräch und hielt inne. »Du weißt, wo wir hinmüssen?«, vergewisserte er sich.

»Ja sicher, ich kenn mich aus«, bestätigte Sandra.

»Eh klar. Wie immer … Der Dienstwagen steht in deiner Garage?«

Warum sonst war Bergmann schnurstracks in Richtung Lendplatz gehetzt, wenn er den Wagen woanders vermutete? »Eh klar. Wie immer …«, wiederholte Sandra seine letzte Bemerkung.

»Worauf wartest du noch?« Bergmann beschleunigte seine Schritte wieder.

»Hast du was dagegen, wenn ich einen Sprung in meine Wohnung mache und mich rasch umziehe?«

»Ja, das habe ich«, antwortete er mit ernster Miene.

»Haben wir es denn so eilig?«, wunderte sich Sandra.

»Das nicht. Tot ist tot. Aber du gefällst mir in diesem hinreißenden Kleid wesentlich besser als in deinem praktischen Alltagsgewand.«

Gewiss ließen sich die wenigen Male, die Bergmann sie in einem Rock oder Kleid, geschweige denn mit hohen Absätzen gesehen hatte, an einer Hand abzählen. Zwar verbarg die verspiegelte Sonnenbrille seine Augen, Dennoch fühlte sich Sandra einmal mehr von seinen anzüglichen Blicken ausgezogen. »Deswegen fahre ich aber trotzdem nicht in diesem Aufzug zu einem Einsatz in die Berge. Schon gar nicht mit *den* Schuhen.« Just im selben Moment knickte sie um und konnte sich nur durch einen blitzschnellen Griff nach seinem Arm vor einem gröberen Missgeschick mit möglicherweise schmerzhaften Folgen retten.

»Na gut, meinetwegen zieh dich halt um. Aber beeil dich«, erwiderte Bergmann gnädig. »Ewig schade …«, murmelte er noch in seinen Dreitagebart, als Sandra seinen Arm wieder losließ.

»Willst du mir nicht erzählen, welcher Einsatz uns erwartet?«, kam sie zur Sache.

»Ein Fall für dich …«

»Für mich? Wieso das denn?«

»Eine unbekannte männliche Leiche, splitterfasernackt auf dem Polster-Sessellift.«

»Wie bitte?«

»Du hast richtig gehört. Mehr weiß ich auch noch nicht.«

»Kommst du mit hinauf oder wartest du vor der Garagenausfahrt?«, fragte Sandra, als sie die Haustür aufsperrte.

Bergmann rückte seine Sonnenbrille auf die Nasenspitze und sah sie über den Metallrahmen hinweg an. »Wäre da nicht dieser neue Mordfall, würde ich dich liebend gern in deine Wohnung begleiten.« Sein Blick sollte ihr wohl verdeutlichen, dass es, ging es nach ihm, nicht bei der Begleitung allein bleiben würde.

Genervt verdrehte Sandra die Augen. »Bis gleich, Sascha«, sagte sie und warf ihm die Tür vor der Nase zu. Eine unbekannte männliche Leiche, splitterfasernackt auf dem Polster-Sessellift, wiederholte sie seine Worte in Gedanken, während sie auf den Aufzugknopf drückte. Wie kam Bergmann eigentlich auf die unverschämte Idee, dass dies ein Fall für sie war?

KAPITEL 2

Immer noch Samstag, 17. Mai, Steirische Eisenstraße

1.

Sandra nahm die Autobahnausfahrt Traboch, um auf die Eisen-Bundesstraße zu gelangen, die sie wenig später an Trofaiach vorbeiführte.

»Sag mal, spürst du das auch?«, fragte Bergmann, kaum dass sie das neu erbaute Schubhaftzentrum Vordernberg hinter sich gelassen hatten.

Bislang war der Chefinspektor mit seinem Smartphone beschäftigt gewesen und hatte fast die ganze Fahrt über geschwiegen, was Sandra nur recht war. Wenigstens konnte sie den eigenen Gedanken nachhängen, die sich weniger um den toten Mann auf dem Sessellift als vielmehr um die lebenden Männer drehten, mit denen sie einfach kein Glück hatte. »Und was genau sollte ich bitte spüren?«, fragte sie zurück.

»Diese Gegend hat so etwas Beklemmendes, Morbides. Selbst bei einem solchen Kaiserwetter.« Im Vorbeifahren betrachtete Bergmann das halb verfallene Fabrikgebäude, auf dessen Dach neben einigem Unkraut eine junge Birke in den wolkenlosen Himmel ragte.

»Na ja, die Eisenstraße ist schon ganz besonders geschichts- und schicksalsträchtig. Vielleicht spürst du ja das harte, karge Leben deiner Namensvettern von anno dazumal«, witzelte Sandra.

»Du meinst die Bergmänner, die das Eisenerz abgebaut haben?«

Sandra nickte. Vor ihnen tauchte das Viadukt auf, auf dem dereinst die Erzbergbahn verkehrte, um das Erz vom Erzberg zu den Hochöfen nach Vordernberg und Donawitz bei Leoben zu transportieren. Dass der Betrieb der steilsten Normalspurbahn in Europa eingestellt worden war, hatte sie neulich in einem Fernsehbericht mitbekommen. Dem Verein ihrer Anhänger war es bislang nicht gelungen, das nötige Geld aufzubringen, um das Teilstück, das die ÖBB verkaufen wollte, zu erwerben und das historische Kleinod als Museumsbahn weiter zu betreiben.

»O ja, ich kann es fühlen.« Bergmann fasste sich an die Brust. »Den Schweiß, das Blut und die Tränen, die über die Jahrhunderte hinweg beim Erzabbau vergossen wurden«, meinte er theatralisch.

»Seit wann bist du so sensibel und nimmst derlei energetische Schwingungen wahr?«, fragte Sandra, als sie am menschenleeren Hauptplatz der Marktgemeinde Vordernberg vorbeifuhren. Nicht alle historischen Relikte der Eisenstraße waren so gut erhalten wie die schwarze Dampflok direkt vor dem Gasthof »Zum Radmeister«, die wie frisch poliert in der Sonne glänzte. Als eindrucksvolles Schaustück zeugte sie ebenso von der einstmals bedeutenden Vergangenheit dieses Ortes in der Roheisenproduktion wie die alten Radwerke, Hochöfen und andere längst stillgelegte Industriebauten.

»Ich bin nun mal ein hochsensibler Typ«, scherzte Bergmann.

Zumindest glaubte Sandra, dass es sich nur um einen Witz handeln konnte, und lachte hell auf.

»Liegt wohl an meinem Sternzeichen«, erklärte er ungerührt. »Wassermann, vom Geruch her aber schon Fisch.« Noch immer verzog er keine Miene.

Sandra musste neuerlich lachen. »Wenn du mir jetzt auch noch mit Horoskopen und Sterndeuterei kommst, kannst du dir eine neue Partnerin suchen«, drohte sie ihm nicht ganz ernst gemeint. »Oder spielst du etwa auf die Sage vom Wassermann an?«

»Hm?« Bergmann sah sie verständnislos an.

»Der Sage nach ist das Eisenerz im Erzberg einem Wassermann zu verdanken«, erklärte ihm Sandra, was in der Steiermark jeder Volksschüler wusste.

»Soso. Einem Wassermann.« Bergmann wischte mit der Hand vor seinem Gesicht herum, um klarzustellen, was er von dieser Theorie hielt.

»Vor langer, langer Zeit sollen die Leute in der Nähe des Leopoldsteiner Sees einen Wassermann gefangen haben«, fuhr Sandra unbeirrt fort. »Für seine Freilassung hat er ihnen Gold für zehn Jahre, Silber für 100 Jahre oder Eisenerz für immerdar versprochen. Wofür sie sich entschieden haben, ist hinlänglich bekannt. Leider ist die steirische Erzindustrie trotz dieses Versprechens im Lauf der letzten Jahrzehnte den Bach runtergegangen.«

»Dann hat der alte Wassermann wohl zu einer Notlüge gegriffen, um freizukommen«, meinte Bergmann grinsend.

»Oder er hat nichts vom internationalen Rohstoffmarkt in einer globalisierten, technologisierten Welt geahnt, der dem steirischen Erz enorme Umsatzeinbußen bescheren und Tausende Arbeitsplätze vernichten würde. Die Region ist von massiver Abwanderung geprägt. Die meisten jungen Leute ziehen von hier weg und suchen ihr Glück woanders.«

»Wie man allerorts deutlich sehen kann«, kommentierte Bergmann ein weiteres leer stehendes Gasthaus, an dem sie eben vorbeifuhren.

»Eisenerz bietet ein ähnlich trauriges Bild. Dabei war das einmal eine stolze Industriestadt mit gut dreimal so vielen Einwohnern wie heute. Das Leben war wie in allen anderen einstmals florierenden Orten entlang der Eisenstraße über ein Jahrtausend lang vom Erzberg geprägt. Dass dieser so viele Leute in der Region, aber auch außerhalb ernährte, hat ihn im Volksmund den Namen ›steirischer Brotlaib‹ eingetragen. Heute leben überwiegend ältere Semester in Eisenerz. Nicht umsonst trägt die Stadt den Titel der ältesten in Österreich. Die meiste Zeit über ist sie wie ausgestorben. Viele Geschäfte und Lokale stehen leer und hinterlassen einen ziemlich trostlosen Eindruck, obwohl gerade der Stadtkern mit einigen Baujuwelen in tadellosem Zustand aufwarten kann. Nur ein paar Tage im Jahr kehrt Leben ein, und das Durchschnittsalter sinkt drastisch. Etwa, wenn die waghalsigsten Motorrad-Offroad-Fahrer aus aller Herren Länder zum Erzbergrodeo anreisen, um auf ihren Enduro-Maschinen die staubigen, bei Regenwetter gatschigen Stufen des Erzberges zu erklimmen, und Zigtausende Zuschauer anlocken. Dann ist hier die Hölle los. Oder auch beim alljährlichen Erzberglauf. Dort wollte ich eigentlich auch schon längst einmal mitlaufen. Vielleicht mache ich das ja im Sommer …«

»Und was ist sonst mit Tourismus?«

»Kaum vorhanden. Vorwiegend kommen Tagesgäste, die den Erzberg mit seinem Schaubergwerk, die historischen Relikte an der Eisenstraße oder den idyllischen Leopoldsteiner See besuchen.« Sandra kramte in ihrer Erinnerung, ehe sie fortfuhr. »Fährt man die Eisenstraße noch ein Stück weiter, befindet man sich mitten im Nationalpark Gesäuse. Der ist nicht nur bei Bergwanderern und Kletterern äußerst beliebt, sondern auch bei Wildwassersportlern, die sich in der Enns und der Salza austoben können. Am anderen Ende des Gesäuses, nur wenige Kilometer weiter, steht das Benediktinerstift Admont mit der weltgrößten Klosterbibliothek«, zählte Sandra jene Plätze auf, die sie selbst schon besucht hatte.

»Du solltest dich beim Tourismusverband bewerben.«

»Du hast mich doch gefragt …«

»Und was ist mit unserem Einsatzort, dem Präbichl? Ein bisschen was hab ich ja schon im Internet recherchiert.«

»Na, dann weißt du höchstwahrscheinlich, dass der Präbichl im Winter Skifahrer, im Sommer Wanderer und Bergsteiger anlockt, hauptsächlich welche aus der Umgebung. Es gibt nämlich viel zu wenig Gästebetten in der Region, auch wenn vor einigen Jahren ein größeres Spa-Hotel in Leoben eröffnet hat. Aber das ist ja auch eine Dreiviertelstunde weit weg.«

Bergmann streckte seinen Rücken durch. »Gegen Sauna mit anschließender Massage hätte ich jetzt nichts einzuwenden.«

»Träum weiter, Sascha.«

»Müssten wir nicht bald da sein?« Bergmann gähnte, ohne sich die Hand vor den Mund zu halten.

»In fünf Minuten, schätze ich.«

»Gut. Dann erzähle ich dir jetzt schnell mal, was ich unterwegs über den Präbichl und den Polster-Sessellift herausgefunden habe. Es hat in letzter Zeit nämlich einige Aufregung darum gegeben«, berichtete Bergmann.

»Warte mal, irgendetwas ist neulich über diesen Lift in der Zeitung gestanden …«, dämmerte es Sandra.

»Vermutlich hast du gelesen, dass der historische ›Polster Classic‹, so der offizielle Name des Einser-Sessellifts, in zwei Jahren womöglich endgültig Geschichte ist«, erzählte der Chefinspektor, was er während der Fahrt im Internet gelesen hatte. »Dann nämlich läuft die Konzession aus. Nur mit hohen Investitionen wäre es möglich, ihn technisch soweit aufzurüsten, dass er die erforderlichen Sicherheitsauflagen dann noch erfüllt und wie bisher weiterbetrieben werden kann.«

»Aber die finanziellen Mitteln sind nicht vorhanden«, erinnerte sich Sandra wieder an die Zeitungsreportage über den Präbichl.

»Du sagst es. Zwar hat das Land seine Bereitschaft signalisiert, die Sanierung zu fördern, verlangt dafür aber ein kostendeckendes Zukunftskonzept vom Seilbahnbetreiber, das es aus dessen kaufmännischer Sicht aufgrund der geringen Beförderungskapazität und der mangelnden Auslastung des Einser-Sessellifts jedoch nicht gibt. Auf der anderen Seite steht eine Bürgerinitiative, die sich für die Erhaltung in seiner bisherigen Form starkmacht und ihn am liebsten unter Denkmalschutz stellen möchte. Für die zahlreichen Anhänger ist er nämlich mehr als nur irgendeine Aufstiegshilfe, zählt er doch zum historischen Baukulturerbe der Eisenstraße. Immerhin fährt dieser Lift schon seit 1948 vom rund 1.200 Meter hohen Präbichl in zwölf Minuten zur Polster-Bergstation auf etwa 1.800 Meter Seehöhe. Bis zum Gipfel sind es dann nur noch 100 Meter und ein paar Zerquetschte. Die würdest du locker auch in deinen High Heels bewältigen.«

Sandra spürte, dass Bergmann sie von der Seite angrinste. Sie zog ihre Mundwinkel hoch. »Und warum sollte ich das bitteschön tun?«, fragte sie schnippisch.

Bergmann klimperte mit den Augen. »Weil du mir mit hohen Absätzen viel besser gefällst, *Liebling*.«

Als ob sie es darauf angelegt hätte. Sandra seufzte, den Blick auf die Straße gerichtet. Den Gefallen, sich über den vermaledeiten Spitznamen aufzuregen, machte sie ihm nicht. »Das ist ja dann eher ein Grund, nie wieder in deiner Gegenwart Stöckelschuhe zu tragen«, konterte sie. »Könntest du bitte bei der Sache bleiben, Sascha? Und damit meine ich ganz bestimmt nicht deine privaten Vorlieben und Fetische, sondern unseren Mordfall.«

»Schade.« Jetzt war es Bergmann, der seufzte. »Sollte der Polster-Sessellift also stillgestellt werden, gäbe es keine einzige Anlage mehr, die bis zum Polster-Schutzhaus hinaufführt und den Skifahrern eine Abfahrt über die legendäre Polsterrinne ermöglicht. Auch die Paragleiter könnten ihren beliebten Startplatz nur noch zu Fuß erreichen. Das Schicksal der Polster-Schutzhütte wäre früher oder später wohl auch besiegelt, wenn kein anderer Lift oder Weg mehr dort hinaufführt als die Wanderroute«, fuhr Bergmann fort.

»Es wäre wirklich schade um diesen Lift«, sagte Sandra. »Ich bin vor ewigen Zeiten auf einer Landschulwoche damit gefahren, und mir ist nicht nur die spektakuläre Aussicht auf den Erzberg und die umliegende Berglandschaft in Erinnerung geblieben. Dieses Gefühl während der Fahrt war schon etwas ganz Besonderes. Die würzige Waldluft, das Vogelgezwitscher, der frische Wind, der dir spätestens nach der Waldgrenze um die Nase weht … Man fühlt sich eins mit der Natur, ohne jegliche Ablenkung durch jemanden, der neben dir sitzt und dir ständig die Ohren vollquatscht.«

Bergmann runzelte die Stirn. »Muss ich das jetzt persönlich nehmen?«

»Aber woher denn …« Sandra grinste in sich hinein.

»Rede ich dir zu viel?«

»Zu viel nicht, aber … na, egal. In einer Gondel oder auf einem anderen Lift ist ein solches Erlebnis wie auf dem Einser-Sessellift jedenfalls nicht möglich.«

Jetzt war es Bergmann, der grinste. »Du kannst ja der Facebook-Gruppe zur Rettung des Einser-Sessellifts beitreten, um seine Schließung vielleicht zu verhindern. Außerdem werden in der Region Unterschriften gesammelt.«

»Wäre ich auf Facebook, würde ich mich dieser Gruppe glatt anschließen.«

»Ob diese Aktivitäten schlussendlich etwas nützen, wird die Zukunft weisen«, meinte Bergmann.

»Schau! Dort vorne ist die Präbichl-Skiarena.« Sandra fuhr langsamer und zeigte zu den Gebäuden und Liftanlagen, die bestimmt keinen Preis für vorbildliche alpine Architektur verdienten. Bunte Transparente und Lettern warben für die Skischule, ein Sportgeschäft und ein Restaurant.

»Na endlich«, sagte Bergmann und hielt nach dem Einsatzort Ausschau.

»Nur nicht hudeln, Herr Kollege, wir müssen noch ein Stück weiter bis zur Polsterlift-Talstation hinauffahren«, erklärte Sandra mit suchendem Blick, um die Zufahrt nur ja nicht zu verpassen. Gut ausgeschildert war der Weg zum Polsterlift wahrlich nicht.

Bergmann schaute sich bange in der alpinen Landschaft um. Mit Bergen hatte der eingefleischte Städter rein gar nichts am Hut, wusste Sandra. Allerhöchstens konnte er noch den sanft-hügeligen Landschaften der südlicheren steirischen Regionen etwas abgewinnen. Vor allem, wenn der nächste Buschenschank ganz in der Nähe und geöffnet war. Den großen Parkplatz vor der Skiarena, der sich ihnen autolos und menschenleer präsentierte, hatten sie hinter sich gelassen. Das Windrad, das sich gemächlich vor ihren Augen drehte, war Sandra neu. Sie folgte dem verblassten Wegweiser zum Polsterlift, den sie fast übersehen hätte, und der Serpentine, die sie weiter bergan führte. »Die Skisaison ist längst vorbei«, sagte sie und rief sich neuerlich die Bilder ihrer Jugend ins Gedächtnis. Tatsächlich hätte sie es schade gefunden, wenn der Polsterlift eingestellt würde, der sich doch um vieles harmonischer in die Landschaft einfügte als die modernen Liftanlagen der Skiarena. Mit seinem Verschwinden wäre das letzte eigenständige Merkmal am Präbichl verloren gegangen. Warum setzten die Tourismusverbände der Eisenstraße nicht lieber auf ihre unverwechselbare historische Stärke, zu denen zweifelsohne auch der Polster-Sessellift zählte, als mehr schlecht als recht zu versuchen, die Region neu zu erfinden? Vielleicht wollte man in Wahrheit gar keine Fremden hier haben, überlegte Sandra weiter, sondern viel lieber unter sich bleiben. Immerhin war die Mentalität der Leute von über 1000 Jahren Bergbau geprägt. So schnell würde sich diese wohl nicht ändern, obgleich die guten alten Zeiten nie mehr wiederkehrten.

»Du musst links abbiegen«, riss Bergmann sie aus ihren Gedanken.

»Ich kann lesen, danke.« Sandra lenkte den Wagen in die Kurve.

»Der Polster-Sessellift ist übrigens der einzige Lift in diesem Gebiet, der auch während der Sommersaison betrieben wird. Und die beginnt am kommenden Wochenende«, dozierte Bergmann.

»Ach ja?«

»Steht zumindest so auf der Homepage der Seilbahnen.«

»Interessant.«

»Findest du?«

»Einmal abgesehen von der Motivation, einen nackten Mann, lebendig oder tot, auf einen Sessellift zu platzieren, stellt sich mir die Frage, wer außerhalb der Saison Zugang zur geschlossenen Liftanlage hatte. Der Verstorbene selbst? Sein Mörder? Oder beide?«

»Sich Zugang zum Lift zu verschaffen, ist eine Sache. Ihn bedienen zu können, eine andere«, erwiderte Bergmann. »Wer kennt sich denn schon mit einem Sessellift aus? Ein Mitarbeiter der Seilbahnen beziehungsweise ein ehemaliger vielleicht. Oder aber jemand, der diesen nahesteht? Ein Techniker, der mit der Wartung betraut ist, kommt natürlich auch in Betracht«, sinnierte Bergmann laut.

Sandra warf ihre Stirn in Falten. »Du solltest nicht von dir auf andere schließen. Ich glaube nicht, dass es besonders schwierig ist, den Polsterlift in Gang zu setzen«, widersprach sie dem Chefinspektor. »Jemand, der sich für eine solche Anlage begeistert und technisch einigermaßen versiert ist, sollte das auch hinbekommen. Komplizierten elektronischen Schnickschnack wird es bei einer Liftanlage aus den 40er-Jahren des letzten Jahrhunderts wohl kaum geben.«

»Willst du damit sagen, dass zum Beispiel einer von dieser Bürgerinitiative zur Rettung des Polster-Sessellifts diesen ebenso bedienen könnte?«

Sandra zuckte mit den Schultern. »Das kann ich mir gut vorstellen. Vielleicht sind sich die Seilbahnbetreiber und die Bürgerinitiative ja so sehr in die Haare geraten, dass einer sterben musste und seine Leiche demonstrativ auf dem Lift bloßgestellt wurde. Quasi als Warnung für die anderen«, spekulierte sie laut. Welchen Grund konnte es sonst geben, einen nackten Mann, lebendig oder tot, auf den Sessellift zu setzen, wenn man ihn auch mit wesentlich geringerem Aufwand im Wald oder sonst wo entsorgen konnte? Oder hatte jemand eine persönliche Rechnung mit dem Opfer offen gehabt, es ermordet und darüber hinaus noch postum demütigen wollen? Auch ein Ritualmord war freilich nicht auszuschließen. Wobei Sandra ein solches Ritual fremd war. Dennoch stand zu befürchten, dass es womöglich weitere Opfer geben könnte.

»Wenn der Tote bei den Seilbahnen beschäftigt oder einer von dieser Bürgerinitiative war, wäre er doch sicher schon identifiziert«, unterbrach Bergmann ihre Überlegungen. »Unsere Kollegen aus der Provinz kennen ganz gewiss jeden, der sich in ihrem Revier herumtreibt, sofern es sich nicht um einen Touristen von auswärts handelt. Aber was sollte der hier gewollt haben, wo doch gar keine Saison ist?« Einmal mehr warf Bergmann einen skeptischen Blick auf die umliegenden Berge, auf denen die letzten übriggebliebenen Schneefelder in der Sonne gleißten.

»Möglicherweise ist die Leiche ja inzwischen identifiziert«, meinte Sandra. Im Schritttempo näherten sie sich der Polster-Talstation.

»Das werden wir bestimmt gleich erfahren.« Bergmann löste seinen Sicherheitsgurt.

2.

Auf dem Parkplatz unterhalb des stillgelegten Gasthauses standen einige Einsatzfahrzeuge, darunter drei Funkstreifen der örtlichen Polizei, die als Erste am Leichenfundort eingetroffen war und diesen für die Öffentlichkeit abgesperrt hatte. Der weiße Mercedes mit dem Grazer Kennzeichen gehörte der Gerichtsmedizinerin, wusste Sandra, die Kastenwagen der Tatortgruppe. Der anthrazitfarbene Transporter eines Bestattungsunternehmens, der das Mordopfer zur Obduktion nach Graz überstellen würde, stand weiter hinten zum Abtransport der Leiche bereit.

Sandra hielt an, um einem uniformierten Kollegen, der ihnen den Weg versperrte, ihren Dienstausweis zu zeigen. Dann rollte sie weiter bis zum hinteren Parkplatz, auf dem weitere Funkstreifen abgestellt waren. Lediglich zwei zivile Autos mit Kennzeichen von Leoben Umgebung waren ihr fremd. Neben einem roten Skoda-Kombi älteren Baujahres parkte sie ihren Dienstwagen.

Bergmann stieg aus dem Wagen, kaum dass der Motor verstummt war. Sandra holte die Tasche mit der Schutzausrüstung aus dem Kofferraum und folgte ihm zur Talstation. Wie angekündigt, stand der Einser-Sessellift still. Das gelbe Schild bestätigte, dass am Polster-Classic zurzeit kein Betrieb war. Mehrere Polizisten in Uniform beziehungsweise weißen Einweg-Overalls tummelten sich rund um die Talstation, die sich nicht verändert hatte, seitdem Sandra zuletzt hier gewesen war. Außer, dass sie inzwischen noch um einiges schäbiger wirkte als damals. Sandra fielen zwei Männer in Zivilkleidung auf, die sich etwas abseits, außerhalb des mit Polizeibändern abgesperrten Bereichs, miteinander unterhielten. Neben einem von ihnen saß ein angeleinter Gebirgsschweißhund.

Sandra schlüpfte hinter Bergmann unter dem Flatterband hindurch, um zur steinernen Treppe zu gelangen, die zum Eingang der Talstation hinaufführte. Prompt stürmte ein uniformierter Kollege herbei.

»Halt! Stehengeblieben!«, rief er ihnen von oben zu.

»Sagt wer?« Bergmann stapfte unbeirrt die Stufen hinauf.

»Kontrollinspektor Schaunitzer, Polizeiinspektion Vordernberg«, erwiderte der etwas jüngere Mann skeptisch, und betrachtete den älteren nunmehr aus der Nähe. »Und Sie sind?«

Während Sandra längst ermittlungs- und bergtaugliche Zivilkleidung anhatte, trug der Chefinspektor noch immer seinen hellen Sommeranzug und die Mokassins mit den glatten Ledersohlen, die in den Bergen völlig fehl am Platz waren. Die Ansteckblumen, die ihn als Hochzeitsgast zu erkennen gegeben hätten, hatte er während der Fahrt vom Revers seines Jacketts entfernt und kurzerhand aus dem fahrenden Auto geworfen. »Ist doch eh alles bio«, hatte er gemeint, als Sandra ihn der Umweltverschmutzung bezichtigt hatte. Bei seinem Aufzug war es jedenfalls kein Wunder, dass der Landpolizist ihm den Ermittler vom LKA nicht so ohne Weiteres abnahm und seine Identität hinterfragte.

Sandra zückte noch einmal ihren Dienstausweis und nannte ihre Namen und Dienstränge.

Bergmanns suchender Blick folgte indessen den Seilen, die zur Bergstation führten. »Wo ist der Tote?«, fragte er.

Schaunitzer trat einen Schritt beiseite und zeigte nach unten. »Längst geborgen. Wir ham ihn ja schlecht dort oben sitzen lassen können, bis ihr aus Graz daherkommts.«

»Habt ihr befürchtet, dass er sich dort oben einen Sonnenbrand holt?«, fragte Bergmann mit steinerner Miene.

Schaunitzer beschloss, die Frage des Chefinspektors ernst zu nehmen. »Hätt ja sein können, dass der Mann noch lebt.«

»Und? Hat er noch gelebt?«

Schaunitzer zuckte mit den Schultern. »Da war leider nix mehr z' machen. Der war schon ganz kalt und steif. Nach der Bergung ham wir die Leich in die Talstation g'schafft. Dort war sie dann aber der Tatortgruppe im Weg. Deswegen ham wir s' nach unten ins Lager 'bracht. Die Gerichtsmedizinerin ist auch schon dort.«

»Konnte der Tote inzwischen identifiziert werden?«, fragte Sandra.

Der Landpolizist schüttelte den Kopf. »Von unseren Leuten kennt den keiner. Auch den Kollegen aus Trofaiach und Eisenerz is' er fremd.«

»Demnach ist es niemand aus der Gegend«, meinte Sandra.

»Ganz ausschließen lässt sich das freilich nicht. Is' aber eher unwahrscheinlich. Vielleicht is' einer aus der

Stadt Leoben oder ein Tourist von weiter weg. Obwohl ja grad keine Saison ist.«

»Ist uns nicht entgangen.« Bergmann rückte die Sonnenbrille auf seiner Nase zurecht.

»Könnte das Opfer einer von dieser Bürgerinitiative zur Rettung des Polster-Sessellifts gewesen sein?«, fragte Sandra.

»Glaub i ned. Die kennen wir eigentlich alle. Also die, die sich öfter hier umanandtreiben. Alle Mitläufer und Unterstützer freilich ned.«

»Wurde jemand vermisst gemeldet?«

»Bis jetz' ned.«

»Sollte sich doch noch jemand bei euch melden, gebt uns bitte gleich Bescheid«, sagte Sandra.

»Jawohl.«

»Wer hat die Leiche denn gefunden? Und wo genau?«, wollte sie wissen.

»Unser Oberförster hat den Mann in der Nähe der 4er-Stütze aufm Sessel mit der Nummer 21 baumeln seh'n, gegen neun Uhr. Er hat sich noch g'wundert, wie der Mann aufn Lift auffikommen is', noch dazu nackert. Z'erst hat er g'meint, dass er stockbesoffen is'. Auf seine Zurufe hat er aber ned reagiert. Auf das hinauf hat uns der Loisl dann verständigt.«

»Der Loisl?«, fragte Bergmann.

»Na der Oberförster«, erklärte Schaunitzer.

»Und hat der Herr Oberförster auch einen Nachnamen?«

»Ja sicher.«

Bergmann fixierte den Landpolizisten aus schmalen Augen.

Gleich würde er die Geduld verlieren, befürchtete Sandra.

»Seebacher Alois«, antwortete Schaunitzer doch noch.

»Und der Herr Seebacher Alois befindet sich jetzt wo?«, fragte Bergmann.

»Dort drüb'n. Der mi'm Hund. Neben dem Kolleger Mario, der is' Liftler beim Anser«, erklärte Schaunitzer.

»Liftwart beim Einser-Sessellift«, übersetzte Sandra sicherheitshalber für den Chefinspektor.

»Ja eh … Von der Talstation«, fügte Schaunitzer hinzu.

»Aha. Mit den beiden Herren sprechen wir dann später«, sagte Bergmann. »Wurden die Auffindesituation der Leiche und die Bergung fotografisch dokumentiert?«, wollte er wissen.

»Freilich. Ich hab auch selber ein paar Fotos g'schossn.« Schaunitzer griff nach seinem Handy und öffnete die Galerie-App. »Bitteschön«, sagte er und reichte Bergmann das Gerät.

»Ein brandneues Samsung S5? Ihr seid ja ganz schön nobel ausgestattet hier oben.« Bergmann streckte das Smartphone weiter von sich, um die Bilder scharf sehen zu können. Allzu lange würde es wohl nicht mehr dauern, bis er eine Lesebrille brauchte.

»Das ist mein privates Handy«, stellte Schaunitzer klar, was ohnehin anzunehmen gewesen war. Bergmann zählte zu den wenigen Privilegierten bei der Polizei, denen ein Smartphone für den Dienst zur Verfügung stand. Wenn auch nicht das allerneueste Modell. Immerhin musste er sich nicht wie die meisten Kollegen mit antiquierten, mehrfach reparierten Mobiltelefonen abfinden. »Ist der Lift stillgestanden, als der Tote aufgefunden wurde?«, fragte er, während er übers Display wischte.

Schaunitzer bejahte die Frage.

Bergmann reichte das Handy an Sandra weiter. »Schau mal«, sagte er zu ihr. »Obwohl du auch nicht viel mehr darauf erkennen wirst. Die Bilder sind nahezu unbrauchbar«, fügte er hinzu.

»Ich hab das Handy erst seit gestern«, rechtfertigte sich der Provinzpolizist zähneknirschend.

»Na, das Handy kann wohl am allerwenigsten dafür«, meinte Bergmann. »Gibt's noch bessere Fotos von der Bergung?«

»I' hoff schon. Einer der Feuerwehrmänner hat bei der Bergung fotografiert.«

»Schickt mir alles Bildmaterial, was ihr auftreiben könnt«, sagte Sandra und steckte Schaunitzer ihre Visitenkarte zu, ehe sie sich den Fotos widmete. Wenigstens war darauf zu erkennen, dass der splitterfasernackte Mann geschätzte drei Meter über dem Hang leicht schräg im Liftsessel hing. Seine linke Körperseite lehnte an der Stange, die zum Seil hinaufführte. Der Kopf war vornüber gebeugt. Der Schwerkraft folgend, hätte der Tote über den schmalen Sicherheitsbügel hinweg hinunterfallen müssen, wenn er nicht irgendwo angebunden war, was man auf den Fotos beim besten Willen nicht erkennen konnte. Bergmanns Kritik war durchaus berechtigt: Das Handy konnte nichts für die miserable Qualität der Bilder. Dass man nicht gegen die Sonne, sondern mit dieser im Rücken fotografierte, hatte Schaunitzer anscheinend noch nie gehört. Lediglich die Silhouette mit dem Wohlstandsbäuchlein des ansonsten normalgewichtigen Mannes war im Gegenlicht deutlich zu erkennen. Seine Körpergröße ließ sich in luftiger Höhe schwer abschätzen. Vor den mächtigen Nadelbäumen, die die Lifttrasse säumten, wirkte selbst ein Zweimetermann wie ein Zwerg. Auf dem schlichten, fast schon filigranen Liftsessel sah er wiederum überdurchschnittlich groß aus. Auf einem der Fotos fiel Sandra dann doch ein Detail am linken Oberarm auf, das sie maximal vergrößerte. »Ist das ein Kabelbinder an seinem Oberarm?«, erkundigte sie sich.

»Ja. Damit war er an der Seitenstange fixiert. Das rechte Handgelenk und beide Fußknöchel war'n am Bügel an'bundn«, erklärte Schaunitzer.

»Dann wollte wohl jemand sichergehen, dass er nicht vom Sessel fällt«, sagte Sandra.

»Oder, dass er sich nicht selbst aus seinem Sessel befreien kann, falls er zu diesem Zeitpunkt noch gelebt hat«, meinte Bergmann.

»Na, hoffentlich ned«, sagte Schaunitzer.

»Wie bitte?«

»Na ja, der Mann war frisch kastriert.«

»Kastriert?« Bergmanns Gesichtsausdruck wechselte von ungläubig zu schmerzverzerrt.

Von einer Genitalverstümmelung hatte Lubensky demnach nichts erwähnt, schloss Sandra aus der Reaktion des Chefinspektors. Diese Tatsache hätte er ihr ganz bestimmt nicht verschwiegen.

»Na, kastriert halt«, wiederholte Schaunitzer. »Jemand hat ihm seine Ei… Hoden abg'schnitten. Das ist uns aber erst aufg'fallen, wie ma 'n vom Sessel owig'holt ham.«

»Autsch.« Bergmann presste seine Knie gegeneinander. Fehlte nur noch, dass er sich an den Schritt fasste, um seinen Familienschmuck zu schützen.

Sandra schob die unerwünschten Bilder in ihrem Kopf beiseite und wandte sich wieder dem Handy zu, um die Fotos noch einmal genauer zu betrachten, die die Leiche von vorne zeigten. Der Intimbereich des Toten lag auf allen im Schatten. Auch in der Vergrößerung war nichts davon zu erkennen. Noch einmal wischte sie sich durch die Galerie, gab Schaunitzer dann sein Smartphone zurück. »Wenn der Mann auf dem Sessellift noch gelebt hat, wird er vermutlich versucht haben, sich durch Schreie bemerkbar zu machen«, überlegte sie laut. »Geknebelt war er ja nicht, nur gefesselt.« Dass sein Mund nicht zugeklebt gewesen war, gaben die Fotos immerhin preis.

»Und wer hätte ihn bitteschön dort oben hören sollen?«, fragte Bergmann. »Füchse, Hasen oder irgendwelche anderen Viecher, die sich hier gute Nacht sagen?«

»Schreie hört man in den Bergen ziemlich weit«, entgegnete Sandra. »Außerdem befinden sich rund um die Talstation doch ein paar Wohnhäuser.« Die waren ihr vorhin aufgefallen.

»Aber keine, die das ganze Jahr über bewohnt sind«, erklärte Schaunitzer. »Der Wirt von der Polsterhütt'n und seine Freundin hätt'n die Schreie hör'n müssen. Die beiden sind schon seit vorgestern oben, alles herrichten für'n Saisonbeginn«, sagte Schaunitzer.

»Es sei denn, das Opfer ist mitten in der Nacht hierher geschafft worden, und die Wirtsleute haben zu dieser Zeit geschlafen«, gab Sandra zu bedenken. »Wir werden die Leute befragen. Sie können inzwischen mal nachschauen, wer sich zurzeit alles hier aufhält.«

»Machen wir.«

»Mit dem Hüttenwirt und seiner Freundin fangen wir an. Wie heißen die beiden denn?«

»Angerer Anton und Illmaier Marlene. Der Polster-Toni ist seit fast 20 Jahren der Wirt von der Schutzhütt'n. Er ist bekannt für seine selber ang'setzten Schnäpse.« Bergmann grinste Sandra an. Vermutlich, um ihr zu signalisieren, dass er mit seinem Toni-Polster-Witz gar nicht mal so sehr danebengelegen war. »Einen Schnaps könnte ich jetzt auch vertragen. Kastrationen schlagen sich bei mir immer auf den Magen«, sagte er.

»Und seine Freundin?«, überging Sandra seinen Scherz ebenso wie Schaunitzer.

»Die Marlene is' seit drei oder vier Jahr'n sporadisch beim Toni ob'n. Solange die beiden halt z'ammen sind. Vorher war sie im Friseursalon in Vordernberg beschäftigt. Aber der hat dann zug'sperrt. Auf das hinauf hat sie sich als mobile Friseurin selbstständig g'macht. Meiner Frau schneidet s' auch immer die Haar.«

»Wer kommt hier üblicherweise sonst noch vorbei? Konnte man den Sessel mit der Leiche von irgendwo sehen? Außer bei der Talstation … Oder könnte noch jemand anderer in Hörweite gewesen sein?«, erkundigte sich Sandra nach weiteren potenziellen Zeugen, während ihr Blick neuerlich über die Landschaft schweifte.

»Die Almen wer'n erst ab Mitte Juni bewirtschaftet. Das Hüttendorf steht momentan noch leer. Die Jausenstation beim Alpenaquarium am Grüblsee sperrt meines Wissens heut' wieder auf. Und der ›Präbichlerhof‹

hat zwar offen, aber der is' auch viel zu weit weg vom Lift, um was zu hören. Dann is' da noch der Betreiber vom Windradl, der ab und zu auffi kommt.« Schaunitzer zeigte zum Windrad, das sich geschätzte 250 Meter entfernt von ihnen unaufhörlich drehte. »Und die Lifttechniker, wenn's was zum Reparieren gibt, was der Kolleger ned selber richten kann. Ist halt schon ein altes Greibl …«

»Der Herr Kolleger«, sagte Bergmann.

»Ned der Kolleger, sondern der Lift«, antwortete der Landpolizist weiterhin ernst. »Der Förster und die Waldarbeiter sind zurzeit fast täglich im Revier. Damit's die Schädlinge im Aug behalten. Und in der Straßenmeisterei weiter unten könnt unter Umständ' auch wer g'wesn sein. Ansonsten fallt mir momentan keiner ein.«

»Theoretisch müsste man doch auch vom Erzberg herüberblicken können. Obwohl der schon sehr weit entfernt ist«, überlegte Sandra laut.

Schaunitzer widersprach ihr. Die 4er-Stütze befand sich zu weit unten, sodass der Erzberg von dort aus nicht zu sehen sei, was für die umgekehrte Richtung ebenso galt. Erst weiter oben öffnete sich der Blick auf den Erzberg.

»Steht denn ein unbekanntes Auto auf dem Parkplatz?«, wollte Sandra wissen.

Schaunitzer schüttelte den Kopf. »Wenn der schwarze Audi, der vorhin vorbeig'fahrn is', euch g'hört, dann ned.«

»Ja, das waren wir. Wer fährt den roten Kombi und den dunkelgrünen Allradwagen, die auf dem hinteren Parkplatz stehen?«

»Der Geländewagen g'hört dem Seebacher, der Kombi dem Kolleger.«

»Und wo ist das Auto des Hüttenwirts?«, fragte Sandra. Es gab zwar eine Forststraße, die jedoch nicht bis zur Bergstation hinaufführte. Wie das Polster-Schutzhaus war sie einzig mit dem Sessellift oder zu Fuß erreichbar.

Schaunitzer zuckte mit den Schultern. »Gute Frage. Normalerweise parkt er direkt neben der Talstation in der Wies'n. Ein weißer Peugeot Lieferwagen. Den hab i' aber nirgendwo entdecken können.«

»Wie lange fährt man eigentlich von der Talstation bis zur Stütze Nummer 4?«, wollte Sandra wissen.

»Vier Minuten in etwa.«

»Warum wurde das Opfer ausgerechnet bis zur 4er-Stütze befördert? Und wieso wurde der Lift dort angehalten?«, fragte sich Sandra laut. »Weshalb hat der Täter sein Opfer nicht weiterfahren lassen, bis man es entdeckt?«

Schaunitzer zuckte neuerlich mit den Schultern. »Das müsst's schon ihr außifinden.«

»Werden wir auch. Keine Sorge«, versicherte Bergmann. »Die Aufklärungsquote meiner Truppe liegt nicht umsonst bei 100 Prozent.«

Schaunitzer nickte anerkennend. »Davon können wir hier nur träumen. Aber wir sind ja auch total unterbesetzt.«

Als ob dasselbe nicht auch fürs LKA Steiermark gilt, dachte Sandra. »Das Schubhaftzentrum dürfte wohl kaum der Grund für eure Überlastung sein«, sagte sie, wohl wissend, dass ein privater Sicherheitsdienst mit einem Großteil der Aufgaben betraut war, und nicht die Polizei, was immense Kosten für den Steuerzahler verursachte, der Gemeinde Vordernberg aber satte Einnahmen an Kommunalsteuern bescherte. Für die Medien war das ein gefundenes Fressen.

»Na, ganz so ist das auch wieder ned«, widersprach Schaunitzer. »Mit der Bevölkerung hat's zwar keine Probleme g'eben, weil die Schubhäftlinge eh ned außi können, und das Schubhaftzentrum neue Arbeitsplätze schafft. 70 Prozent der Vordernberger Bürger ham bei der Befragung für den Bau g'stimmt. Aber diese Menschenrechtler von auswärts ham uns ganz schön auf Trab g'halten. Neben den üblichen Einsätzen, die so anfall'n. Hauptsächlich Unfälle, Einbrüche und b'soffene Rauferein.«

»Die Menschenrechtler also …« Bergmanns sarkastischen Unterton überhörte Schaunitzer geflissentlich.

»Sogar noch bei der Eröffnung sind s' mit ihren Transparenten vorm Gebäude g'standn und ham halblustige Parolen 'plärrt, die neuen Wänd' und Türen mit Farbe und Sprüchen vollg'schmiert«, fuhr er fort. »Als ob's damit noch irgendwas verhindern hätt'n können.«

»Ist es dabei zu Ausschreitungen gekommen?«

»Ned wirklich. Sind doch alles Gutmenschen, die Gewalt ablehnen«, meinte Schaunitzer abschätzig.

Und was war daran so schlimm? Sandra schluckte ihren Ärger über die Bemerkung des Polizisten hinunter. Wenn alle Menschen, nicht nur die guten, Gewalt ablehnten, wäre sie als Ermittlerin der Abteilung Leib und Leben zwar arbeitslos, doch die Welt wäre eine weitaus bessere, friedlichere gewesen, in der sie viel lieber gelebt hätte. »Es gibt also keine Tatzeugen«, kehrte sie zum Mordfall zurück. »Niemandem ist aufgefallen, dass der Lift außerhalb der Saison in Betrieb war. Und es hat auch keiner etwas Ungewöhnliches gesehen oder gehört. Zumindest hat sich noch kein Zeuge gemeldet«, fasste sie die Fakten zusammen.

Schaunitzer zuckte einmal mehr mit den Schultern und nickte.

»Dann schauen wir uns den Toten einmal an«, entschied Bergmann. »Die beiden Herren dort drüben sollen auf uns warten. Wir sind dann gleich bei ihnen.«

»Jawohl.« Schaunitzer wandte sich ab und ging auf die Männer zu.

Die Stirn in Falten werfend blickte Bergmann dem Landpolizisten mit den Gardemaßen hinterher.

3.

Sandra folgte dem Chefinspektor über die Stufen hinunter zum gemauerten Vorbau der Talstation, den Schaunitzer als Lager bezeichnet hatte. Die Tür stand einen Spaltbreit offen. Bergmann nahm seine Sonnenbrille ab.

Sandra lehnte die Tür hinter sich wieder an und blickte sich um. Ihre Augen benötigten einige Sekunden, um sich nach dem gleißenden Sonnenschein an das vergleichsweise schwache Licht der einzigen Neonröhre im Raum zu gewöhnen. Im ersten Moment konnte sie nur die Silhouette der Gerichtsmedizinerin erkennen, die zwischen Reserverädern, Ersatzliftgestängen, rotgelben Netzrollen und Schneeschaufeln bei der Leiche stand und lateinische Fachausdrücke in ihr Diktiergerät sprach, von denen Sandra nur einige wenige geläufig waren.

»Servus, Jutta«, unterbrach Bergmann sie. »Na, wie schau ma aus?«

Frau Doktor Kehrer stoppte die Sprachaufnahme. »Ich für meinen Teil schau wie immer aus. Aber du? Was ist denn bloß mit dir geschehen?«, fragte sie amüsiert.

»Wie? Ach so, du meinst den Anzug … Ich komme direkt von einer Hochzeit«, erklärte Bergmann.

»Doch nicht etwa von deiner?«

»Nein, ich bin noch zu haben.«

»Herzlichen Glückwünsch an die Zukünftige.«

»Ich werde es ihr ausrichten.«

»Jeder ist seines Glückes Schmied«, konterte Frau Doktor Kehrer, auf einmal schmallippig.

»Gilt das auch für deinen Patienten?« Bergmann zeigte auf die nackte Leiche, die auf einer Plastikfolie rücklings auf dem Boden lag.

Sandras Augen hatten sich inzwischen an die Lichtverhältnisse im Raum gewöhnt. Das Alter des Mannes schätzte sie auf etwa 50, seine Körpergröße auf 1,80 bis 1,85 Meter, das Gewicht auf 85 bis 90 Kilogramm.

»Irgendeinen Grund wird es bestimmt geben, warum der Mann kurz vor seinem Tod kastriert wurde«, meinte Frau Doktor Kehrer. »Ihr müsst ihn nur herausfinden.«

»Lass mal sehen.« Bergmann ging in die Hocke, um

die Genitalien der Leiche aus der Nähe zu betrachten. Oder das, was davon noch übrig war. »Kannst du mal ein bisschen mehr Licht machen?«

Doktor Kehrer knipste ihren tragbaren LED-Scheinwerfer an, um den Intimbereich des Toten auszuleuchten. »Das Skrotum wurde mit einem Skalpell oder einem sehr scharfen Messer mittig geöffnet, die Hoden entnommen, die Wunde vernäht«, kommentierte sie das Werk des Täters und trat näher an Bergmann heran.

»Dann verfügt derjenige, der ihn entmannt hat, über medizinische Kenntnisse?«, fragte er.

»Schönheitschirurg ist er sicher keiner. Aber es sieht so aus, als wusste er, was zu tun ist«, meinte die Gerichtsmedizinerin.

»Warum wurde der Penis nicht mit entfernt?«, fragte Bergmann.

Jutta Kehrer zuckte mit den Schultern. »Das fragst du mich?«

»Was sind das für Rötungen im Intimbereich, am Bauch und an den Brustwarzen?«

»Kerzenwachs«, meinte Frau Doktor Kehrer. »Auch im Bereich des Anus' und des Rektums hat sich rotes Wachs befunden, ist mir beim Temperaturmessen aufgefallen. Außerdem konnte ich noch Verbrennungen am Anus feststellen. Der Täter hat wohl heißes Wachs auf die empfindlichsten Stellen seines Opfers tropfen lassen und ihm dann die brennende Kerze eingeführt, wobei die Flamme spätestens im Rektum erstickt ist.«

»Mahlzeit«, sagte Bergmann.

»Dann war die Tat sexuell motiviert, möglicherweise auch rituell?«, zog Sandra ihre Schlüsse.

»So sieht es aus«, bestätigte Doktor Kehrer.

Bergmann erhob sich wieder und zückte sein Handy, um das Gesicht des Toten zu fotografieren. Anhand der Fotos, die Schaunitzer geschossen hatte, war die Leiche kaum identifizierbar. Brauchbare Bilder der Feuerwehr und des LKA würden ihnen erst am Montag zur Verfügung stehen.

»Der Mann ist demnach nicht am Blutverlust bei der Kastration gestorben«, meinte Sandra. »Woran dann?«

»Zur Todesursache kann ich derzeit nichts Konkretes sagen. Einen eindeutigen äußeren Befund gibt es auf den ersten Blick nicht. Ebenso gut kann er an einem Herzversagen oder an einem Gehirnschlag verstorben sein.«

»Mich würde wahrscheinlich auch der Schlag treffen, wenn man mich kastriert«, meinte Bergmann.

»Außer den Verbrennungen wären da noch die Fesselungsspuren«, überging die Gerichtsmedizinerin seine Bemerkung, während sie den Scheinwerfer so justierte, dass das meiste Licht nun auf die Füße der Leiche fiel. »An den Sprung- und Handgelenken finden sich massive Hautabschürfungen, die von Kabelbindern stammen«, fuhr sie fort. »Der Mann muss zu Lebzeiten sehr heftig an den Fesseln gezerrt haben.«

Sandra hockte sich neben die Leiche, um die blutigen Kerben in der Haut näher begutachten zu können. Teilweise reichten diese bis zu den Knochen. »Seine linke Hand war doch aber gar nicht an den Sessellift gefesselt«, meinte sie.

»Das ist korrekt«, bestätigte Frau Doktor Kehrer.

»An seinem Oberarm kann ich überhaupt keine Fesselungsspuren entdecken. Nicht einmal einen Abdruck.

Dabei war er an dieser Stelle doch am Liftgestänge fixiert.«

»Deshalb gehe ich davon aus, dass der Mann diese Schürfwunden bereits hatte, als man ihn auf den Liftsessel setzte. Und dass er zu diesem Zeitpunkt bereits kastriert und tot war.«

»Hat er seine Kastration bei lebendigem Leib mitbekommen?« Bergmann litt sichtlich bei dieser Vorstellung.

»Sofern er nicht betäubt war, ja … Genaueres kann ich dir hoffentlich nach der Obduktion sagen.« Die Gerichtsmedizinerin näherte sich noch einmal dem Leichnam.

Sandra stand auf, um der Ärztin Platz zu machen.

Frau Doktor Kehrer ging auf die Knie und drehte die Leiche mit routinierten Handgriffen zur Seite, sodass der gesamte dunkelviolett verfärbte Rücken für die Ermittler sichtbar wurde. »Den Totenflecken nach zu urteilen, ist er auf dem Rücken liegend gestorben. Auch wenn seine Position danach in eine sitzende verändert wurde, was sich ebenfalls gut am Gesäß und in den unteren Extremitäten erkennen lässt. Die Totenflecken lassen sich noch wegdrücken, seht ihr? Außerdem musste ich die Totenstarre brechen.«

»Dann kannst du uns bestimmt auch schon was über den Todeszeitpunkt sagen«, meinte Bergmann.

Die Gerichtsmedizinerin drehte die Leiche wieder auf den Rücken und stand auf. »Zweifellos ist er in der vergangenen Nacht verstorben. Da uns der Tatort und die dortigen Bedingungen nicht bekannt sind und bisher auch nicht klar ist, wie lange sich die Leiche bei vergleichsweise kühleren Nachttemperaturen unbekleidet im Freien aufhielt, kann ich den Todeszeitraum nur recht grob schätzen. Auf alle Fälle liegt er zwischen 20 Uhr abends und vier Uhr früh.«

»Dann können wir davon ausgehen, dass er im Schutz der Dunkelheit hierher gebracht wurde«, meinte Bergmann. »Die Sonne geht zurzeit gegen 19.30 Uhr unter. Hast du sonst noch was für uns?«

Doktor Kehrer schüttelte den Kopf und zog ihre Einweghandschuhe von den Fingern. »Wie schon gesagt: Genaueres dann nach der Obduktion. Ist der Leichenwagen schon eingetroffen?«, erkundigte sie sich.

»Der steht draußen«, bestätigte Sandra.

»Könnt ihr mir die Bestatter hereinschicken? Ich bin fürs Erste hier fertig.« Die Gerichtsmedizinerin entsorgte ihre Einmal-Handschuhe in einem kleinen milchig-weißen semitransparenten Müllbeutel, der bereits alle anderen Wegwerf-Utensilien enthielt, die sie für die erste Leichenbeschau am Fundort benötigt hatte.

»Machen wir«, versprach Sandra und verabschiedete sich.

»Dann lass uns mal die beiden Zeugen befragen«, sagte Bergmann draußen und setzte seine Sonnenbrille wieder auf.

»Dort vorne ist Siebenbrunner.« Mit einer Kopfbewegung deutete Sandra zum Chef der Tatortgruppe, der vor der Talstation mit einem seiner Männer sprach.

Ihr Gesichtsausdruck entlockte Bergmann ein Grinsen. »Ich sehe schon, du kannst es wie immer kaum erwarten«, machte er sich über ihr angespanntes Verhältnis zum leitenden Kriminaltechniker lustig, der seit jeher eine unerklärliche Aversion gegen Sandra hegte. Die Gründe dafür kannte er wahrscheinlich selbst nicht so genau. Immerhin wusste sie aber, warum sie ihn umgekehrt auch nicht ausstehen konnte. Sein überhebliches, unhöfliches Verhalten ihr gegenüber war schlichtweg inakzeptabel. »Nach dir«, sagte sie mit schmalen Augen. Ihre Handbewegung signalisierte Bergmann, dass sie ihm den Vortritt ließ.

Der Chefinspektor schob sich ein Pfefferminzzuckerl in den Mund und bot auch Sandra eines an.

Die lehnte kopfschüttelnd ab und wandte sich an den nächststehenden Uniformierten. Er sollte die Bestatter informieren, dass sie die Leiche nach Graz ins Gerichtsmedizinische Institut überstellen konnten.

4.

»Und? Schon was gefunden?«, sprach Bergmann den Leiter der Tatortgruppe von hinten an.

Manfred Siebenbrunner fuhr herum. »Selbstverständlich. Es findet sich immer etwas an einem Tatort. Auch an einem Leichenfundort wie in diesem Fall«, erwiderte er ebenso grußlos wie Bergmann.

»Dann schießen Sie los. Ich hab heute nämlich noch etwas vor.«

»Das habe ich mir schon gedacht. Nach einer Beerdigung sieht mir Ihr Aufzug allerdings nicht aus. Vielmehr nach einer Hochzeit.« Siebenbrunner musterte Bergmann mit erhobenen Augenbrauen.

»Und wenn?«

Die Augenbrauen senkten sich wieder. »Solange es nicht meine ist …«

»Müssen wir uns Sorgen um Sie machen?«, konterte Bergmann.

Sandra grinste in sich hinein, während sie den Männern folgte. Sorgen um *den*? Höchstens um die arme Frau, die diesen alten Grantscherm ehelichte. Wenngleich sie bezweifelte, dass es eine gab, die sich einen wie ihn freiwillig antat. Oder war Manfred Siebenbrunner am Ende verheiratet? Sie wusste absolut nichts über sein Privatleben. Und das sollte tunlichst auch so bleiben. Höchstwahrscheinlich gab es niemanden im LKA, der abseits des Beruflichen irgendetwas über den Chef-Forensiker wusste. Nicht einmal, warum sich dieser beharrlich weigerte, die eigenen Kollegen zu duzen oder sich umgekehrt von ihnen duzen zu lassen, wie es in Polizeikreisen üblich war.

An der Eingangstür zur Talstation hielten sie inne. »Es gibt ein paar Kratzer am Beschlag und im Holz«, sagte Siebenbrunner, »aber keinen eindeutigen Hinweis auf einen Einbruch. Laut Zeugenaussage war die Tür heute Morgen unversperrt. Der Täter muss also entweder einen Schlüssel haben, oder er versteht sich auf Lockpicking. Das ist aber auch das reinste Kinderspiel bei einem einfachen Zylinderschloss wie diesem hier.«

»Dann könnte er sich theoretisch auch einen Nachschlüssel machen haben lassen?«, fragte Sandra.

»Auch praktisch.« Siebenbrunner betrat als Erster die Halle, in der die Liftsessel während des Betriebs ein und aus fuhren, um Fahrgäste aufzunehmen und wieder zu entlassen.

Sandra stachen drei schmuddelige Teddybären in unterschiedlichen Größen und Farben ins Auge, die an der hinteren Wand nebeneinander auf dem Betonboden saßen. Vermutlich dienten sie schon länger als Maskottchen. Sie selbst konnte sich allerdings nicht daran erinnern. Alles andere sah hier drinnen aber noch genauso aus, wie sie es im Gedächtnis hatte, nur eben desolater.

Durch ein Glasfenster konnte sie in den Kontrollraum blicken. Die Tür daneben, ebenfalls mit einem Glaseinsatz, stand weit offen. Im Raum waren mehrere Kriminaltechniker emsig mit der Spurensicherung beschäftigt. Ebenso im geöffneten Einfahrtsbereich der Talstation.

»Auch hier finden sich keine Einbruchsspuren am Türschloss«, berichtete Siebenbrunner weiter. »Mit einem Schlagschlüssel öffne ich Ihnen das in wenigen Sekunden.«

»Was sind Sie doch für ein Genie«, ätzte Bergmann, um dem Kollegen dessen Überheblichkeit vor Augen zu führen.

Siebenbrunners selbstherrliche Reaktion ließ Sandra jedoch befürchten, dass er das vermeintliche Lob des Chefinspektors wörtlich genommen hatte. »Können wir da mal hineinschauen?«, fragte sie und machte einen Schritt vorwärts.

Der hagere großgewachsene Mann mit dem dünnen farblosen Haar stellte sich ihr demonstrativ in den Weg. »Später. Sobald meine Leute hier fertig sind.«

Sandra rang sich ein Lächeln ab. »Eigentlich interessiert mich nur, ob der Lift leicht zu bedienen ist. Oder ob es besonderes technisches Knowhow braucht, um ihn zu starten und wieder abzustellen.«

»Mit dem Schlüssel zum Steuerkreis schaffen das sogar Sie. Ist ja alles deppensicher beschriftet«, meinte Siebenbrunner wenig charmant und wandte sich der Scheibe zu.

Sandra verdrehte die Augen und trat neben ihn.

Bergmann begann, sich in der Halle umzusehen.

»Mit diesen Tasten unterhalb der Geschwindigkeitsanzeige lässt sich der Lift steuern«, fuhr Siebenbrunner fort.

Aus dieser Entfernung konnte Sandra die Beschriftungen zwar nicht lesen, dennoch sah die Steuereinheit recht simpel aus, wie sie es bei einer Maschine aus dem vorigen Jahrtausend erwartet hatte.

»Ist das der Startschlüssel, der dort in der Mitte der Steuerungseinheit steckt?«, fragte sie.

»Ja. Angeblich ist der schon dort gesteckt, bevor der Liftwart zur Bergung der Leiche hier eingetroffen ist.«

»Wird der Schlüssel denn normalerweise nicht abgezogen, nachdem der Lift abgeschaltet wurde?«

»Sollte man meinen. Fragen Sie das am besten den Verantwortlichen und nicht mich.«

»Ich dachte, das hätten Sie schon erledigt.«

»Es ist nicht mein Job, Zeugen zu befragen.«

Sandra schluckte ihren wachsenden Groll hinunter. Siebenbrunner war und blieb ein ungehobelter Kotzbrocken. Aber das war an sich nicht ihr Problem. Solange sie sich nicht über ihn ärgerte. Sie wandte sich um. »Und das hier sind die Notschalter?«, bemühte sie sich, gelassen zu bleiben.

»Dort gibt es auch noch welche, und dort drüben«, erklärte ihr Siebenbrunner, zu den Schaltern in der Talstation weisend.

»Wurde irgendetwas aufgebrochen? Schränke? Schubladen? Oder die Kassa?«, fragte sie.

»Nein, die Kassa ist versperrt, Schränke und Schubladen sind es nicht.« Siebenbrunner wandte sich der offenen Frontseite der Talstation zu, durch die die Sessel ein- und ausfahren konnten. Einer seiner Männer hockte gerade am Boden des Ausfahrtsbereichs, um dort unsichtbare Spuren zu sichern. Bergmann unterhielt sich mit einem anderen Kriminaltechniker.

»Auch die beiden bergseitigen Holztore wurden ohne Gewalteinwirkung geöffnet«, berichtete Siebenbrunner weiter.

»Können Sie schon etwas über den Liftsessel sagen, auf dem die Leiche festgebunden war?«

»Den Sessel mit der Nummer 21 haben wir abmontiert. Die Spuren werden wir in Graz abnehmen und auswerten. Die meisten Blutanhaftungen befinden sich auf der Sitzfläche des Sessels. Vermutlich stammen sie vom Opfer. Aber warten wir die Laborbefunde ab.«

»Gibt es sonst wo offensichtliche biologische Spuren?«

»Im Ausfahrtsbereich. Die Kollegen sind noch mit der Spurensicherung beschäftigt. Auch das Erdreich unter dem Sessel wir noch genau untersucht. Das dauert wohl noch eine Weile.«

»Ist es denkbar, dass die Leiche auf dem Lift eine Runde oder auch mehrere gedreht hat, bevor dieser wieder zum Stillstand kam?«

»Der Spurenlage nach zu urteilen, würde ich das eher bezweifeln. Noch ist es aber zu früh, um es definitiv ausschließen zu können. Rein theoretisch könnte die Leiche auch von der Bergstation talwärts gefahren sein, eine oder mehrere Runde gedreht haben und auf einer Bergfahrt wieder angehalten worden sein.«

»Lässt sich der Lift auch in der Bergstation in Betrieb nehmen?«, fragte Sandra.

»Nein, das geht nicht. Dort lässt er sich nur in Notfällen anhalten.«

»Könnte der Auslöser für den Stillstand auch ein technischer Defekt gewesen sein? Ein Stromausfall vielleicht?«

»Bei der Leichenbergung gab es keinerlei technische Probleme. Auch keinen Stromausfall. Hätte es davor einen gegeben, wäre der Lift danach einfach wieder weitergefahren. Oder der FI-Schalter wäre gefallen.«

»Wenn die Leiche zuerst talwärts gefahren ist, müsste es aber doch zumindest einen Komplizen geben, der den Lift in Betrieb gesetzt und die Tore in der Talstation geöffnet hat, damit die Sessel durchfahren können«, griff Sandra Siebenbrunners Theorie nochmals auf.

»Vielleicht gibt es den ja«, brummte er. »Ich sagte doch, rein theoretisch kann die Leiche zuerst talwärts gefahren sein. Für sehr wahrscheinlich halte ich es nicht.«

»Lassen Sie den Lift lieber einmal komplett durchlaufen, um sicherzugehen, dass sich keine weitere Überraschung auf einem der anderen Sessel befindet.« Bergmann hatte sich Sandra unbemerkt von hinten genähert.

»Sie meinen, eine weitere Leiche?«, fragte Siebenbrunner.

»Oder zwei? Oder drei? Wer bietet mehr?« Bergmann nahm die Hände aus den Hosentaschen und rieb seine Handflächen aneinander.

»In Ordnung.« Siebenbrunner verstummte achselzuckend.

»Was ist mit der Bergstation? Ist jemand von Ihren Leuten dort oben?«, wollte der Chefinspektor wissen.

»Noch nicht. Wir haben uns aber schon beim Hüttenwirt angekündigt. Wir fahren dann gleich hinauf.«

»Dann gleich? Worauf warten Sie? Dass der Wirt mögliche Spuren beseitigt?«

Dafür hätte er die ganze Nacht und den Vormittag Zeit gehabt, dachte Sandra, schwieg jedoch, um Siebenbrunner nicht den Rücken zu stärken. Normalerweise war sie weder nachtragend noch rachsüchtig. Was den Leiter der Tatortgruppe betraf, jedoch schon. Er zählte zu jenen Menschen, die sie immer wieder mit den dunklen Seiten ihres Charakters konfrontierten. Genau wie ihre Mutter und ihr Halbbruder Mike, zu denen sie schon seit Jahren keinen Kontakt mehr hatte.

»Wir kümmern uns jetzt erst einmal um die beiden Zeugen und fahren anschließend auch hinauf. Sie brauchen den Liftwart eh nicht, um die Anlage in Betrieb zu nehmen, oder? Ist doch alles deppensicher beschriftet«, wiederholte Bergmann die Worte des Kriminaltechnikers.

»Selbstverständlich schaffen wir das auch ohne den Liftwart«, bestätigte Siebenbrunner.

»Gut, dann nichts wie los. Fahren Sie schon mal voraus«, entschied Bergmann.

Vom Chefinspektor ließ sich Siebenbrunner beinahe alles sagen, musste Sandra einmal mehr zur Kenntnis nehmen. Hätte er noch »aber dalli« hinzugefügt, hätte er vermutlich sogar das widerstandslos hingenommen. Irgendwann würde sie schon dahinterkommen, warum Siebenbrunner ausgerechnet mit ihr ein massives Problem hatte.

5.

Draußen sahen sich die beiden Ermittler nach dem Liftwart und dem Oberförster um, die nun nicht mehr am selben Platz standen wie zuvor.

»Sag bloß, die haben sich aus dem Staub gemacht«, unkte Bergmann.

»Ihre Autos stehen doch noch auf dem Parkplatz«, beschwichtigte Sandra. Im Gegensatz zum Leichenwagen und zum Mercedes der Gerichtsmedizinerin, die bereits auf dem Weg nach Graz waren.

»Ah … Dort drüben sind sie eh.« Bergmann hatte die Männer abseits des Gewusels der Einsatzkräfte hinter der Talstation entdeckt. Dort saßen die beiden auf der Bank in der Sonne und schwiegen einander an. Der Hund lag neben seinem Herrchen im Gras und döste ebenso unbeeindruckt vom kriminalistischen Geschehen vor sich hin.

Als der bärtige Oberförster die beiden Ermittler auf sich zukommen sah, zog er mehrmals in kurzen Intervallen an seiner Pfeife, um hernach den Rauch in einer einzigen dicken Schwade an die frische Luft zu entlassen.

Auch aus einigen Metern Entfernung nahm Sandra den süßlich-würzigen Geruch des Pfeifentabaks wahr, den sie zwar nicht besonders mochte, aber von allen Tabakgerüchen noch am erträglichsten fand.

»Herr Seebacher? Herr Kolleger?«, sprach sie die Männer an, um anschließend den Chefinspektor und sich selbst vorzustellen.

Alois Seebacher lüpfte seinen Hut, die linke Hand noch immer an der Pfeife, blieb jedoch sitzen. Sein Hund hob den Kopf und streckte den Fang schnuppernd in die Höhe, fand es dann aber auch nicht der Mühe wert, aufzustehen. Stattdessen bettete er seinen Kopf wieder auf die ausgestreckten Vorderpfoten, um in derselben Position wie zuvor weiterzudösen. Ein Jagdhund ist nun mal kein Schutzhund, dachte Sandra, der die Gelassenheit des nicht mehr ganz jungen Tieres gefiel. Bei Alois Seebacher grenzte sie hingegen an Unhöflichkeit.

Dafür war der jüngere der beiden Männer sofort von der Bank aufgesprungen. »Woll'n Sie sich ned zuwihock'n?«, fragte Mario Kolleger. »Ich hol Ihnen Sesseln.«

Sandra nahm das Angebot an. Auf Augenhöhe redete es sich leichter. Während der Liftwart über die Hintertür im Haus verschwand, wandte sie sich an den Förster, der die Leiche an diesem Morgen gefunden hatte. »Wie spät war es denn genau, als Sie den Mann auf dem Sessellift entdeckt haben?«, wollte sie wissen.

»Kurz vor neun«, antwortete der Förster. »Ich war seit halb acht auf meinem Kontrollgang. Zurzeit beobachten wir die Bäume sehr intensiv wegen der Borkenkäfer. Zudem gibt es einige Schlitzfallen, mit denen wir Schädlingsmonitoring betreiben. Die müssen natürlich regelmäßig kontrolliert werden, damit wir die Flugzeiten und Population der Käfer im Auge behalten«, erklärte er. »Wir arbeiten hier am Präbichl nach einem forstlichen Masterplan, müssen Sie wissen. In Skigebieten kommt dem Wald nämlich eine ganz besondere Bedeutung zu, um den Wind möglichst abzuhalten und im Winter Schneeverfrachtungen weitestgehend zu verhindern. Früher waren wir als steirisches Skigebiet Pioniere, heute sind wir Vorreiter für nachhaltige Waldbewirtschaftung beim Ausbau eines Skigebietes nach dem Waldfachplan.«

Sandra kam es höchst gelegen, dass Kolleger die beiden Klappstühle brachte und damit den Vortrag des Försters unterbrach. »Kurz vor neun Uhr haben Sie also die Leiche entdeckt«, kehrte sie zum Thema zurück.

»Richtig. Ich hab den Rudi aus dem Auto gelassen,

und er ist schnurstracks abgehaut. Ich bin ihm gefolgt und hab ihn dann beim Lift sitzen sehen. Er hat wie wild gebellt, da ist mir erst der nackte Mann auf dem 21er-Sessel aufgefallen. Ich hab's zuerst gar nicht glauben können. Mit so was rechnet ja keiner. Ein Toter, außerhalb der Saison …« Seebacher schüttelte gemächlich den Kopf und paffte weiter an seiner Pfeife.

»Ist denn während der Saison schon mal jemand auf dem Polsterlift verstorben?«, fragte Sandra nach. Sie beugte sich so weit nach hinten, wie es die Rückenlehne ihres Klappstuhls zuließ, um der nächsten Rauchschwade auszuweichen.

»Was ich weiß, ist nur ein Einziger nimmer lebendig vom Einser gekommen. Oder, Mario?«, meinte Seebacher.

Kolleger nickte. »Der Pichler Hannes, ein pensionierter Bergmann aus Eisenerz.« Just in diesem Moment setzte der Motor geräuschvoll ein, der den Sessellift antrieb. Besorgt beobachtete der Liftwart, wie die ersten Sessel vor ihren Augen beziehungsweise hinter ihrem Rücken ohne sein Zutun bergwärts schwebten. »Eigentlich darf niemand den Lift in Betrieb nehmen, ohne einen Befugten. Aber Sie sind ja die Polizei …«

»Unsere Techniker kennen sich aus«, versicherte Sandra und hoffte, dass sie recht hatte.

»Es hat schon ein paar tödliche Unfälle aufm Berg geb'n«, fuhr Kolleger fort. »Aber der Pichler war der Einzige, den's während der Liftfahrt erwischt hat. Angeblich war's ein Herzkasperl, hat's g'heißn. Ist aber schon eine Ewigkeit her. Lassen S' mich mal nachrechnen …«

»Nicht nötig«, unterbrach Sandra den Liftwart und wandte sich wieder an den Förster. »Haben Sie den Mann heute Morgen angesprochen?«

»Freilich. Ich hab ihn angeplärrt als wie … Aber der hat auf nichts mehr reagiert. Auf das hinauf hab ich dann die Polizei verständigt. Und anschließend den Mario, damit er herkommt.«

»Die Polizei is' gleichzeitig mit mir 'kommen. Die Feuerwehr war schon da«, schilderte Kolleger die Vorgänge. »Wir ham gemeinsam entschieden, dass wir den Sessel am besten im Retourgang in die Talstation einihol'n, um den Mann möglichst rasch zu bergen. Der Arzt hat dann aber nur mehr den Tod feststellen können.«

»Und Sie haben den Mann nie zuvor gesehen?«

»Noch nie«, antwortete Seebacher zuerst.

»Und Sie?«, sprach Sandra den Liftwart an. Sein besorgter Blick folgte den zwei Sesseln, besetzt mit Kriminaltechnikern. »Ich glaub nicht. Aber sicher bin i' mir ned. Irgendwie is er mir schon bekannt vor'kommen«, meinte er nachdenklich.

»Wirklich wahr?«, fragte Seebacher erstaunt.

»Ja, aber ich komm nicht drauf. Wahrscheinlich schaut er nur jemandem ähnlich. Mir begegnen ja viele Leut im Dienst. Ein jedes G'sicht kann ich mir da nicht merken.«

»Na, die Gesichter von den Weiberleuten merkst dir aber recht gut«, meinte der Förster grinsend.

»Geh, Loisl. Was du schon wieder daherred'st … Außerdem kenn ich bei Weitem mehr männliche Skifahrer, Paragleiter und Wanderer als weibliche. Die meisten sind Stammgäst' aus der Region. Es gibt aber auch einige passionierte Liftfahrer, die von was weiß Gott woher kommen und nur Polstern woll'n bis zum Owifalln.« Kolleger grinste.

»Polstern bis zum Hinunterfallen? Was genau darf ich mir darunter vorstellen?«, fragte Bergmann nach.

»Na, es gibt einige Narrische, die den ganzen Tag lang nur Lift fahren. Auffi, owi, auffi und wieder owi … Z' Mittag kehr'n s' beim Polster-Toni ein. Dann fahren s' wieder owi und auffi und owi … Zwischendurch fragen s' mir und dem Fritz Löcher in den Bauch und geh'n erst wieder heim, wenn ich hier alles dicht g'macht hab.«

»Fritz?«

»Der Bachinger Fritz, der Liftwart von der Bergstation.«

»Ist Herr Bachinger zurzeit oben?«, wollte Sandra wissen.

»Nein. Der kommt erst am Freitag ausm Urlaub z'ruck.«

»Wissen Sie zufällig, wohin er gefahren ist?«

Kolleger rieb sich die Nasenspitze, als würde ihn diese jucken. »Nach Sizilien. Schon vor über zwei Wochen«, meinte er.

»Sardinien«, korrigierte ihn Seebacher.

»Von mir aus.«

Auf welcher der beiden italienischen Inseln sich der Liftwart der Bergstation aufhielt, war nebensächlich. Er hatte damit ein hieb- und stichfestes Alibi. Die erwähnten Polsterlift-Fanatiker würden die Ermittler überprüfen müssen, soweit sich deren Identität feststellen ließ, überlegte Sandra. Irgendeine Beziehung zur Liftanlage musste der Täter doch haben. Möglicherweise auch das Opfer. Wie sonst kam man auf die Idee, eine entblößte Leiche auf dem Polster-Sessellift auszustellen? Und warum war der Mann zuvor noch mit einer Kerze penetriert und kastriert worden, fragte sich Sandra. Eine sexuelle Motivation war tatsächlich naheliegend. War das Opfer vom Täter missbraucht worden? Oder war ein freiwilliger Sexualakt aus dem Ruder gelaufen? Hatten sie es mit einem Ritualmord zu tun? Oder gar mit Kannibalismus?

»Wie sieht es denn mit Ihren Alibis für gestern Abend beziehungsweise letzte Nacht aus?«, unterbrach Bergmann ihre Gedanken.

»Ich war ab halb vier daheim«, sagte Seebacher. »Meine Tochter ist übers Wochenende zu Besuch. Die Petra studiert auf der BOKU in Wien. So wie ich früher. Nur der Markus, unser Jüngster, wohnt noch bei uns. Wir haben zu Abend gegessen und dann ferngeschaut. Gegen elf sind meine Frau und ich liegen gegangen. Die Kinder sind noch aufgeblieben. Keine Ahnung, wie lang … Heute in der Früh hab ich dann um sieben Uhr das Haus verlassen. Meine Frau kann das bezeugen, die Tochter und der Sohn haben länger geschlafen. Ist ja Wochenende.«

»Und wo waren Sie gestern Abend?«, wandte sich Bergmann an Kolleger.

»Bis ungefähr halb elf war i' kegeln im ›Ofenloch‹, danach z'aus, bis mich der Loisl am Vormittag wegen der Leich herb'stellt hat.«

»Und kann das jemand bezeugen?«

»Der Wirt und die ganze Kegelrunde. Wir treffen uns jeden Freitag um sechse am Abend im ›Ofenloch‹.«

»In Vordernberg?«

Kolleger nannte ihnen die Adresse des Wirtshauses.

»Und Ihre Frau kann bestätigen, dass Sie zur angegebenen Uhrzeit nach Hause gekommen sind?«, ergriff Bergmann das Wort.

»Ich hab keine Frau. Ich leb allein.«

»Dann haben Sie also kein Alibi für gestern Nacht. Das ist schlecht.« Bergmann griff zu seinem Handy. »Schauen Sie noch einmal genau hin, ob Sie den Toten nicht doch erkennen«, sagte er und präsentierte den Männern ein Foto von der Leiche.

Seebacher schüttelte den Kopf, während Kolleger länger überlegte.

»Und?«, fragte Bergmann. »Was ist jetzt?«

»Ich komm ned drauf … tut mir leid«, sagte er schließlich.

»Falls Ihnen doch noch einfällt, wer das sein könnte, melden Sie sich umgehend bei uns.« Bergmann nahm das Handy wieder an sich.

»Ganz bestimmt«, versprach Kolleger. »Sonst schneid't der womöglich noch jemandem die Eier ab. Wie kann man einem Menschen so was antun?«

»So was tut man nicht einmal einem Viech an, wenn's nicht unbedingt notwendig ist«, meinte Seebacher. »Mein Rudi ist noch immer ein ganzer Kerl, und das bleibt auch so. Gell ja, Rudi?«

Der Gebirgsschweißhund richtete sich auf, als hätte er genau verstanden, worum es ging, und ließ sich dankbar hinterm Ohr kraulen.

»Ich bitte Sie, diese Genitalverstümmelung vor niemandem zu erwähnen. Auch nicht irgendwelche anderen Details vom Einsatz. Schon gar nicht vor der Presse. Das könnte unsere Ermittlungen gewaltig behindern«, warnte Sandra. Während der Befragung waren ihr zwei Autos aufgefallen, die unten vorbeigefahren waren. Gut möglich, dass demnächst Journalisten hier auftauchten.

Beide Männer versicherten ihr Stillschweigen.

»Haben Sie in den vergangenen Tagen irgendetwas Ungewöhnliches bemerkt? Sind Ihnen Fremde aufgefallen? Vielleicht ein verdächtiges Fahrzeug? Oder war sonst irgendetwas anders als sonst?«, fragte Sandra weiter.

»Bis heute in der Früh war alles wie immer«, sagte Seebacher.

»Wie steht es eigentlich um die Verlängerung der Liftkonzession?«, wollte Bergmann wissen.

Kolleger seufzte. »Schaut ned so gut aus. Ich fürcht, der wird genauso dran glauben müss'n wie die Erzbergbahn. Auch wenn sich die Bürgerinitiative zur Rettung des Polsterlifts redlich bemüht.« Der Liftwart warf dem Förster einen verstohlenen Blick zu, auf den dieser nicht reagierte. »Unter uns«, fuhr Kolleger leiser fort. »Die Seilbahnen ham gar kein Interesse am Einser. Viel lieber investieren s' in den Vierer-Sessellift weiter unten. Der soll die Konzession für Talfahrten bekommen und künftig auch im Sommer fahren. Bisher ist der Quattro nämlich nur für Bergfahrten zug'lassen. Angeblich rechnet sich die höhere Beförderungskapazität unterm Strich besser. Dabei müsst' der Vierer auch erst einmal ausg'lastet sein.« Kolleger schüttelte den Kopf. »Ehrlich g'sagt weiß keiner, was die Herrschaften da ob'n planen. Dabei g'hörat endlich ein g'scheits Konzept für die Region her, in das der Einser ein'bunden ist. Ohne den wird der Präbichl nämlich zugrunde geh'n. Werd'ts schon seh'n …«

»Vielleicht wird's ja mit der Feriensiedlung in Münichtal besser«, sagte Seebacher, der seine Pfeife, die erloschen war, aufs Neue stopfte.

»Geh, Loisl. Glaubst wirklich, dass die investierten Millionen was bringen? Gesund g'schrumpft und wiederbelebt soll Eisenerz damit wer'n. Für so was wird ein Hauf'n Geld ausgeb'n. Aber für'n Einser ist keines da«, erklärte Kolleger frustriert.

»Ich hab die Hoffnung noch nicht aufgegeben, dass es mit der Region wieder bergauf gehen kann. Die Feriensiedlung wird gewiss zur Belebung beitragen. Ebenso der Ausbau des Nordischen Ausbildungszentrums in der Ramsau. Und wenn das unterirdische Forschungszentrum der Montanuniversität Leoben im Erzberg auch noch wie geplant kommt, schaut's doch gar nimmer so düster aus für die Region. Und vergiss nicht die Kultur-Events. Das Rostfest, die Kunstprojekte von Eisenerzart und die vielen Künstler. Die wissen den ganz besonderen Charme unsere Region zu schätzen und bescheren uns, wie die Sportevents am Erzberg, endlich wieder positive Schlagzeilen. Glaub mir, da kommt einiges in die Gänge, von dem auch Vordernberg in Zukunft profitieren kann.«

»Die Errichtung eine Feriensiedlung ist geplant?«, hakte Sandra nach.

»Ja, im Münichtal, einer ehemaligen Bergarbeitersiedlung am Stadtrand von Eisenerz, sollen 400 oder sogar noch mehr Ferienwohnungen entstehen«, erklärte Seebacher.

»Das glaub ich erst, wenn's soweit ist. Außerdem wird das den Polsterlift auch nimmer retten. Wirst schon seh'n, Loisl. Der ist für gewisse Herrschaft'n nur ein unrentabler Kostenfaktor, der wegmuss.« Kolleger griff sich an den Kopf. »Dabei g'hört der zur Eisenstraße wie die alten Radwerke und die Erzbergbahn, die ja jetzt auch nimmer fährt, und sollt' genauso erhalten bleib'n, wie er ist. Aber in den Augen von denen, die den Massentourismus herbeisehnen, ist das anscheinend alles nix wert. Denen geht's doch nur ums schnelle Geld.«

»Ich hab läuten hören, dass die Erzbergbahn in naher Zukunft den Museumsbetrieb wieder aufnehmen soll. Die ÖBB soll dem Verein nun doch entgegenkommen.«

»Wer's glaubt …«

»Schade wär's schon um den Einser. Aber willst du dich deshalb in die Nesseln setzen?«, kehrte Seebacher zum Polsterlift zurück.

»Ich sag ja eh schon lang nix mehr, sonst red ich mich noch um Kopf und Krag'n«, meinte Kolleger. »Wenn ich meinen Mund halt, bleibt mir wenigstens noch die Hoffnung, dass ich nach der Schließung vom Einser einen anderen Arbeitsplatz bei den Seilbahnen bekomm. Ein Kollege vom Quattrolift geht im Frühjahr 2016 in Pension. Vielleicht kann ich fix beim Viererlift arbeiten, wenn die Konzession vom Polsterlift ausläuft.«

»Ich sehe schon, Sie sitzen zwischen zwei Stühlen, Herr Kolleger«, sagte Bergmann und schob seine Sonnenbrille auf die Nasenspitze, um dem Liftwart über den Brillenrand hinweg in die Augen zu sehen. »Einerseits sind Sie für die Erhaltung des Polsterlifts, den Sie am liebsten so, wie er ist, weiterbedienen möchten. Andererseits wollen Sie es sich nicht mit Ihrem Arbeitgeber verscherzen.«

Kolleger zuckte mit den Schultern.

»Hoffentlich hat Sie dieser Konflikt nicht die Nerven verlieren lassen«, fuhr Bergmann fort.

Der Liftwart brauchte einige Sekunden, bis er die Worte des Chefinspektors als Tatverdacht gegen seine Person entschlüsselte. »Sie glaub'n, dass ich den Mann aufm G'wissen hab?«, fragte er ungläubig. »Aber warum sollt ich jemanden umbringen, den i' ned amal kenn?«

Bergmann schob seine Sonnenbrille wieder auf die Nasenwurzel. »Sagen Sie es mir. Vielleicht wurden Sie vor vollendete Tatsachen gestellt und wissen längst, dass Sie demnächst Ihren Job los sind. Ist ja nicht gerade einfach, einen Arbeitsplatz in dieser Region zu finden. Und wer nichts mehr zu verlieren hat, der kann schon mal durchdrehen ...«

»Da wissen S' aber mehr als ich«, meinte Kolleger.

»Der Mario kann keiner Fliege was zuleide tun«, sprang Seebacher für seinen Freund in die Bresche.

Bergmann lehnte sich zurück und zuckte mit den Schultern. »Und wenn Sie diesen Mann doch gekannt haben?«, sagte er zu Kolleger gewandt.

»Warum woll'n Sie mir eigentlich unbedingt was anhängen? Ich hab mir mein Lebtag lang nix zuschulden kommen lass'n.«

»Ich frage Sie doch nur. Sie müssen mir auch nicht antworten, wenn Sie nicht wollen. Vor allem dann nicht, wenn Sie sich mit Ihrer Aussage selbst belasten.«

Der Liftwart schnaubte.

»Wissen Sie, ob es in der letzten Zeit zu gröberen Auseinandersetzungen zwischen den Seilbahnen und dieser Bürgerinitiative zur Rettung des Polsterlifts gekommen ist?«, unterbrach Sandra das Katz-und-Maus-Spiel des Chefinspektors.

»Ich krieg davon auch nur mit, was am Stammtisch so g'redt wird und was in der Zeitung steht. Ich bin ja nur ein kleiner Angestellter, keiner von denen, die was zu sagen ham.«

»Und was wird am Stammtisch so geredet?«, fragte Sandra nach.

Die Fronten seien inzwischen verhärtet, erfuhren die Ermittler. Potenzielle Investoren, die der Bürgerinitiative ihre Bereitschaft zur finanziellen Unterstützung signalisiert hätten, seien angeblich von der Geschäftsführung der Seilbahnen nicht einmal kontaktiert worden, da diese weder ein Interesse an der Erhaltung des Polster-Sessellifts noch an einer Beteiligung von Investoren hätte. Ebenso wenig waren EU-Förderungen zur Unterstützung strukturschwacher Regionen eingereicht und die Umlandgemeinden eingebunden worden. »Dabei hätten wir nur dem Beispiel von Niederösterreich folgen müss'n. Dort ham s' ein ganzes Skigebiet gerettet, das heut wieder gut besucht ist. Die hab'n halt alle Möglichkeiten ausg'schöpft und an einem Strang gezogen. Aber das ist bei uns, scheint's, nicht möglich.«

»Und warum nicht?«, wollte Sandra wissen. Der warnende Blick, den Seebacher dem Liftwart zuwarf, entging weder ihm noch ihr. Dennoch redete Kolleger weiter. Haupteigentümerin der Seilbahnen sei die Gemeinde, erzählte er, ein gewisser Karl Hofer mitbeteiligt. Der

Gesellschaftsvertrag, den der Gemeinderat abgesegnet hatte, sprach ihm als Geschäftsführer die alleinige Entscheidungsgewalt zu. Zweite Geschäftsführerin war die Bürgermeisterin höchstpersönlich, deren Lebensgefährte und Erfüllungsgehilfe Hofer war. Angeblich geschah ausschließlich, was sie wollte. Und dazu zählte offenbar nicht die Erhaltung des Polster-Sessellifts. Dass mit dessen Schließung der Niedergang des Präbichl drohe, weil er sein Alleinstellungsmerkmal verlor, wollte die Bürgermeisterin nicht wahrhaben. Kurzsichtig, wie sie war.

Von handgreiflichen Auseinandersetzungen zwischen den Vertretern beider Fronten wollten weder Kolleger noch Seebacher etwas mitbekommen haben. Einen Mord wegen der Streitigkeiten um den Polsterlift trauten sie weder der einen Seite noch der anderen zu.

»Wann haben Sie den Sessellift das letzte Mal in Betrieb genommen – vor der heutigen Leichenbergung?«, fragte Sandra.

»Vorgestern, am Donnerstag. Wie wir dem Toni g'holfn ham, seine Sachen auffiz'bringen. Der muss ja jede Schraub'n, jedes Glasl, Lebensmittel und Getränke, einfach alles, was er oben braucht, auffitrag'n oder mi'm Lift auffiführ'n. Heut Mittag hätt die Marlene mit den letzten Einkäufen auffifahrn woll'n. Das ham wir aber wegen der Leich auf morgen verschob'n. Morgen können wir ihn eh wieder in Betrieb nehmen, oder?«

»Ich dachte, der Wirt und seine Freundin sind schon seit ein paar Tagen im Schutzhaus«, erinnerte sich Sandra an die Auskunft von Schaunitzer.

»Der Toni ist seit vorgestern oben. Die Marlene ist mit ihm auffig'fahrn zum Putzen, hat aber nachher wieder owi müss'n. Gestern war das Begräbnis von der alten Moserbäuerin.«

Sandra fiel der weiße Peugeot ein, den Schaunitzer hinter der Talstation vermisst hatte. »Haben die beiden nur ein Auto?«

»Sie ham schon zwei. Aber zum Einkaufen nimmt die Marlene lieber den Lieferwagen vom Toni.«

»Woran ist die Moserbäuerin denn gestorben?«, wollte Sandra wissen.

»Der Hautkrebs hat's aufg'fress'n. 73 war's. Die Marlene is' von klein auf mit ihrer Tochter befreundet. Mit der jungen Moserbäuerin, der Viktoria, die den Hof inzwischen übernommen hat. Die Kühe hat die Vicky aber schon lang abg'schafft. Sie hält jetzt nur noch Ziegen für ihre Bioprodukte und ein paar Hendln. Aber wenigstens hat's die Landwirtschaft ned ganz aufgeb'n. Gibt ja immer weniger Bauern bei uns. Die lächerlich niedrigen Milch- und Fleischpreise, mit denen s' abg'speist wer'n, bringen einen nach dem andern um. Wenn jetzt auch noch TTIP kommt, saufen und fressen wir alle nur mehr das grausliche Industrieglumpert von diesen internationalen Konzernen, die auch vor Gentechnik nicht zurückschreck'n.«

Dieser Befürchtung musste Sandra insgeheim zustimmen. Wenn die geplanten Freihandelsabkommen TTIP und CETA zwischen den USA beziehungsweise Kanada und der Europäischen Union zustande kamen, würde die kleinstrukturierte heimische Landwirtschaft aufgrund des verstärkten Kostendrucks eher früher als später den amerikanischen Agrarriesen weichen müssen, die den heimischen Markt mit importierten Billigfleisch, -milch und Co überschwemmten. Dass damit auch ein Qualitätsverfall einherging, war naheliegend. Sandra strich sich die Haare hinters Ohr. Inzwischen war ihr in der Sonne heiß geworden. Um nur ja nicht wieder frieren zu müssen, wie am Vormittag in der Kirche, hatte sie viel zu viel angezogen. Ihre Jacke wollte sie vor den Männern aber nicht ausziehen, da sich ihr Schulterholster mit der Dienstwaffe darunter verbarg.

»Soll ich der Marlene für morgen absagen?«, fragte Kolleger.

»Es kommt darauf an, wie weit unsere Kriminaltechniker in der Bergstation sind. Sobald die Spurensicherung abgeschlossen ist, kann der Lift wieder in Betrieb genommen werden«, sagte Sandra. »Genaueres kann ich Ihnen zum jetzigen Zeitpunkt leider noch nicht sagen. Wir werden aber gleich hinauffahren und uns ein Bild vor Ort machen. Dann wissen wir mehr.«

»Na gut. Bleib ich halt da und wart, dass ihr wieder owi kommts.«

Sandra nickte. »Danke. Lassen Sie den Schlüssel zur Steuereinheit üblicherweise stecken, nachdem Sie die Anlage abgeschaltet haben?«

»Während der Saison schon. Dafür sperr ich ja den Kontrollraum und die Talstation zu.«

»Dann ist heute Morgen keiner gesteckt, als Sie gekommen sind?«

»Nein. Für die Leichenbergung is mein Schlüssel verwendet wor'n.«

»Und wer hat außer Ihnen noch Schlüssel für die Talstation?«

»Da fragen S' am besten im Büro von den Seilbahnen nach.«

»Gut. Das war's dann fürs Erste«, sagte Sandra und erhob sich.

»Brauchen S' mich noch?«, fragte Alois Seebacher.

»Nein danke. Sollten noch Fragen auftauchen, wissen wir ja, wo wir Sie finden«, sagte Sandra.

»Warten S'. Ich helf Ihnen beim Einsteigen«, bot ihr der Liftwart an.

Sandra lehnte dankend ab.

6.

»Glaubst du wirklich, dass Mario Kolleger der Täter sein könnte?«, fragte Sandra auf dem Weg zur Talstation.

»Ich glaube überhaupt nichts. Ich wollte dem jungen Mann nur mal auf den Zahn fühlen«, sagte Bergmann.

»Wenn er tatsächlich gekündigt wurde, wäre das zwar ein mögliches Tatmotiv, dann müsste der Tote aber doch einer seiner Vorgesetzten sein und jeder hier würde ihn kennen«, gab Sandra zu bedenken.

»Nicht unbedingt. Er könnte ja auch neu in der Firma sein. Oder er war einer dieser skrupellosen Unternehmensberater, die um horrende Honorare Firmen analysieren und überflüssiges Personal lieber heute als morgen feuern.«

»Davon hat Mario Kolleger aber nichts erwähnt. Wie auch immer, deine Theorien lassen sich ja relativ rasch überprüfen. Aber sag mal: Findest du es nicht auch merkwürdig, dass sich bisher keiner der Verantwortlichen von den Seilbahnen hier hat blicken lassen? Weder diese Bürgermeisterin noch der Geschäftsführer? Immerhin wurde auf ihrer Liftanlage eine Leiche gefunden. Es wird nicht mehr lange dauern, bis die Pressemeute hier auftaucht. Da sollten die Betreiber doch zumindest aus erster Hand informiert sein, was hier vorgefallen ist. So ein Mord ist ja nicht gerade imagefördernd für ein Unternehmen.«

»Ja, das ist schon seltsam«, gab Bergmann ihr recht. »Aber nicht zwangsläufig geschäftsschädigend. Wenn man es schlau anstellt, könnte so ein Mord doch auch Abenteuerlustige anlocken, die den besonderen Kick suchen. Heißt ja immerhin ›Erlebnisregion Erzberg‹.« Der Chefinspektor grinste.

»Wärst du hier Tourismuschef, wäre das wohl der endgültige Todesstoß für die Region«, meinte Sandra.

»Wer weiß? Lass uns jetzt endlich mal hinauffahren. Um die Herrschaften von den Seilbahnen kümmern wir uns später.« Bergmann visierte den nächsten einfahrenden Liftsessel an.

»Du musst auf der anderen Seite einsteigen, nachdem der Sessel gewendet hat«, erklärte Sandra ihm.

Bergmann hob eine Augenbraue und sah sie an. »Als ob ich das nicht wüsste.«

»Ich dachte ja nur …«

»Was? Dass ich ein vertrottelter Wiener bin, der noch nie in seinem Leben mit einem Sessellift gefahren ist?«, fragte er forsch.

»Schon gut.« Sandra schlüpfte aus ihrer Jacke. Obwohl zu erwarten war, dass es weiter oben etwas kühler war, musste sie eine Kleidungsschicht loswerden, ehe sie komplett durchgeschwitzt war und sich anschließend verkühlte. »Nimm du den nächsten Sessel. Ich will mir noch rasch meinen Sweater ausziehen«, sagte sie.

Bergmann hatte sich bereits beleidigt abgewandt und ließ sich in seinem schicken Anzug auf den nächsten ausfahrenden Sessel plumpsen.

Sandra sah ihm verwundert hinterher, bis er den Sicherheitsbügel heruntergeklappt hatte. Seit wann war der Chefinspektor dermaßen empfindlich? Vier Sessel später folgte sie ihm.

Nur noch das Zwitschern der Vögel und das Rumpeln des Liftsessels, wenn dieser eine Liftstütze passierte, drangen an ihre Ohren. Ansonsten herrschte rundum wohltuende Stille. Die frische, würzige Waldluft war Balsam für feinstaubgeplagte Städterlungen. Sandra fühlte sich an ihre Kindheit in der Steirischen Krakau erinnert, die heute noch mit intakter Natur und gesunder Luft um Touristen warb. Dass die negativen Erinnerungen an ihre Heimat überwogen, lag hauptsächlich an ihren verkorksten familiären Beziehungen, unter denen sie viel zu lange gelitten hatte.

An der vierten Liftstütze, wo der Tote im Sessel aufgefunden worden war, wandte sie sich um. Wie Schaunitzer erklärt hatte, war der Erzberg von hier aus nicht zu sehen. Die Berglandschaft hinter ihrem Rücken vermochte dennoch zu beeindrucken, wenngleich es mit zunehmender Wärme und Feuchtigkeit etwas diesig geworden war.

Wieder nach vorne gewandt, bemerkte Sandra, dass

Bergmann telefonierte. Hören konnte sie nicht, was er sprach. Schon gar nicht, mit wem. Wenn es für den Mordfall relevant war, würde sie es ohnehin gleich erfahren. Andernfalls war es ihr egal. Bei Stütze Nummer 8 drehte sie sich noch einmal nach dem Erzberg um. Mit seinen markanten Etagen, die durch den stufenweisen Tagebau entstanden waren, trug er seinen zweiten Beinamen »steirische Pyramide« zu Recht. Drei Liftstützen später wurde Bergmann vor ihren Augen von der Bergstation verschluckt, die nicht viel mehr als ein offener Bretterverschlag war, in den die Sessel jederzeit ein- und ausfahren konnten.

Sandra rutschte von ihrem Sessel und kam neben zahlreichen Plastikkanistern zu stehen. Vom Chefinspektor war weit und breit nichts zu sehen. Dafür waren hier zwei Kollegen mit der Spurensicherung beschäftigt. Dass es an stark frequentierten Orten wie diesem nicht an forensischen Spuren mangelte, war klar. Ob sie später auch einzelnen Personen zugeordnet werden konnten und schlussendlich zum Täter führten, war selbst bei größtmöglicher Sorgfalt reine Glückssache.

Auf dem Weg nach draußen hielt Sandra vergeblich Ausschau nach Bergmann. Offenbar war er schon in die Polster-Schutzhütte vorausgegangen. Ob er noch immer beleidigt war, weil sie ihn für ahnungsloser gehalten hatte, als er war, und ihm deshalb einen vermeintlich guten Ratschlag gegeben hatte? Dass er den Ausstieg verpasst hatte und wieder talwärts fuhr, traute sie ihm dann doch nicht zu. Außerdem wäre er ihr in diesem Fall entgegengekommen. Schmunzelnd folgte sie den Stufen, die zur Schutzhütte führten.

Manfred Siebenbrunner saß am ersten Tisch gegenüber dem Holzstoß, auf dem zahlreiche Schnapsflaschen standen, und telefonierte. Der Chefinspektor hatte ihm den Rücken zugewandt und unterhielt sich mit dem grauhaarigen Mann an der schmalen Theke, die wie fast alles hier, außer dem gefliesten Fußboden und dem gusseisernen Kaminofen, aus Holz war. Sandra ließ Siebenbrunner links liegen und näherte sich den beiden Männern zu ihrer Rechten. Auf dem weißen T-Shirt des Hüttenwirts fand sich derselbe Spruch wieder, den sie unten bereits mehrfach auf Plakaten gelesen hatte. *Aufffi aufn echten Berg*, lautete der Werbeslogan, der den Präbichl als Wander- und Skiparadies anpries. Einmal mehr fragte sie sich, was denn ein falscher Berg sein sollte. Außerdem, warum *»aufffi«* gleich mit drei F geschrieben war, wo doch auch zwei gereicht hätten. Eine vernünftige Antwort darauf wollte ihr noch immer nicht einfallen. Der Wirt nickte ihr zu. Bergmann wandte sich um. »Ach, da bist du ja«, sagte er.

Sandra stellte sich dem Wirt vor.

»Darf's vielleicht auch ein Kaffee sein?«, fragte Toni Angerer freundlich. Unzählige Lachfalten hatten sich neben seinen enzianblauen Augen tief ins gebräunte Gesicht eingegraben.

»Für mich nur ein Glas Leitungswasser«, antwortete Sandra.

»Hockt's euch her da, ich bring euch gleich die Getränke.«

Vielleicht war es ja auch der langen Koffeinabstinenz zuzuschreiben, dass Bergmann nicht auf sie gewartet hatte, überlegte Sandra und setzte sich mit ihm an einen der leeren Tische. Immerhin hatte er seinen letzten Kaffee heute Morgen getrunken, was für ihn eine beachtliche Durststrecke bedeutete.

Wenig später kehrte der Wirt mit einer Thermoskanne aus der Küche zurück. »Magst auch einen Kaffee, Mani?«, rief er in den Gastraum.

Sandra und Bergmann wechselten überraschte Blicke. Dann starrten beide den Leiter der Tatortgruppe an, der sein Telefongespräch inzwischen beendet hatte.

»Machst mir halt einen Verlängerten«, antwortete Siebenbrunner mürrisch.

»Verlängern musst ihn dir schon selber, ich bin ja kein Kaffeehaus«, erwiderte der Wirt.

»Als ob ich das nicht wüsste«, brummte Siebenbrunner.

Noch einmal tauschten Sandra und Bergmann verdutzte Blicke aus, die auch Toni Angerer bemerkte.

»Der Mani und ich sind z'ammen Volkschul' 'gangen«, erklärte er ungefragt und stellte ein großes Glas mit Wasser und die Thermoskanne auf ihren Tisch. Während er in dem Tohuwabohu, das auf der Platte des Kaminofens, aber nicht nur dort, herrschte, zwei Häferln suchte, fuhr er fort: »Ich war dann in der Hauptschule in Trofaiach, der Mani in Eisenerz, er hat ja im Gegensatz zu mir die Matura g'macht.« Es folgten eine Plastikkanne mit Milch und eine Zuckerschale. Dann nahm der Wirt an ihrem Tisch Platz. »Wir ham uns aus den Augen verloren. Bis heut hab ich nicht g'wusst, dass der Mani bei die Krimineser schöpft.« Toni Angerer grinste verschmitzt, während er die braune Flüssigkeit beobachtete, die in Bergmanns Häferl floss. »Ich hätt ja viel eher geglaubt, dass er Anwalt oder so was wor'n ist ... der alte Streber der ...«, setzte er noch leiser hinzu.

Die letzte Aussage überraschte Sandra nicht im Geringsten. Wahrscheinlich hatte der kleine Mani schon damals die Weisheit mit dem großen Löffel gefressen und sogar seine Lehrer belehrt.

»Was ist jetzt mit deinem Kaffee?«, rief der Wirt seinem alten Schulfreund zu. Allem Anschein nach hatte er nicht vor, ihm den Kaffee an den Tisch zu servieren.

Siebenbrunner musste sich schon erheben und selbst einschenken. Leider nahm er nun direkt neben Sandra Platz. Die rückte instinktiv weiter weg.

»Sie haben in der vergangenen Nacht nichts Ungewöhnliches gehört? Auch nicht, dass der Lift in Betrieb war?«, fragte Sandra.

Der Wirt schüttelte den Kopf. »Tut mir leid. Gar nix hab i' g'hört. Ich schlaf da herob'n immer wie ein Murmeltier. Der Kolleger Mario hat mich ang'rufn und mir von dem Tot'n aufm Lift erzählt.«

Sandra nahm das Schlürfen wahr, das ihr schon von den Besprechungen im LKA vertraut war, wenn Siebenbrunner Kaffee trank. »Waren Sie die ganze Nacht allein hier oben?«, fragte sie weiter.

»Ja, meine Freundin, die Marlene wollt heut z' Mittag mit Lebensmitteln auffikommen. Sie war gestern in Vordernberg unten beim Begräbnis von der alten Moserbäuerin.«

»Die Moserbäuerin ist gestorben?«, meldete sich Siebenbrunner zu Wort.

Wieder sahen sich Bergmann und Sandra kurz an.

»Ja. Hautkrebs hat's g'habt. A böse G'schicht ... Is'

ziemlich schnell bergab mit ihr 'gangen.« Der Wirt seufzte. »Die Vicky hat ganz schön was mitg'macht mit ihrer Mutter. Als ob die Arbeit am Hof noch ned g'langt hätt. Nebenher macht's noch den Ab-Hof-Verkauf und ihre Lebensberatung. Die Weiber sind alle ganz deppert auf den Hokuspokus. Meine ja auch …« Toni Angerer rollte mit den Augen.

»Die Viktoria hat den Moserhof übernommen?«, fragte Siebenbrunner nach.

»Ja wer denn sonst? Der Rupert ganz g'wiss ned.« Wieder präsentierte der Wirt die volle Pracht seiner Lachfalten, dazu ein kräftiges Gebiss.

Weder Sandra noch Bergmann machten Anstalten, die Unterhaltung der beiden ehemaligen Schulkollegen zu unterbrechen. Auf diese Weise war vielleicht mehr zu erfahren als bei der üblichen Routinebefragung. Warum sollten sie Siebenbrunners Heimvorteil nicht für ihre Ermittlungen nützen?

»Ich weiß. Der Rupert wollte ja immer Medizin studieren«, erwiderte Siebenbrunner pikiert.

»Hat er ja auch. Nach 'm Studium war er dann eine Zeit lang im Krankenhaus in Leoben, bevor er die Praxis vom alten Doktor Schwarz in Vordernberg übernommen hat. Keine zwei Jahr is er da blieb'n. Von heut auf morgen is er nach Kanada ausg'wandert. Angeblich hat er von einem Krankenhaus in Toronto ein großzügiges Angebot bekommen, das er ned ablehnen hat können«, erzählte der Wirt.

Siebenbrunner schlürfte seinen Kaffee aus.

Sandra hoffte inständig, dass er sich keinen weiteren einschenkte.

»Wer ist Rupert?«, fragte Bergmann dazwischen.

»Der Sohn von der alten Moserbäuerin, der Bruder von der Vicky«, erklärte Toni Angerer.

»Ganz bestimmt heißt dieser Rupert mit Nachnamen nicht Moser«, meinte Bergmann spitzfindig.

Sandra grinste in sich hinein. Endlich hatte der Chefinspektor kapiert, dass die meisten Landwirte in der Steiermark nicht mit ihren Familiennamen, sondern mit den Vulgonamen angesprochen wurden.

»Kronsteiner«, antwortete Siebenbrunner. »Rupert Kronsteiner. Er war einer meiner Klassenkollegen im Gymnasium in Eisenerz.«

»Ein Bauernsohn im Gymnasium? War das zu Ihrer Zeit nicht eher ungewöhnlich?« Bergmanns Frage klang provokant.

Siebenbrunner blickte schweigend in seine leere Kaffeetasse. Gute zehn Jahre mussten ihn und Bergmann trennen, schätzte Sandra.

»Der Rupert war recht g'scheit. Und sein Vater wollt, dass er's einmal besser hat wie er«, antwortete der Wirt. »Leider hat er nimmer miterleben dürfen, dass sein Sohn Doktor wor'n is'. Er is' vor seinem Studienabschluss bei einem Silounfall ums Leben 'kommen.«

»Wann ist Rupert Kornsteiner denn nach Kanada ausgewandert?«, fragte Bergmann.

»Lass'n S' mich mal überleg'n … Das muss noch vor der Jahrtausendwende g'wesn sein. 1999.«

»Wie alt war er damals?«

Der Wirt überlegte.

»33 oder 34«, antwortete Siebenbrunner wie aus der Pistole geschossen. »Auf alle Fälle ist er 1965 geboren, also ist er heute 47 oder 48. Je nachdem, wann er Geburtstag hat. Der ist mir nicht bekannt. Demnach muss er vor 15 Jahren ausgewandert sein.«

»Bei Ihrem Rechentempo sollten Sie sich als Kandidat bei ›Wetten, dass?‹ bewerben«, sagte Bergmann. »Aber hurtig, bevor die Sendung demnächst eingestellt wird.«

»Rechnen hat der Mani schon allweil gut können. Erinnerst dich noch an die deppat'n Staffelrechnungen? Du warst immer als Erster fertig.«

»Könnten wir meine Vergangenheit bitte aus dem Spiel lassen?«, fragte Siebenbrunner.

»Warum denn so bescheiden, Siebenbrunner?«, stichelte Bergmann und griff erneut zur Thermoskanne.

»War Herr Doktor Kronsteiner denn gar nicht beim Begräbnis seiner Mutter?«, kehrte Sandra zur Befragung zurück.

»O ja. Sie ham mi'm Begräbnis extra g'wartet, bis der Rupert heimkommt. Sonst tät die alte Moserbäuerin schon seit einer guten Woche unter der Erd' lieg'n.«

»Dann hat Doktor Kronsteiner am Begräbnis seiner Mutter teilgenommen?«, fragte Sandra.

Toni Angerer zuckte mit den Schultern. »Ich nehm's stark an, ich war aber ned dabei. Die Marlene müsst das wiss'n.«

»Ihre Freundin wollten wir ohnehin noch befragen.« Bergmann hielt dem Wirt ein Handyfoto unter die Nase. »Kennen Sie diesen Mann?«

Angerer betrachtete das Display und kratzte sich schweigend am Kopf.

»Könnte es sich um Doktor Kronsteiner handeln?«,

stellte Bergmann dieselbe Frage, die auch Sandra in den Sinn gekommen war.

Falls es sich bei dem Toten tatsächlich um den emigrierten Arzt handelte, warum hatte ihn bisher niemand identifizieren können? War es möglich, sich in 15 Jahren äußerlich so stark zu verändern, dass gute Bekannte von früher einen nicht mehr erkannten? Oder vielleicht nur als Leiche nicht?

Toni Angerer starrte noch immer auf das Foto, den Kopf hin und her wiegend. »I' weiß ned«, meinte er, als sich das Display verfinsterte. »Die Augen vielleicht … Aber alles andere? Die Nas'n war auf alle Fälle größer, das Kinn irgendwie breiter …«

»Zeigen Sie mir doch einmal das Foto.« Siebenbrunner griff nach Bergmanns Handy.

»Haben Sie den Toten denn noch gar nicht gesehen?«, fragte Sandra erstaunt.

»Nein. Warum sollte ich? Als ich in die Talstation gekommen bin, ist die Leiche bereits zugedeckt dort gelegen. Einer meiner Männer hatte schon die Spuren von der Leiche abgenommen. Ein anderer hatte sie fotografiert, bevor ich sie aus dem Weg habe schaffen lassen. Das hab ich nicht persönlich überwacht.« Siebenbrunner rückte seine Brille mit dem altmodischen Metallgestell zurecht und betrachtete das Foto auf dem Display.

»Wenn Sie aus dieser Gegend stammen, hätten Sie sich doch schon früher für das Opfer interessieren können. Wäre ja immerhin möglich, dass es sich dabei um einen alten Bekannten oder einen Ihrer Verwandten handelt«, sagte Sandra. Als vor einigen Jahren eine unbekannte Tote in ihrem Heimatdorf aufgefunden worden war, hatte sie ganz genau hingesehen. Mit jedem weiteren Mordopfer in St. Raphael würde sie wieder so verfahren. Wenngleich es höchst unwahrscheinlich war, dass in einem Kaff mit gerade einmal 650 Einwohnern ein weiterer Mord geschehen würde. Noch dazu, wo ihr krimineller Halbbruder, dem sie beinahe jedes Verbrechen zutraute, inzwischen nach Thailand ausgewandert war. Grund genug für Sandra, dort niemals Urlaub zu machen, schweifte sie gedanklich ab.

»Keiner der Einheimischen konnte die Leiche identifizieren«, holte Siebenbrunner sie wieder in die Gegenwart zurück. »Warum sollte ausgerechnet ich es können, wo ich bereits vor 30 Jahren von hier fortgegangen bin?«

»Und seither waren Sie nie wieder hier?«, fragte Sandra.

»Ich wüsste nicht, was Sie das angeht«, antwortete Siebenbrunner, charmant wie eh und je.

»Also was ist jetzt? Kennen Sie den Mann oder nicht?«, schnauzte Bergmann ihn an.

Noch einmal wischte Siebenbrunner über das Display, um das Foto erneut zu betrachten. »Ich kann in dieser Leiche beim besten Willen nicht Rupert Kronsteiner wiedererkennen. Tut mir leid.«

»Warum haben Sie eigentlich nicht schon früher erwähnt, dass Sie aus dieser Region stammen?«, ließ Sandra nicht locker.

»Warum sollte ich? Denken Sie, dass ich befangen sein könnte, wie Sie seinerzeit bei den Mordermittlungen in Ihrem Dorf?«

Sandra schnappte nach Luft.

»Das wiederum geht *Sie* überhaupt nichts an«, wies

Bergmann ihn in die Schranken, ehe Sandra etwas erwidern konnte.

»Schon gut. Ich muss sowieso zurück zu meinen Leuten. Wir wollen hier schließlich nicht übernachten. Was bin ich für den Kaffee schuldig?«, meinte Siebenbrunner.

»Lass dein Geld steck'n, Mani. Bist mein Gast.«

Wieder bewunderte Sandra die Lachfalten des Mannes, die von extremen Witterungseinflüssen und überbordender Lebensfreude zeugten. Siebenbrunners vergleichsweise glatte, aber fahle Gesichtshaut ließ ihn gegen den gleichaltrigen Wirt im wahrsten Sinn des Wortes alt aussehen.

»Kommt überhaupt nicht infrage. Glaubst du, ich will mir auch noch Bestechung vorwerfen lassen?«, meinte der Leiter der Tatortgruppe mit einem beleidigten Seitenblick auf Sandra.

Wer, um alles in der Welt, hatte ihm denn etwas vorgeworfen, fragte sie sich. Sie ganz bestimmt nicht. Jedenfalls nichts, das er hätte hören können. Umgekehrt hatte er sie doch eben der Befangenheit in einem früheren Mordfall bezichtigt.

»Dann halt ned. Macht zwei Euro«, sagte der Wirt, weiterhin gut gelaunt.

Siebenbrunner legte zwei Eineuromünzen auf den Tisch und erhob sich. »Pfiat di, Toni«, sagte er und stolzierte Richtung Ausgang.

»Pfiat di, Mani«, erwiderte der Wirt und sah ihm kopfschüttelnd hinterher. »Der hat sich kein bissl verändert. Jedenfalls nicht zu seinem Vorteil«, stöhnte er, kaum, dass sein alter Schulkollege bei der Tür draußen war. »Genauso ein sieriger Grantscherm wie sein Vater.«

»Und was ist mit seiner Mutter?«, fragte Sandra nach.

Toni Angerer zuckte mit den Schultern. »Die war eh noch die Netteste von allen. Is aber auch schon tot. Fast die ganze Familie is bei einem Hausbrand ums Leben kommen, da war der Mani schon fort. Nur ein Bruder von ihm lebt noch, aber nimmer in Vordernberg.«

»Schrecklich«, entkam es Sandra. Selbst ihrem ärgsten Feind wünschte sie einen solchen Verlust nicht. Das Klingeln eines Handys ließ sie ihr Mitleid vergessen.

»Griaß di, Marlene … Nein, ich weiß noch nicht, wannst wieder auffifahr'n kannst. Die Polizei ist noch da …« Angerers fragender Blick wanderte von Bergmann zu Sandra und wieder zurück.

Bergmann warf einen Blick auf sein Handy, um die Uhrzeit abzulesen. »Am besten kommt Frau Illmaier jetzt gleich herauf«, sagte er. So konnten die Ermittler sie an Ort und Stelle befragen, und sie ersparte sich den Weg nach Graz. Immer vorausgesetzt, Marlene Illmaier hatte nichts mit dem Mord zu tun.

»Haben Sie eigentlich Schlüssel für die Talstation?«, fragte Sandra, nachdem Toni Angerer seine Freundin heraufgebeten und das Gespräch beendet hatte.

»Ja, die hab ich, für Notfälle. Gebraucht hab i' s' aber noch nie. Meistens komm ich ja zu Fuß auffi.«

»Wer hat sonst noch Schlüssel außer Herrn Kolleger und Ihnen?«

»Auf alle Fälle der Bachinger Fritzl. Der is aber grad in Italien. Und im Büro ham s' vermutlich auch noch welche. Ansonsten wüsst ich niemanden.«

»Kennen Sie denn die Initiatoren von der Bürgerinitiative, die sich für die Rettung des Polster-Sessellifts einsetzen?«, fragte Sandra.

»Freilich kenn ich die. Der Lassacher Manuel und der Krobath Robert – zwei nette Burschen. Beide kommen schon seit ihrer Kindheit regelmäßig aufn Polster auffi. Der Manuel is eh ein Vordernberger, lebt jetzt aber wie der Robert in Leoben. Wir ham schon so manches Schnapserl z'ammen kippt. Ich setz die nämlich selber an. Is mei Hobby. Wolln S' vielleicht einen Enzian kost'n?« Der Wirt deutete zu den vielen Schnapsflaschen auf dem Board am Holzstoß, von denen die meisten mit handgeschriebenen Etiketten beklebt waren.

Auf dem Bauch der größten Flasche konnte Sandra »*Medizin*« lesen. Dennoch machte die gelbbraune Flüssigkeit keinen besonders vertrauenserweckenden Eindruck auf sie. Andererseits war der Alkoholgehalt bestimmt so hoch, dass Keime nicht die geringste Überlebenschance hatten. »Danke, nicht im Dienst«, lehnte sie das Angebot ab und notierte sich die Namen und Telefonnummern der beiden Vorsitzenden der Bürgerinitiative. Darüber hinaus nannte ihr der Hüttenwirt drei weitere Aktivisten der Bürgerinitiative. Zwei davon waren Frauen, die er persönlich kannte und für deren Friedfertigkeit er die Hand ins Feuer legte. Von ihnen hatte er zwar keine Kontaktdaten, aber die konnten am einfachsten über die Vorsitzenden erfragt werden.

»Ich mach mir ja keine ernsthaften Sorgen, dass der Einser eing'stellt wird«, meinte der Wirt abschließend. »So deppert kann doch niemand sein, dass er ein solches Juwel aufgibt.«

Wenn er sich da nur mal nicht irrt, dachte Sandra.

7.

Toni Angerer nahm seiner Freundin die vollen Einkaufstaschen ab, die sie hereinschleppte.

»Was bin ich froh, dass ich wieder da bin. Weißt, wie warm's da unten ist?«, stöhnte Marlene Illmaier. Mit der flachen Hand fächelte sie sich demonstrativ Luft zu, sodass sich die losen Locken ihrer blonden Hochsteckfrisur im Luftzug bewegten. »Und das Mitte Mai. Wahnsinn! Letztes Jahr um die Zeit hat's herob'n g'schnibn … Kannst dann bitte noch die Kist'n einitrag'n, Bärli?«

»Sicher, Weibi.« Der Wirt strebte mit den Einkaufstaschen in Richtung Küche.

»Danke, Bärli!«, rief die große kräftige Frau ihrem Freund hinterher, ehe ihre Aufmerksamkeit den Ermittlern galt. »Griaß eich!«, grüßte sie vergnügt, wie es sich nach den Benimmregeln über 1.000 Meter Seehöhe gehörte.

»Grüß Gott, Frau Illmaier«, blieb Sandra bei der formellen Ansprache und nannte ihre Namen und Dienstränge. »Dürfen wir Ihnen ein paar Routinefragen stellen?«

»Freilich«, antwortete sie, unverändert gut gelaunt und schob den Teddybär beiseite, der auf der Bank hockte. Auch über ihren Köpfen baumelten Plüschtiere, die einiges an Staub gefangen hatten. Was für ein Glück, dass Bergmanns Allergie verschwunden war.

»Kannst mir mal kurz helfen, Marlene?«, drang die Stimme des Wirts von der Küche herüber.

»Entschuldigt's mich kurz.« Die Frau verschwand in der Küche.

»Die bringt wohl nichts so schnell aus der Fassung«, murmelte Sandra. Immerhin war heute Morgen ein nackter Mann auf dem Sessellift, der zur Hütte ihres Freundes führte, gefunden worden. Den Wirt hatte dieser Vorfall auch nicht sonderlich beeindruckt, überlegte sie.

»Es heißt doch immer, dass Dicke die besseren Nerven haben«, erwiderte Bergmann.

»Du und deine Klischees.« Sandra schüttelte den Kopf. »Außerdem ist die Frau nicht dick. Sie ist lediglich groß und kräftig.«

»Sie ist dick«, widersprach Bergmann. »Miriam ist groß«, spielte er auf die Modelmaße der jüngsten Mitarbeiterin in seinem Team an, als ob diese der Norm entsprochen hätten.

»Mein Gott, Sascha …« Sandra seufzte.

Bergmann nestelte an seinem geöffneten Hemdkragen herum. »Jetzt übertreib doch nicht so. Gott bin ich keiner«, sagte er grinsend.

Sandra drohte ihm mit Blicken, die an Bergmann abprallten.

»Apropos Miriam: Ich hab ihr während der Liftfahrt ein Foto von der Leiche geschickt und schon mal die wichtigsten Fakten durchgegeben. Irgendwer muss diesen Mann doch früher oder später vermissen«, kehrte Bergmann zum Fall zurück.

»Vielleicht in Toronto«, sagte Sandra. »Aber das dauert dann wohl noch eine Weile, bis wir es erfahren. Je nachdem, wie lange Herr Doktor Kronsteiner vorhatte, in seiner alten Heimat zu bleiben.«

»Wieso glaubst du, dass es sich bei dem Toten um

diesen Doktor handelt? Weder der Wirt noch Siebenbrunner haben ihn erkannt«, sagte Bergmann.

»Nur so ein Bauchgefühl«, erwiderte Sandra.

Bergmann nickte. »Schauen wir mal, was die Frau sagt. Ansonsten müssen wir halt den mühsamen Weg gehen, ausschwärmen, Klinken putzen …«

»… beziehungsweise das Foto des Opfers veröffentlichen«, ergänzte Sandra.

»Wollts noch was trinken?« Marlene Illmaier kehrte aus der Küche zurück. Für sich selbst hatte sie ein Glas Apfelsaft mitgebracht.

Beide Ermittler lehnten dankend ab.

»Was wollts denn von mir wissen?«

»Sie waren gestern bei einem Begräbnis in Vordernberg?«, fragte Sandra.

Die fröhliche Miene wich aus dem pausbäckigen Gesicht der Frau, als sie bejahte.

»Wann genau war das denn? Und wo waren Sie anschließend?«

»Um elf hat das Begräbnis ang'fangt. Um Viertel eins war dann der Leichenschmaus im ›Ofenloch‹. Der hat bis um halb fünf gedauert.«

»Und danach?«

»Danach war ich noch bei der Kronsteiner Viktoria, der Tochter von der Verstorbenen. Auch ihre Cousine, die Breitfuß Sabine, war dabei. Wir haben gestern beide bei der Vicky am Hof übernachtet. Sie war ziemlich fertig nach dem Begräbnis ihrer Mutter und hat unseren Beistand gebraucht.«

Sandra notierte sich den Namen und die Telefonnummer der zweiten Freundin.

»Heut Vormittag war ich dann einkaufen und wollt anschließend wieder auffikommen«, fuhr die Wirtin fort. Unterwegs hat mich aber der Kolleger ang'rufen und informiert, dass der Lift g'sperrt ist, weil der Seebacher eine Leich g'funden hat. Da war's ziemlich genau dreiviertel zehn.« Marlene Illmaier griff zu ihrem Glas und nahm einen großen Schluck Apfelsaft.

»War der Sohn der Verstorbenen, Doktor Rupert Kronsteiner, auch beim Begräbnis seiner Mutter?«, kam Sandra auf den Punkt.

Marlene Illmaier verschluckte sich unvermittelt an ihrem Apfelsaft und hustete heftig, um nicht daran zu ersticken. Es dauerte eine Weile, bis sie wieder Luft bekam und das Husten verebbte.

»Geht es wieder?«, erkundigte sich Sandra.

Die Wirtin nickte, zog ein angeschnäuztes Taschentuch aus ihrer Kitteltasche, in das sie lautstark hineinblies.

Bergmann wandte sich ab. So viel Bodenständigkeit verkraftete der Chefinspektor nur schwer, wusste Sandra. »Also, war dieser Doktor nun beim Begräbnis oder nicht?«, herrschte er Marlene Illmaier an.

Die Frau hüstelte, während sie das Taschentuch wieder einsteckte. Besonders sensibel schien sie wirklich nicht zu sein. Zumindest konnte ihr die rüde Ansprache des Chefinspektors sichtlich nichts anhaben. Als Hüttenwirtin war sie vermutlich Schlimmeres gewöhnt, überlegte Sandra. Die Gäste konnte man sich bekanntlich nicht aussuchen. Über den Durst getrunken hatte hier bestimmt schon der eine oder andere und sich dementsprechend aufgeführt.

»Ja, der Rupert war beim Begräbnis. Er ist vorgestern aus Kanada angekommen. Er wollt seiner Mutter die letzte Ehr erweisen. Vorher hat er sich Jahrelang nix um sie g'schert. Obwohl sie krebskrank war, und er ein Doktor ist.«

»Was für ein Arzt ist er eigentlich?«, wollte Sandra wissen. Beinahe hätte sie »war« gesagt. Dabei gab es überhaupt keinen Hinweis, dass es sich bei dem Toten um den emigrierten Doktor handelte.

»Frauenarzt.«

Bergmann zückte sein Handy und streckte es der Wirtin entgegen. »Ist das Doktor Rupert Kronsteiner?«

Marlene Illmaier hüstelte noch einmal, fasste sich danach an den Mund. »Mein Gott … ja, das ist der Rupert. Wenn ich ihn gestern nicht mit eigenen Augen g'sehn hätt, hätt ich ihn auf dem Foto jetzt ganz g'wiss ned erkannt.«

»Liegt das am Foto? Oder hat er sich so stark verändert, seitdem er ausgewandert ist?«, fragte Sandra.

Die Wirtin starrte noch immer auf das Display. »Er hat früher ganz anders ausg'schaut. Die grauen Haar war'n dunkel und dicht, die Lippen voller. Auch die Nase war größer, das Kinn breiter und die Zähne nicht so weiß und regelmäßig. Wie er gestern beim Begräbnis auf'taucht ist, hat ihn niemand von uns erkannt, nicht einmal seine Schwester. Noch dazu hat er so einen komischen Akzent g'habt. Wie der Schwarzenegger oder der Stronach. Er hat uns dann erzählt, dass er vor einigen Jahren einen Autounfall g'habt hat. Dabei hat's sein G'sicht so schlimm zertrümmert, dass er mehrmals operiert werden hat müssen, bis er sich wieder in den Spiegel schau'n hat können. Fast hat er mir leid tan …«

Warum denn nur fast, fragte sich Sandra insgeheim. »Wusste vorher niemand von seinem Unfall und den Operationen? Hatte er denn keinen Kontakt mehr zu seiner Familie? Oder zu seinen Freunden?«

»Soweit ich weiß, nur zu seiner Mama. Von einem Unfall hat die aber nichts erzählt. Das wüsst ich bestimmt von der Vicky.«

»War Herr Doktor Kronsteiner gestern auch beim Leichenschmaus?«

»Ja, aber er hat sich schon recht früh wieder verabschiedet. Um halb drei herum hat er das Lokal verlassen.«

»Wissen Sie auch, wohin er wollte?«

»Ins Hotel, hat er g'sagt, seinen Jetlag ausschlafen.«

»In welches Hotel?«

Marlene Illmaier zuckte mit den Schultern. »Das müssen S' die Vicky fragen. Vielleicht weiß die, wo ihr feiner Herr Bruder einquartiert war.« Wieder war eine gewisse Gleichgültigkeit, wenn nicht gar Aversion herauszuhören, die die Frau offenbar gegen das Mordopfer hegte. Trauer zu heucheln, kam ihr nicht in den Sinn.

Sandra notierte sich die Adresse und die Telefonnummern von Viktoria Kronsteiner. »Sie mochten Doktor Rupert Kronsteiner nicht besonders?«, hakte sie nach.

Die Frau verschränkte die Arme vor der Brust. »So kann man das nicht sagen. Ich hab ihn ja kaum gekannt.«

»Aber er war doch der Bruder Ihrer Freundin.«

»Die Vicky ist wie ich etliche Jahre jünger als der Rupert. Von dem her haben wir beide nie besonders viel mit ihm zu tun gehabt.«

»Und mit wem hatte er sonst zu tun?«

»Eigentlich mit niemandem so wirklich.«

»Dann war er ein Einzelgänger?«

Wieder folgte ein Schulterzucken. Entweder die Frau konnte oder sie wollte sich nicht mehr erinnern.

»Hatte er damals Streit mit jemandem?«, fragte Sandra.

Wenig überraschend fiel Marlene Illmaier auch dazu nichts ein.

»Hatte Herr Doktor Kronsteiner Feinde? Hat ihn jemand so sehr gehasst, dass er ihn hätte töten wollen?«, unternahm Sandra einen letzten Versuch.

»Vermutlich. Sonst wär er ja noch am Leben.«

Wie spitzfindig, dachte Sandra. Und reichlich kaltschnäuzig. Ein Mord, noch dazu an einem alten Bekannten, konnte der Frau jedenfalls nichts anhaben, bemerkte sie noch einmal. »Und Sie haben keine Idee, wer das getan haben könnte?«

Marlene Illmaier schüttelte den Kopf. »Ich tät Ihnen ja echt gern weiterhelfen, Frau Inspektor, aber das ist alles schon so lang her. Ich hab so viel vergessen, was damals passiert ist. Ist ja heut nimmer wichtig.«

Gerade heute wären ihre Erinnerungen für die Ermittler vielleicht wichtig gewesen. Sandra gab es dennoch auf. »Sollte Ihnen doch noch etwas einfallen, rufen Sie uns bitte an. Herr Angerer hat unsere Nummern.« Die beiden Ermittler erhoben sich.

»Eine Frage hätte ich noch …« Bergmann hielt auf halber Strecke inne und wandte sich noch einmal um.

Machte er neuerdings auf Columbo, wunderte sich Sandra. Fehlte nur noch der Trenchcoat, das Glasauge und ein Basset.

Marlene Illmaier hielt in ihrer Bewegung inne und sah ihn erwartungsvoll an.

»Gibt es hier irgendwo einen Supermarkt, der noch geöffnet ist?«

Marlene Illmaier blickte auf die Uhr. »Das nächste G'schäft ist am Hauptplatz in Vordernberg. Das hat aber schon zu. In Eisenerz gibt's einige Supermärkte, die am Samstag bis 18 Uhr offen haben.«

»Und in die andere Richtung?«

»Bei Trofaiach hab ich ein Hinweisschild gesehen«, erinnerte sich Sandra vom Vorbeifahren.

»Genau«, bestätigte Marlene Illmaier und beschrieb Sandra den Weg dorthin.

Bergmann hob die Hand zur Verabschiedung und wandte sich ab.

Einmal mehr fühlte sich Sandra an Peter Falk erinnert. Wenn der Chefinspektor auf seine alten Tage auch noch schrullig wurde und womöglich mit dem Zigarre rauchen anfing, dann stand ihr ja noch einiges bevor. Sie folgte ihm aus der Hütte.

»Lass uns in Trofaiach was zum Essen kaufen und dann noch die Schwester des Opfers aufsuchen«, sagte Bergmann auf dem Weg zur Bergstation. »Ich bin am Verhungern.«

»Warum hast du dir nicht hier was zu essen bestellt?«, fragte Sandra.

»Bei dem Chaos, das da drinnen herrscht? Nein danke.«

»Meinetwegen, mein Magen knurrt auch schon.«

Mit einer Geste deutete Bergmann an, dass er ihr diesmal den Vortritt ließ.

Sandra warf ihren Sweater über die Schultern und

band die Ärmel vorne zusammen, ehe sie auf den nächsten Liftsessel hüpfte, der talwärts fuhr.

8.

Dutzende Ziegen liefen lautstark meckernd zum Zaun, als sich das Ermittlerduo dem Bauernhof in Wegscheid näherte.

Während sich der Chefinspektor gerade den letzten Bissen seiner zweiten Käseleberkässemmel mit scharfem Senf und Essiggurkerl einverleibte, wartete Sandra am Zaun, bis er fertiggekaut und hinuntergeschluckt hatte. Eine besonders herzige schwarze Ziege schaute sie neugierig aus bernsteinfarbenen Augen an. Sandra ließ sie an ihrer Hand schnuppern. »Du bist ja süß«, redete sie auf das Jungtier ein, das gierig ihre Hand ableckte, bis sie diese zurückzog. Wie bei seinen Artgenossen hatten sich die Pupillen im Sonnenlicht zu waagrechten Schlitzen verengt, um ihm als Fluchttier den größtmöglichen Blickwinkel zu gewähren und die Augen gleichzeitig vor der Sonneneinstrahlung zu schützen.

»Können wir dann?«, fragte Bergmann und knüllte das Taschentuch zusammen, mit dem er sich eben noch das Fett vom Mund und den Fingern abgewischt hatte.

Sandra musste bei seinem Anblick neuerlich schmunzeln. Am Bauernhof wirkte sein heller Sommeranzug nicht minder fehl am Platz wie zuvor am Berg.

»Ist was?«, wollte er wissen und wischte sich zur Sicherheit mit dem zerknüllten Taschentuch noch einmal über den Mund.

»Alles okay. Pass nur auf, dass du mit deinen Patschen nicht in den Dreck steigst«, zog Sandra ihn auf.

Bergmann steckte das Taschentuch ein. »Könnte hier leicht passieren«, brummte er, ein paar Hendln im Visier, die mitten am Hof pickten.

»Tiere machen nun mal Mist.«

»Und stinken penetrant«, fügte Bergmann naserümpfend hinzu.

»An den Geruch gewöhnt man sich.«

»Niemals!«

Sandra ließ ihren Blick über die Ziegen im Freilandgehege schweifen, dahinter lag der Stall. »Das sind locker an die 40, 50 Tiere«, schätzte sie. »Und dort drüben, gleich neben dem Stall, scheint die Käserei zu sein.«

»Ja und?« Bergmann setzte sich in Bewegung. »Jetzt komm schon.«

»Schau mal: Katzen gibt es auch«, sagte Sandra unterwegs. »Eine kommt dich sogar extra begrüßen.«

»Wie schön«, flötete Bergmann und meinte genau das Gegenteil.

Wie die Stauballergie war auch seine Katzenhaarallergie dank der Wundertropfen einer Heilerin aus dem Naturpark Mürzer Oberland auf Nimmerwiedersehen verschwunden. Dennoch konnte er Samtpfoten noch immer nicht ausstehen, wusste Sandra.

»Bleib, wo du bist, Satan!«, warnte Bergmann die schwarze Katze, die sich nunmehr lautstark schnurrend am hellen Stoff seiner Hose rieb. Während er das betroffene Bein anhob und einige Male schüttelte, um das Tier wieder loszuwerden, fielen Sandra die Flecken an seinem Hosenbein auf.

»O je«, murmelte sie, in sich hinein grinsend.

»Drecksvieh!«, schimpfte Bergmann der zum Wohnhaus fliehenden Katze hinterher.

»War er leicht schon wieder anlassig?«, drang eine Stimme zu ihnen herüber. »Tut mir leid«, entschuldigte sich die schwarz gekleidete Frau prophylaktisch.

»Nein, nein. Alles bestens«, rief Sandra zurück und setzte sich in Bewegung.

»Von wegen alles bestens«, hörte sie Bergmann hinter ihrem Rücken maulen.

»Kommen S' doch eini«, sagte Viktoria Kronsteiner, nachdem sich die Ermittler ihr vorgestellt hatten. »Du bleibst draußen, Luzifer. Putz dich erst einmal, du Dreckspatz. Gsch, gsch!«, verscheuchte sie den Kater, der anscheinend nicht ganz so reinlich war, wie man es von einem Vertreter seiner Spezies erwarten durfte. Dass Bergmann mit dem Namen »Satan« gar nicht mal so falsch gelegen war, fand Sandra schon wieder witzig, ließ sich dies dem Ernst des Anlasses entsprechend aber nicht anmerken.

Die Landwirtin führte die Ermittler in die Stube. Ordnung und Sauberkeit herrschten hier nicht gerade. Dafür roch es nach Räucherstäbchen. Sandra ortete die Duftquelle im Herrgottswinkel, wo neben dem gerahmten Foto der kürzlich verstorbenen Altbäuerin auch ein Sträußchen mit frischen Wiesenblumen und Kräutern sowie eine weiße brennende Kerze standen. Neben dem Kreuz hing ein Amulett, das an einem Lederband befestigt war. Auf dem Tisch brannte eine weitere weiße Kerze. Einige Spielkarten lagen verstreut herum, die Sandra auf den zweiten Blick als Tarotkarten erkannte. Sie selbst stand derlei Hokuspokus mehr als skeptisch gegenüber, aber wenn es der Frau half, ihre Trauer zu bewältigen, sollte es ihr recht sein. Früher hatten die Leute Halt und Kraft aus ihrem Glauben geschöpft, heute eben aus dem Aberglauben.

Viktoria Kronsteiner schob die Tarotkarten auf einen Haufen zusammen und ließ sie in einer Holzschatulle verschwinden, die sie auf der Kredenz abstellte. Ihre langen braunen Haare, die von einigen grauen Strähnen durchzogen waren, drehte sie am Hinterkopf zusammen. In den strohigen Haaren hielt der Knoten auch ohne Klammer oder Spange.

»Ich fürchte, wir haben eine schlechte Nachricht für Sie, Frau Kronsteiner«, sagte Sandra mit angemessener Leichenbittermiene. Immerhin hatte die Frau eben erst ihre Mutter nach schwerer Krankheit verloren. Und jetzt auch noch ihren einzigen Bruder.

Viktoria Kronsteiner sah sie bang an, während sie am kapselförmigen Anhänger ihrer Silberkette nestelte. »Bitte setzen Sie sich doch … Geht's um den Toten am Einser?«

Wenig überraschend hatte die Landwirtin längst von dem Leichenfund am Polsterlift gehört, stellte Sandra fest. Dass sie ihn in den Tarotkarten gesehen hatte, war kaum anzunehmen. Während die meisten Bewohner größerer Städte beinahe ausschließlich auf Meldungen in den Medien angewiesen waren, sprachen sich derlei Ereignisse auf dem Land in Windeseile herum. Die Mund-zu-Mund-Propaganda funktionierte hier nach wie vor einwandfrei.

»Wir befürchten, dass es sich um die Leiche Ihres Bruders, Rupert Kronsteiner, handelt«, verkündete Sandra, wobei sie nicht ausschloss, dass die Frau, die ihr gegenübersaß, auch von diesem Verdacht bereits wusste. Ja, sie nahm sogar an, dass Marlene Illmaier ihre Freundin längst angerufen und informiert hatte.

Bergmann streckte der Landwirtin sein Handy entgegen.

Die warf einen Blick auf das Foto und seufzte schwer.

»Ist das Ihr Bruder?«, vergewisserte sich der Chefinspektor.

Viktoria Kronsteiner nickte, während sie ins Leere stierte. »Ich weiß nicht einmal, ob der Rupert hier oder in Kanada begraben werd'n wollt«, sagte sie. Ihre Reaktion auf die Todesmeldung sprach dafür, dass sie bereits damit gerechnet hatte.

»Gibt es jemanden, der das wissen könnte?«, hakte Sandra nach.

Viktoria Kronsteiner zuckte ratlos mit den Schultern. Ihre feuchten Augen starrten durch den Herrgottswinkel hindurch.

»Herzliches Beileid«, sagte Sandra und hielt kurz inne, ehe sie weiterfragte.

Die Landwirtin bedankte sich und rang sich ein zaghaftes Lächeln ab, das gleich wieder verschwand.

»Hatte Ihr Bruder Familie in Kanada? Oder andere ihm nahestehenden Bezugspersonen, die wir informieren sollten?«

»Ehrlich g'sagt weiß ich so gut wie gar nix über meinen Bruder. Wir ham in all den Jahren, die er in Kanada war, kaum miteinander g'redt. Höchstens, wenn er die Mama ang'rufn hat und ich zufällig das Telefon abg'hobn hab. Eine eigene Familie hat der Rupert aber bestimmt nicht g'habt. Das hätt er der Mama doch erzählt«, meinte sie nachdenklich.

»Und Sie hätten es dann von Ihrer Mutter erfahren?«, fragte Sandra.

Wieder nickte die Frau mit gesenktem Blick. »Besonders oft hat er ja nicht ang'rufn, der Rupert«, fuhr sie fort. »Und wenn, dann ham die Mama und er immer nur kurz telefoniert. Sie hat ihn jedes Mal g'schimpft, dass ihm diese Auslandsgespräche viel zu teuer kommen.«

»Ihr Bruder wird doch aber als Arzt nicht so schlecht verdient haben«, meinte Sandra.

»Das nehm ich auch an. Aber das war der Mama völlig wurscht. Es ist ihr ums Prinzip 'gangen. Sie hat's g'hasst, Geld zu verschwenden. In ihrer Vorstellung waren Auslandsgespräche nun mal teuer. Und wenn sie von was überzeugt war, ist da für alle Zeiten die Eisenbahn drüberg'fahrn. Dass sie mit dem Rupert auch kostenlos übers Internet telefonieren hätt können, hat's mir nicht glaub'n woll'n. Da ist bestimmt irgendwo ein Haken, hat s' immer g'meint. Schließlich hat niemand auf der Welt was zum Verschenken. Mit Computern und Handys wollt s' sowieso nix zu tun ham. Umso mehr Freud hat s' mit den kitschigen Glückwunschkarten g'habt, die ihr der Rupert zum Geburtstag und zu allen heiligen Zeiten g'schickt hat. Die hat sie sich allesamt in einer Schachtel aufg'hobn.« Die Erinnerung an die Eigenheiten der Mutter zauberte ein bitteres Lächeln auf das Gesicht der Frau. Gedankenverloren griff sie erneut zur kleinen silbernen Kapsel und ließ diese an der kurzen Halskette hin und hergleiten. Ein ähnliches Schmuckstück hatte auch Marlene Illmaier getragen, glaubte sich Sandra zu erinnern. Aber das war nichts Ungewöhnliches unter Freundinnen. Wenn sie ihr Gefühl nicht trog, war die Mutter der Jungbäuerin die dominantere von beiden Frauen gewesen. Für Mutter-Tochter-Beziehungen hatte Sandra ganz besonders feine Antennen. Nicht zuletzt dank ihrer persönlichen Erfahrungen, auf die sie liebend gern verzichtet hätte.

»Dürfen wir uns die Post von Ihrem Bruder einmal ansehen?«, fragte sie.

»Freilich. Sie können sie gern auch mitnehmen. Ich fang eh nix damit an.« Die Frau erhob sich.

»Haben Sie die Handynummer Ihres Bruders?«, fragte Sandra, um die Rufdatenrückerfassung seines Mobiltelefons beantragen zu können. Da sich ausländische Handys im Roaming-Modus in verschiedenen österreichischen Netzen bewegten, mussten sämtliche heimischen Netzbetreiber angeschrieben werden. Zu erwarten war, dass sie nicht von allen die gewünschten Zugangs-, Verkehrs- und Standortdaten bekommen würden. Manche behaupteten nämlich, ohne die relevante IMSI-Nummer, die sich auf der SIM-Karte befand, bei ausländischen Handys gar nichts tun zu können. Aber besser lückenhafte Daten als gar keine.

Mit viel Glück ließ sich das Handy vielleicht sogar orten und führte sie zum Tatort.

»Ich hab seine Nummer nicht bei mir eingespeichert. Im Telefonbuch von der Mama müsst sie aber steh'n. Das ist mir erst vor wenigen Tagen untergekommen, wie ich ihre Sachen durchg'schaut hab. Ich hab's aufg'hobn, weiß aber grad nicht, in welcher Kiste es ist. Da müsst ich erst nachschau'n.«

»Ja bitte sehen Sie gelegentlich nach.« Falls das Telefonbuch nicht auftauchte, würden Sie die Nummer in Kanada erfragen müssen. Offiziell brauchte es dafür ein Rechtshilfeersuchen der hiesigen Staatsanwaltschaft, das in weiterer Folge über das Justizministerium zur Staatsanwaltschaft in Toronto laufen musste, was Wochen und Monate dauern konnte.

Wenig später stand ein Schuhkarton vor Sandra, den sie öffnete. »Nach allem, was Sie uns erzählt haben, war Ihre Mutter eine recht resolute Frau«, sagte sie, während sie die oberste Karte aufschlug, die mit Weihnachten 2013 datiert war. Offenbar war dies die bisher letzte Briefsendung, die bei der Mutter angekommen war. Der Poststempel am Kuvert passte zur Jahresangabe. Als Absender schien lediglich die Adresse des Krankenhauses in Toronto auf, die wie das Logo aufs Kuvert gedruckt war, jedoch war darauf kein Absendername zu lesen. Die Anschrift und der Name der Mutter standen auf einem computergenerierten Etikett, das auf dem Kuvert klebte.

»Ich sag einmal so: Die Mama war ein Stehaufmandl. Sie hat in ihrem Leben schwere Zeiten durchg'macht. Aber sie hat immer das Beste draus g'macht. Ohne sich großartig zu beklagen. Das hätt' ja auch nix g'ändert. Sie war eine tapfere Frau mit Prinzipien, bis zum Schluss. Auch noch, wie s' schon so schwer krank war …« Die Landwirtin wischte sich ihre Tränen mit dem Handrücken ab und zog ein paar Mal die Nase auf.

Sandra hielt bereits die dritte Glückwunschkarte aus dem Stapel in ihren Händen, die in der Schachtel zuunterst gelegen war. Laut Datum musste diese die erste gewesen sein, die Rupert Kronsteiner nur wenige Tage nach seiner Ankunft in Kanada an seine Mutter geschickt hatte. Soweit sie es nach einer Stichprobe beurteilen konnte, stammten die Karten von ein- und derselben Person. Anzunehmen, dass dies auch der grafologische Gutachter bestätigen würde, der später die Handschriften verglich. Die Kuverts unterschieden sich hingegen voneinander. Anschrift und Absender auf den frühen Exemplaren waren mit der Hand auf neutrale Kuverts geschrieben worden und entsprechend schwer zu entziffern. Auf den später versandten Krankenhauskuverts klebten gedruckte Absenderetiketten. Sandra verschloss den Karton wieder. Um den Inhalt der Briefe würde sie sich zu einem späteren Zeitpunkt kümmern. Vielleicht fand sich darin ja irgendein brauchbarer Hinweis. »Hätte Ihre Mutter mit Ihrem Bruder geskypt, wäre ihr wohl sein stark verändertes Gesicht aufgefallen«, meinte sie.

»Bestimmt. Ehrlich g'sagt hab ich gestern am Friedhof gar nicht glaub'n können, dass das mein Bruder ist, der da vor mir steht.«

»Dann hat er während seiner Abwesenheit niemanden von seinem Autounfall und den chirurgischen Eingriffen informiert?«, fragte Sandra.

Viktoria Kronsteiner schien nicht weiter überrascht zu sein, dass die Ermittler über den Unfall ihres Bruders und dessen Folgen bereits Bescheid wussten. Wieder ein Indiz dafür, dass die Wirtin der Polster-Schutzhütte ihre Freundin längst über den Stand der Dinge unterrichtet hatte.

»Niemand hat davon was g'wusst«, bestätigte die Landwirtin. »Auch der Mama hat er bestimmt nix erzählt. Das wüsst ich.« Dasselbe hatte ihre Freundin Marlene ausgesagt.

»Und Sie sind sich absolut sicher, dass es sich bei dem Mann gestern auf dem Friedhof um Ihren Bruder gehandelt hat?«

Einen Augenblick lang wirkte die Befragte verunsichert. »Ja schon«, bestätigte sie dann. »Er hat uns seinen Führerschein und den Reisepass gezeigt. Die Marlene wollt ihm nämlich partout nicht glaub'n, dass er wirklich der Rupert ist.«

»Marlene Illmaier?«, vergewisserte sich Sandra der Ordnung halber.

Viktoria Kronsteiner nickte.

»Der Mann war also zweifelsfrei Ihr Bruder?«

Wieder folgte ein Nicken. »Sein Name ist auf den Dokumenten g'standn. Und das Foto hat sein G'sicht gezeigt, also das neue, operierte. Bei genauerem Hinschau'n war sein Blick aber eh noch derselbe wie früher. Augen lügen halt nicht …«

Wäre es so einfach, ließen sich Straftäter um einiges leichter und schneller überführen, dachte Sandra. 100-prozentig überzeugt, dass es sich bei dem Toten tatsächlich um den Bruder der Frau handelte, die ihr gegenübersaß, war sie nicht. Nur weil bisher kein Verdacht aufgetaucht war, warum ein Fremder dessen Identität angenommen haben sollte, hieß das noch lange nicht, dass dies nicht der Fall sein konnte.

»Wie lange war Ihr Bruder denn beim Begräbnis?«

»Er hat sich so um halb, dreiviertel drei herum verabschiedet.«

Auch diese Aussage stimmte mit der ihrer Freundin überein, erinnerte sich Sandra. »Und danach haben Sie Ihren Bruder nicht mehr gesehen?«

Die Landwirtin schüttelte den Kopf.

»Hat er sich mit irgendjemandem länger unterhalten? Vor dem Begräbnis? Oder danach beim Leichenschmaus?«

»Er hat sich hauptsächlich mit mir und mit meiner Cousine, der Sabine, unterhalten«, sagte Viktoria Kronsteiner. »Ach ja, und dann hat er noch länger mit unserer Bürgermeisterin gesprochen. 20 Minuten, eine halbe Stunde vielleicht. Die Frau Bürgermeisterin hat der Mama auch die letzte Ehre erwiesen.«

»Könnten Sie uns bitte eine Liste aller Gäste zukommen lassen, die auf dem Begräbnis beziehungsweise beim Leichenschmaus waren?«, fragte Sandra.

»Sicher. Kann ich Sie Ihnen mailen?«

Sandra nickte und schob der Frau ihre Karte zu. »Hatte Ihr Bruder Feinde, als er von hier weggezogen ist?«, fragte sie weiter.

»Nicht, dass ich wüsste. Wir waren aber nie besonders eng miteinander. Ich war ja eine Nachzüglerin, mein Bruder fast zehn Jahre älter als ich.« Die Landwirtin griff zur brennenden Kerze, an der flüssiges Wachs hinunterlief. Sie löste ein eingetrocknetes Stück von der Kerzenschale.

»Dann waren Sie immerhin schon 25, als er ausgewandert ist«, meldete sich Bergmann zu Wort.

»24 war ich.«

»Aber in diesem Alter müssen Sie doch alles mitbekommen haben, was sich so abgespielt hat. Auch wenn Sie kein besonders inniges Verhältnis zu Ihrem Bruder gehabt haben. In dieser Gegend geschieht doch ganz bestimmt nichts unbemerkt von den anderen Leuten. Nicht einmal, wenn man es möchte«, ließ Bergmann nicht locker.

»Na ja …«, druckste die Landwirtin herum und betrachtete das Wachsstück zwischen ihren Fingern.

»Na ja was?«, fragte Bergmann nach.

»Was woll'n S' denn von mir wissen?«, fragte Viktoria Kronsteiner verunsichert.

»Mit wem hat Ihr Bruder die meiste Zeit verbracht, bevor er ausgewandert ist?«, übernahm Sandra wieder die Befragung, ehe der Chefinspektor die arme Frau völlig verschreckte. »Hatte er Freunde? Freundinnen? War er in der Gemeinschaft beliebt? Als Mensch? Und als Arzt?«, half sie der Landwirtin auf die Sprünge.

Der Blick der Frau war noch immer auf das Wachsstückchen gerichtet, das sie nun zwischen ihrem Daumen und dem Zeigefinger knetete. »Der Rupert war als Arzt schon angesehen bei den Leuten. Aber beliebt? Er hat sich außerhalb der Praxis nicht sehr oft anschau'n lassen. Die meiste Zeit hat er gearbeitet, ansonsten zurückgezogen gelebt.«

»Allein?«

»Ja, er hat allein in Vordernberg gelebt, in der Wohnung über seiner Praxis. Was er dort so trieb'n hat, keine Ahnung … G'lesen hat er viel und gern. Und Filme ang'schaut …«

»Hatte er eine Freundin?«

»Mit heim'bracht hat er nie eine, die er der Mama vorg'stellt hätt. Auch zu offiziellen Anlässen hat er sich nie mit einer blicken lassen. Na ja, er ist sowieso kaum irgendwohin 'gangen. Auch nicht am Sonntag in die Kirche.«

»Ihr Bruder hatte also keine Freundin«, hakte Bergmann nach. »Und das, obwohl er doch in seiner Frauenarztpraxis direkt an der Quelle saß …«

Sandra ermahnte den Chefinspektor mit einem strengen Blick, der ihn nicht weiter irritierte.

Die Landwirtin schien sich an seiner Bemerkung nicht zu stoßen. »Seine Einkäufe und Besorgungen hat der Rupert meistens von seiner Sprechstundenhilfe erledigen lassen«, fuhr sie fort. »Die ist dann aber auch fort'zogen, nachdem sie ihren Arbeitsplatz in der Praxis verlor'n hat.«

»Wie ist der Name seiner Sprechstundenhilfe?«

Sandra notierte sich den Mädchennamen der Frau. Ihr Geburtsdatum, das die Suche erleichtert hätte, wusste Viktoria Kronsteiner nicht. Erst recht nicht ihre aktuelle Wohnadresse.

»Und privat ist zwischen den beiden nichts gelaufen?«, ließ Bergmann nicht locker.

»Ich glaub nicht. Aber 100-prozentig sicher bin ich mir nicht.«

»War Ihr Bruder eher Männern zugeneigt?«, fragte Bergmann weiter.

»Mein Bruder? Ein Warmer?« Die Landwirtin hielt kurz mit dem Kneten des Wachskügelchens inne und blickte auf. »Ganz bestimmt nicht.«

»Und was macht Sie da so sicher?«

»Na, so was merkt man doch …«

Dass homosexuelle Neigungen nicht immer ganz so einfach zu erkennen waren, überhaupt, wenn sie nicht offen oder gar nicht ausgelebt wurden, wusste Sandra aus eigener Erfahrung, behielt dies aber für sich.

»Haben Sie zu den Patientinnen Ihres Bruders gezählt?«, fragte Bergmann.

»Um Gottes willen, nein. Das wär mir viel zu peinlich g'wesn, mich vor meinem Bruder so zu zeig'n.« Allein bei der Vorstellung zog die Landwirtin Farbe auf.

»Und wie war er so als Knabe?«, fragte Sandra.

»Er war ein guter Schüler. Aber sonst …« Die Landwirtin stockte.

»Sonst was?« Bergmann trommelte mit den Fingern auf der Tischplatte.

»Er war eher ruhig, hat niemanden wirklich zuwilass'n. Richtige Freunde hat er nie g'habt. Am ehesten noch den Mani. Mit dem war er in derselben Klasse im Gymnasium in Eisenerz. In der Jugendkapelle ham s' auch z'ammen g'spielt, bis beide auf einmal die Musik bleib'n ham lass'n. Nach der Matura ist der Rupert dann zum Studieren nach Graz gangen, der Mani glaub ich, auch.«

»Mit Mani meinen Sie Manfred Siebenbrunner?«, fragte Sandra nach.

»Ja, genau den mein ich. Ich hab schon g'hört, dass der jetzt bei der Kriminalpolizei in Graz ist und heut oben am Präbichl war.«

Marlene Illmaier hatte offenbar nichts unerwähnt lassen.

»Und dass er nimmer ganz so arg ausschaut wie früher«, fügte die Landwirtin hinzu.

»Was war denn damals so arg an seinem Aussehen?« Sandra fand den Mann heute noch grottenhässlich. Aber das kam wohl – wie auch die Schönheit – von innen.

»Er hat Brillen g'habt mit Glasln, so dick wie Aschenbecher. Sein G'sicht war mit Wimmerln übersät, die Zähne schief und gelb. Die Haar war'n sowieso immer voll fett. Dazu war er lang und dürr wie ein Weberknecht. Er ist von allen nur g'hänselt wor'n. Sehr oft auch von den anderen Buam verdroschen. Bis der Rupert sich plötzlich für ihn stark g'macht hat.«

»Und warum hat er das auf einmal getan? Gab es dafür einen Auslöser? Ist irgendetwas Besonderes vorgefallen?«, wollte Sandra wissen.

»Wenn, dann hab ich davon nix mitbekommen.«

Bergmann seufzte hörbar. So viel Ahnungslosigkeit machte ihm zu schaffen, wusste Sandra.

»Ihr Bruder ist von den anderen aber nicht behelligt worden, obwohl er nicht besonders gesellig war?«

Noch einmal betrachtete die Landwirtin das Wachskügelchen zwischen ihren Fingern, legte es dann auf der Kerzenschale ab. »Der Rupert war im Gegensatz zum Mani ein recht fescher, sportlicher Bursch. Außerdem hat er ganz genau g'wusst, wie er sich wo zu benehmen hat, damit er nirgends aneckt. Dafür hat die Mama schon g'sorgt. Und er hat immer das gekriegt, was er sich in den Kopf g'setzt hat. Trotzdem war er seltsam.«

»Seltsam?«

»Na ja, wie soll ich sagen? Der Rupert hat, glaub ich, überhaupt keine Gefühle g'habt. Nur wenn er was woll'n hat, hat er seinen Charme aus'packt. Dann ist ihm ein jeder zu Füßen g'legn. Das hat er schamlos für seine Zwecke ausg'nützt.«

»Aber mit Manfred Siebenbrunner war er befreundet.«

»Der Mani war voll der Streber und hat dem Rupert beim Lernen g'holfn. Außerdem war er dem Rupert hörig und hat sich von ihm knecht'n lass'n.«

»Wie darf ich das verstehen?«

»Der Mani hat alles für den Rupert 'tan, was er von ihm verlangt hat. Wie so ein Knecht. Wahrscheinlich, weil ihn die ander'n in Ruh ham lass'n, wenn der Rupert an seiner Seite war.«

Siebenbrunner ein *Knecht*? Das war schwer vorstellbar für Sandra.

»Sie sagten, Ihr Bruder sei sportlich gewesen. War er denn auch ein guter Skifahrer?«

»Ja. Wir ham ja den Präbichl vor der Haustür. Aufm Einser und in der Polsterrinne sind schon die Eltern groß wor'n. Der Rupert hat in den Ferien immer wieder als Skilehrer und Liftwart ausg'holfn. Manchmal beim Schlepper, den's ja nimmer gibt. Manchmal auch beim Sessellift.«

»Dann wusste er also, wie man den Polsterlift bedient?«

»Da war er nicht der Einzige. Einige von unseren Bursch'n ham sich am Präbichl ihr Taschengeld verdient. Damals war ja noch was los dort ob'n.«

»Ist beim Einser-Sessellift einmal irgendetwas vorgefallen, was man Ihrem Bruder angelastet hätte? Ein Unfall vielleicht? Ein technischer Defekt? Oder etwas anderes?«

Die Landwirtin überlegte kurz und verneinte dann.

»Hätte Ihr Bruder ein Problem damit gehabt, wenn der Polsterlift eingestellt worden wäre?«

»Wenn er hier g'lebt hätt, vielleicht, aber so …«

»Und was sagen Sie zu einem möglichen Aus für den Einser?«

»Die Unterschriftenliste zur Erhaltung hab ich schon unterschrieben. Aber wenn der Lift zusperrt, kann man auch nix machen. Geh ich halt z' Fuß auffi, solang ich zwei g'sunde Hax'n hab. Für den Toni wär's halt blöd, weil dann bestimmt noch weniger Gäst bei ihm einkehr'n. Für die Marlene wär's weniger tragisch. Die zipft's eh schon an dort oben. Zur Hüttenwirtin musst halt geboren sein.«

Das war Marlene Illmaier offenbar nicht, nahm Sandra zur Kenntnis. »Warum war Ihr Bruder eigentlich im Hotel einquartiert und nicht bei Ihnen im Haus, während er auf Heimatbesuch war?«, wechselte sie das Thema. Der Hof schien ihr groß genug zu sein, um sich gegebenenfalls unter ein und demselben Dach aus dem Weg gehen zu können.

»Ich hab dem Rupert eh an'boten, dass er bei mir wohnen kann. Aber er wollt lieber ins Hotel.«

»Ist er allein angereist?«

»Ich denk schon. Ich hab ihm ein Zimmer für eine Person reserviert. Eines in ruhiger Lage, das war ihm wichtig, weil er beim offenen Fenster schlafen wollt und keinen Lärm vertragen hat.«

»Wie lange wollte er bleiben?«

»Eine Woche.«

»Nicht länger?«

»Nein.«

»Und in welchem Hotel hat er gewohnt?«

»Im Spa-Hotel in Leoben. So viele Möglichkeiten gibt's ja in der Nähe nicht. Überhaupt, wenn einer so anspruchsvoll ist wie mein Bruder.«

»Wäre ihm nicht auch die Hälfte des elterlichen Hofes zugestanden, nachdem Ihre Mutter verstorben ist?«, fragte Bergmann.

»Ja, aber das hat ja jetzt keine Bedeutung mehr. Mein Bruder ist tot …« Die Landwirtin fasste sich an den Mund und schnaufte durch.

»Vielleicht war es vor seinem Tod von Bedeutung«, spielte Bergmann auf ein mögliches Tatmotiv an.

Sandra bezweifelte, dass die Frau ihren Bruder wegen seines Hofanteils auf bestialische Weise verstümmelt, getötet und seine nackte Leiche zur Schau gestellt hatte. Zwar war sie keine Kriminalpsychologin, dennoch war sie überzeugt davon, dass die Tat sexuell motiviert war.

»Tschuldigung«, unterbrach die Landwirtin ihre Gedanken. Sie sprang auf, um die Stube fluchtartig zu verlassen.

»Was ist jetzt los?« Bergmann zog die Augenbrauen hoch.

»Ihr ist das wohl alles zu viel geworden. Ein bisschen mehr Feingefühl könntest du ruhig an den Tag legen«, meinte Sandra.

»Warum? Nur weil sie Esoterikerin ist?« Aus Bergmanns Mund klang das wie eine Geisteskrankheit.

Viktoria Kronsteiner entschuldigte sich noch einmal, als sie nach einigen Minuten in die Stube zurückkehrte. »Ich hoff, ich hab mir keinen Darmvirus eing'fangt«, meinte sie, und berichtete, dass sie sich an diesem Tag schon einige Male hatte übergeben müssen. »Aber wahrscheinlich sind's nur die Nerven.«

»Wo waren Sie denn gestern zwischen 20 Uhr und heute um vier Uhr früh, Frau Kronsteiner?«, kam Bergmann gnadenlos auf den Punkt.

»Daheim.«

»Allein?«

»Nein. Meine Cousine Sabine und meine Freundin Marlene waren nach dem Leichenschmaus bei mir, um mir beizusteh'n. Sie ham beide hier übernachtet.« Wieder eine Aussage, die mit der ihrer Freundin übereinstimmte. Fürs Erste waren sie hier wohl fertig.

Draußen legten sich die Ziegen noch einmal akustisch ins Zeug. Bergmann griff zu seinem Handy, um Sabine Breitfuß anzurufen. »Spa-Hotel Leoben«, informierte er Sandra in aller Kürze über das nächste Fahrziel und stieg in den Wagen ein.

Kein Bitte, kein Danke. Das war sie ja schon gewohnt. Aber dieser Befehlston?»Bin ich deine Taxlerin?«, beschwerte sie sich, obwohl er sie gar nicht mehr hören konnte. Die Schachtel mit der Post warf sie auf die Rückbank, ehe auch sie einstieg.

Bergmann telefonierte bereits mit Sabine Breitfuß, als sie losfuhr. Die mobile Pflegerin bestätigte, die Tatnacht gemeinsam mit Marlene Illmaier bei ihrer Cousine verbracht und deren Hof um sechs Uhr morgens verlassen zu haben, um anschließend die üblichen Besuche bei ihren Pflegepatienten zu absolvieren. Die Befragung zu vertiefen, hielt der Chefinspektor vorerst nicht für nötig. Stattdessen wählte er eine weitere Nummer. »Schicken Sie ein paar Männer ins Spa-Hotel nach Leoben«, ordnete er an. »Wir sind jetzt auch auf dem Weg dorthin und hören uns mal um. Wie sieht es mit den Spuren am Einsatzort aus? Gibt's was Neues? ... Verstehe ... Trotzdem möchte ich Sie am Montag um neun Uhr in meinem Büro sprechen ... Nein, kein Teammeeting, nur Sie allein. Lässt sich das einrichten? ... Gut, dann sehen wir uns spätestens am Montag.« Bergmann beendete sein Telefongespräch mit Siebenbrunner. »Da bin ich doch mal gespannt, was uns der Knecht vom Ruprecht so alles zu berichten hat«, sagte er und meinte damit bestimmt nicht nur die ersten Ergebnisse der Spurenauswertung.

Sandra setzte den Blinker, um den LKW zu überholen. »Rupert, nicht Ruprecht. Doktor Rupert Kronsteiner«, korrigierte sie Bergmann und gab Gas. »Wenn es sich bei dem Opfer überhaupt um diesen Doktor handelt. Vielleicht hat ja ein anderer seine Identität angenommen.«

»Und warum?«

»Dafür kann es viele Gründe geben«, meinte Sandra.

»Wir fahren trotzdem nach Leoben«, entschied Bergmann.

Sandra nickte. »Kannst du dir Siebenbrunner als Knecht vorstellen? Ich meine so selbstherrlich, wie sich der gebärdet?«

Bergmann lachte auf. »Selbstherrlich? Siebenbrunner? Der hat doch überhaupt kein Selbstwertgefühl.«

»Dann versucht er es eben vorzuschützen«, meinte Sandra. Wenn sie es recht bedachte, was sich der Leiter der Tatortgruppe vom Chefinspektor zwar zähneknirschend, aber widerspruchslos gefallen ließ, war die Vorstellung, dass er seinem alten Schulfreund hörig gewesen war, gar nicht so absurd. Hätte Bergmann es darauf angelegt, würde ihm Siebenbrunner vermutlich ebenso aus der Hand fressen, überlegte sie. Und wenn Kronsteiner es verstanden hatte, die Menschen in seinem Umfeld zu manipulieren, wie seine Schwester gemeint hatte, passte das durchaus ins Bild. »Wenigstens weiß ich jetzt, dass die Gründe für Siebenbrunners soziale Störung in seiner Jungendzeit liegen und sein aggressives Verhalten nichts mit mir persönlich zu tun hat.«

»Ja, wir haben alle unser Binkerl zu tragen.« Bergmann steckte sein Handy ein.

»Das rechtfertigt aber noch lang nicht alle charakterlichen Unzulänglichkeiten und jegliches Fehlverhalten. Irgendwann muss man mit seiner Vergangenheit doch abschließen können und selbst die Verantwortung fürs eigene Leben übernehmen«, sagte Sandra.

»Dann hätten wir zwei Hübschen kaum noch Verbrechen aufzuklären.«

»Und? Wäre das so schlecht?« Sandra setzte erneut den Blinker, um zu signalisieren, dass sie gleich die Autobahnauffahrt nehmen würde.

»Schlecht nicht, aber sterbenslangweilig. Wer weiß, was der schöne Rupert von unserem hässlichen Entlein alles so verlangt hat«, spottete Bergmann.

»Das will ich gar nicht so genau wissen. Der Doktor scheint mir schon in jungen Jahren ein ziemlicher Psychopath gewesen zu sein, wenn man der Charakterbeschreibung seiner Schwester Glauben schenken darf.«

»Dass er keinen Sex hatte, ist jedenfalls nicht normal«, bemerkte Bergmann. »Kannst du dir das vorstellen?«

Sandra beschloss, diese Frage nicht persönlich zu nehmen, ehe das Gespräch wieder in die falsche Richtung driftete. »Es soll tatsächlich Männer geben, die sich nichts aus Sex machen.« Paul hatte das von sich selbst angenommen, bis ihn ein anderer Mann eines Besseren belehrt hatte. Aber das würde Bergmann bestimmt nicht aus ihrem Mund erfahren.

»Und so einer wird ausgerechnet Gynäkologe?«, fragte er, noch immer skeptisch.

»Warum nicht? Das ist ein Beruf wie jeder andere«, meinte Sandra. »Mit Sexualität hat das überhaupt nichts zu tun.«

»Schwer vorzustellen … Aber vielleicht wird es einem als Frauenarzt ja irgendwann zu viel des Guten, und man stumpft angesichts der Reizüberflutung ab.«

Sandra seufzte. »Nicht alles im Leben hat zwangsläufig mit Sex zu tun, Sascha.«

»Unser Mordfall aber schon. Oder glaubst du, dass die verstümmelte Männlichkeit des Opfers und die Bloßstellung der nackten Leiche keinen sexuellen Hintergrund haben?«, fragte Bergmann.

»O ja«, musste ihm Sandra zustimmen.

»Na siehst du.«

»Derlei Kastrationen sind mir bisher nur in Zusammenhang mit Kannibalismus bekannt. Es gab doch schon einige Fälle, in denen sich Opfer und Täter über einschlägige Internetforen gefunden haben, um ihre abartigen Fantasien einvernehmlich ausleben zu können.«

»Vergiss nicht die Fälle, in denen Eifersucht der Auslöser für Kastrationen war. So manche betrogene Frau hat ihren Mann schon verstümmelt, damit er nie wieder fremdgehen kann«, sagte Bergmann.

»Die Rache einer betrogenen Frau ... oder eines betrogenen Mannes an seinem Nebenbuhler«, meinte Sandra.

»Bloß, dass unser Doktor angeblich weder Sex noch eine Beziehung hatte.«

»Auch dann könnte sich ein Nebenbuhler genau das eingebildet und die Tat deshalb begangen haben.«

»Wäre möglich.«

»Genauso gut könnte aber auch das Gegenteil der Fall sein.«

»Wie darf ich das verstehen?«

»Der Doktor könnte jemandem den Sex verweigert haben. Und diese Zurückweisung war das Tatmotiv«, erläuterte Sandra ihre Theorie.

»Du meinst die Rache einer verschmähten Frau?«, nahm Bergmann ihren Gedanken auf.

»Oder eines verschmähten Mannes. Wie auch immer ... Ich bin mir sicher, dass ein Plan dahintersteckt. Dass der Doktor zufällig zum Opfer wurde, halte ich für höchst unwahrscheinlich.«

»Ich denke auch, dass wir eine zufällige Opferwahl und ein Verbrechen im Affekt nahezu ausschließen können«, stimmte Bergmann ihr zu. »Die Kastration, der Mord, die Inszenierung der Leiche waren geplant. Möglicherweise ist der Täter einem perversen Ritual gefolgt.«

Sandra nickte. »Alles deutet darauf hin, dass wir das Tatmotiv in der Vergangenheit zu suchen haben. Es wäre doch immerhin möglich, dass Rupert Kronsteiner damals sehr wohl sexuelle Beziehungen pflegte, von denen seine Schwester nichts wusste. Vielleicht war sie wirklich zu jung, um davon etwas mitzubekommen«, spekulierte Sandra munter weiter.

»Mit 24? Ich bitte dich … Selbst wenn die Geschwisterbeziehung nicht besonders eng war, lassen sich Liebschaften in solchen Kaffs nicht auf Dauer verbergen. Die Leute zerreißen sich doch wegen allem und jedem das Maul. Ob es sich nun um ein Gerücht handelt oder nicht.«

»Auch wieder wahr … Vielleicht hat Viktoria Kronsteiner gute Gründe, uns die Beziehungen ihres Bruders zu verschweigen.«

»Wir werden Siebenbrunner nochmals befragen. Ich werde das Gefühl nicht los, dass er uns längst nicht alles erzählt hat, was er weiß«, sagte Bergmann.

»Das Gefühl habe ich auch«, bestätigte Sandra. »Der war verschlossen wie eine Auster. Es war ihm sichtlich unangenehm, über seine Jugend reden zu müssen.«

»Besonders lustig scheint sie ja auch nicht gewesen zu sein.«

Sandra seufzte. Dass sie Siebenbrunner jetzt nicht nur als Kollegen, sondern auch noch als potenziellen Zeugen ertragen musste, hatte ihr gerade noch gefehlt. Aber wenn es den Ermittlungen diente, sollte es ihr recht sein. Wenngleich zu befürchten war, dass Siebenbrunner schon viel zu lange aus seiner Heimat weg war, um ihnen konkrete Hinweise liefern zu können. »Außer ihm sollten wir auch noch die ehemalige Sprechstundenhilfe von Doktor Kronsteiner befragen. Vielleicht weiß diese Barbara Grillitsch ja mehr über ihn. Immerhin scheint sie seine rechte Hand gewesen zu sein.«

»Möglicherweise war sie mehr als das. Ich werde Miriam auf sie ansetzen.« Bergmann fuhr sich über die Bartstoppeln.

»Was ist mit den Seilbahnbetreibern und der Bürgerinitiative? Wann willst du die befragen?«

»Um die kümmern wir uns nächste Woche«, entschied Bergmann.

9.

Sandra parkte den Dienstwagen auf dem Parkplatz, der für Hotelgäste reserviert war. Während die Gebäude neben dem Hotel mit asiatischen Architekturelementen wie Pagodendächern und roten Fassadenflächen aufwarteten, war das vierstöckige Viersternehotel mit seinen kantigen Formen, dem Flachdach und den Gitter- und Glasflächen im schlichten Bauhausstil errichtet worden.

Die beiden LKA-Ermittler betraten die Hotellobby, in der Holz und Steinzeug in dunklen Brauntönen vorherrschten. Zwei Glasvasen mit Papageienblumen und die vielerorts übliche Schale mit steirischen Äpfeln waren die einzigen Dekorationsgegenstände auf dem Empfangspult. Weiter hinten, zwischen den Treppen und den Fahrstühlen, wurde ein poppiges Designer-Dirndl auf einem Kleiderständer präsentiert. Einige Palmen in großen dunkelroten Keramikübertöpfen sorgten hingegen für asiatisches Flair. Die rotgetäfelte Bar mit ihren geschnitzten Ornamenten, direkt gegenüber dem Empfangsbereich, verstärkte die exotische Komponente im Erdgeschoß. Weiter hinten befand sich das Hotelrestaurant.

Von der jungen Empfangsdame erfuhren die Kriminalisten, dass Doktor Rupert Kronsteiner am Donnerstagnachmittag im Hotel eingecheckt und allein ein Zimmer mit Murblick bezogen hatte. Vor dem Abendessen im Hotelrestaurant hatte er sich eine Ganzkörper-Meridian-Massage gegönnt, eine weitere für Freitagnachmittag um 17 Uhr gebucht. Zur letzten Behandlung war er dann aber nicht mehr erschienen. Den Termin hatte er ungefähr eine Stunde vorher telefonisch abgesagt.

»Kann ich bitte den Meldezettel des Gastes sehen?«, fragte Sandra. Während die Rezeptionistin das gewünschte Formular heraussuchte, zog Sandra die Glückwunschkarte aus ihrer Tasche, die sie zum Vergleich mitgenommen hatte. Die Handschrift auf dem Meldezettel glich jener auf der Karte.

»Können Sie eruieren, ob Herr Doktor Kronsteiner mit dem Auto angereist ist? Und wenn ja, ob sich sein Wagen auf dem Hotelparkplatz oder in der Garage befindet?«, fragte Sandra.

Die Empfangsdame blickte auf ihren Bildschirm,

der ein Stück weit hinter dem Pult hervorragte. »Der Parkplatz für unsere Gäste ist frei zugänglich und nicht kameraüberwacht. Ich kann lediglich feststellen, dass wir für den Gast einen Leihwagen reserviert haben, der bei seiner Ankunft dort für ihn bereitgestanden ist. Er hat einen Wagen der Oberklasse vorbestellt, bis zum Tag seiner geplanten Abreise nach einer Woche. Genau genommen war es eine Frau Kronsteiner, die sämtliche Buchungen sechs Tage vor seiner Anreise für den Gast durchgeführt hat.«

»Viktoria Kronsteiner?«, fragte Sandra.

Die Angestellte zögerte, ob sie diese Information preisgeben durfte, bestätigte dann aber doch mit einem Nicken.

Von einem Auto hatte die Schwester des Doktors nichts erwähnt, überlegte Sandra. Sie hatten sie allerdings auch nicht danach gefragt.

»Den Autoschlüssel und die Papiere hat der Gast persönlich von einem Mitarbeiter der Leihwagenfirma übernommen. Gleich nachdem er bei uns eingecheckt hat«, fuhr die Empfangsdame fort. »Von der Kollegin, die Dienst hatte, hat er sich gestern nach dem Frühstück ein Ausfahrtticket für die Garage geholt. Das war um 9.52 Uhr.«

Demnach musste er oder der Mitarbeiter der Leihwagenfirma das Fahrzeug nach der Übernahme in die Garage gebracht haben, kombinierte Sandra. »Ist die Garage videoüberwacht?«, fragte sie.

Die Angestellte nickte. »Ja. Die Ein- und Ausfahrten werden aufgezeichnet. Eine weitere Kamera ist auf die Verbindungstür zwischen Garage und Hotel gerichtet.

Was ich weiß, werden diese Aufnahmen aber höchstens 48 Stunden lang archiviert.«

»Können Sie bitte umgehend dafür sorgen, dass die Videos von gestern und vorgestern nicht gelöscht und uns so rasch wie möglich zur Verfügung gestellt werden?«, fragte Sandra.

»Wenn Sie möchten, kann ich gleich mal bei unserem Sicherheitstechniker nachfragen. Er müsste jetzt eigentlich im Haus sein.«

»Ja bitte, machen Sie das.«

Die Empfangsdame griff zum Hörer.

Immerhin war damit die Frage nach dem Transportmittel des Doktors geklärt, überlegte Sandra. Fragte sich nur, ob er den Leihwagen nach dem Begräbnis wieder in der Garage oder woanders abgestellt hatte, möglicherweise am Tatort. Dass er seinen zweiten Massagetermin kurzfristig abgesagt hatte, konnte bedeuten, dass ihm eine andere Verabredung dazwischen gekommen war. Vielleicht sogar die mit seinem Mörder.

»Es tut mir leid«, sagte die Rezeptionistin nach einem kurzen Telefonat. »Die Videos vom Donnerstag wurden bereits gelöscht. Die von gestern noch nicht. Unser Techniker kopiert sie gleich und wird sie mir bringen.«

»Vielen Dank. Sind Ihnen das Fahrzeugmodell, das Kennzeichen und die Farbe des Leihwagens bekannt?«

»Nein. Ich kann Ihnen aber gerne die Telefonnummer der Leihwagenfirma geben.«

Sandra notierte sich diese. »Könnten wir einen Schlüssel für das Hotelzimmer des Gastes haben?«, fragte sie.

»Ehrlich gesagt weiß ich nicht, ob ich Ihnen den so ohne Weiteres aushändigen darf«, meinte die Rezeptionistin. »Brauchen Sie dafür nicht einen Durchsuchungsbefehl oder wie das heißt?«

»Ist der Geschäftsführer da?«, fragte Bergmann brüsk.

»Nein …«

»Dann dürfen Sie das«, sagte Bergmann. »Wir kümmern uns schon darum, dass alles seine Ordnung hat.«

»Einen Moment bitte. Ich programmiere Ihnen rasch eine Zimmerschlüsselkarte«, gab sich die Empfangsdame geschlagen.

»Machen Sie gleich zwei daraus«, sagte Bergmann. »Unsere Kollegen von der Tatortgruppe, die das Zimmer auf Spuren untersuchen werden, sollten hier jeden Moment aufkreuzen. Sie werden auch die Kopie der Überwachungsvideos mitnehmen.«

Die Empfangsdame nickte diensteifrig.

»Unsere Kollegen werden Ihnen bei ihrem Eintreffen auch den Bescheid vorlegen, damit Sie wegen der Durchsuchung keine Schwierigkeiten mit Ihrem Vorgesetzten bekommen«, fügte Sandra hinzu.

»Danke.« Die junge Frau hatte ihr professionelles Lächeln, das ihr kurzfristig abhandengekommen war, wiedergefunden. »Hier ist Ihre Zimmerschlüsselkarte. Mit dem Lift in die dritte Etage, den Gang nach links, Zimmer 331«, sagte sie und deutete zu den Fahrstühlen.

Das Zimmer war geschmackvoll und zweckmäßig eingerichtet, fand Sandra. Auch hier dominierte dunkles Holz. Rote Hochglanzflächen und einige wenige Gegenstände setzten da und dort asiatische Akzente. Das Doppelbett war beidseitig mit blütenweißer Bettwäsche bezogen, das Fußende zierte eine rote Tagesdecke. Auf dem Kopfpolster an der fensternahen Bettseite, die offensichtlich schon benutzt worden war, wartete ein Schokoladestück auf den Gast. Der Blick aus dem Fenster war auf die Mur gerichtet, die, anders als in Graz, in recht gemütlichem Tempo am Hotel vorbeifloss. Besonders gut gefiel Sandra die freie Sicht, die man vom Schlafzimmer auf die Glasdusche und das dahinterliegende Badezimmer hatte. Bei Bedarf diente ein Vorhang als Sichtschutz. Einmal hatte sie selbst in einem ähnlichen Hotelzimmer gewohnt, als sie mit Paul ein Wochenende im südsteirischen »Loisium« verbracht hatte. Trotz allem, was vorgefallen war, fehlte er ihr noch immer. Unwillkürlich entkam ihr ein Seufzen.

»Was ist los?«, fragte Bergmann.

»Nichts.« Sandra wandte sich dem Kleiderschrank zu, während sich Bergmann den Schreibtisch und die anderen Kleinmöbel vornahm. Neben einem grauen Anzug hingen drei gebügelte Hemden auf hölzernen Kleiderbügeln, die sich nur teileweise aus dem Kasten entfernen ließen, sodass kein Gast in Versuchung geriet, diese mitzunehmen. Ansonsten befanden sich eine kleinkarierte und eine anthrazitfarbene Krawatte, T-Shirts, einige Unterhosen, schwarze Baumwollsocken, blau-rote Badeshorts, ein Paar schwarze Schnürschuhe, ein weißer Hotelbademantel samt Frotteeschlapfen und ein beigefarbener Trenchcoat im Schrank. Der leere Safe im Kasten stand offen. In keiner der Jacken-, Mantel- und Hosentaschen fanden sich Papiere oder eine Brieftasche. »Hier drinnen ist nichts, was uns weiterhelfen könnte.« Sandras Kopf steckte noch immer im automatisch beleuchteten Schrankinneren.

»Ich hab leider auch nichts gefunden. Aber wozu haben wir unsere Tatortgruppe?«, meinte Bergmann.

Sandra tauchte aus dem Kasten auf. »Ich versuche mal, jemanden bei der Leihwagenfirma zu erreichen, damit wir die Fahndung nach dem Auto rausgeben können. Die müssten doch einen Rund-um-die-Uhr-Service haben«, sagte sie und zog den Reißverschluss ihres Einweg-Overalls auf, um an ihr Handy und den Zettel mit der Servicenummer zu gelangen. Dass Sie erst einmal an ein Telefonband geriet und mehrere Fragen mittels Tastendruck beantworten musste, bis sich endlich eine Callcenter-Mitarbeiterin meldete, überraschte sie kaum. Auch nicht, dass ihr die Dame in breitem Sächsisch antwortete. Freundlich war sie zwar, aber leider hilflos und stur, was den Datenschutz anbelangte. Den leitenden Mitarbeiter der Leihwagenfirma, der in dringenden Fällen zur Verfügung stehen sollte, konnte sie auch nicht erreichen. Sandra gab es schließlich auf und beschloss, am Montag den offiziellen Weg zu gehen.

Kaum hatte sie das ergebnislose Telefongespräch beendet, spazierten drei Kriminaltechniker zur Tür herein. Mit einem Mal wurde es eng in dem zuvor geräumigen Hotelzimmer. Bergmann instruierte einen der Männer, auch wegen der Überwachungsvideos. Dann traten er und Sandra den Rückzug an.

»Soll ich Frau Kronsteiner wegen des Leihwagens anrufen?«, fragte Sandra auf dem Weg zum Fahrstuhl. »Sie war es doch, die ihn bestellt hat. Vielleicht weiß sie ja, welches Fahrzeugmodell für ihren Bruder reserviert wurde, oder sie hat gesehen, mit welchem Wagen er beim Begräbnis war.«

»Ohne Kennzeichen nützt uns das nicht viel. Und ich bezweifle stark, dass man ihr das durchgegeben hat beziehungsweise dass sie es sich gemerkt oder aufgeschrieben hat. Wozu denn auch?«, erwiderte Bergmann.

Sandra stimmte ihm zu. Sie mussten die trauernde Frau nicht unnötig quälen. Im Erdgeschoß hielt der Fahrstuhl an, die Tür glitt fast geräuschlos beiseite.

»Immer mit der Ruhe«, sagte Bergmann zu Sandra, dic weiterhin grübelte. »Vor Montag werden diese Überwachungsvideos aus der Garage eh nicht überprüft. Bis dahin finden wir das Fahrzeugmodell und das Kennzeichen über die Leihwagenfirma heraus. Außerdem ist es gleich halb sieben. Lass uns nach Graz zurückfahren und wenigstens noch den Abend und den Sonntag genießen.«

Falls kein neuer Mordfall dazwischenkam, dachte Sandra. Wenigstens brauchten sie sich nun nicht mehr auf dem Hotelparkplatz und in der Garage nach dem Leihwagen umzusehen. »Ich geb nur rasch die Zimmerschlüsselkarte zurück«, sagte sie zu Bergmann.

Wenig später verließen sie den Parkplatz. Das Spa-Gebäude mit seinem Pagodendach tauchte im Rückspiegel auf, ehe Sandra an der Kreuzung abbog.

KAPITEL 3

Montag, 19. Mai, Graz

1.

Während das warme Wasser in der Dusche auf sie niederprasselte, ließ Sandra den gestrigen Tag noch einmal Revue passieren. Den freien Sonntag hatte sie dazu genutzt, um sich, anders als heute, endlich wieder einmal auszuschlafen und in aller Ruhe zu brunchen. Zum Laufen war es am Nachmittag fast schon wieder zu warm gewesen. Aber was einen nicht umbrachte, machte einen bekanntlich nur härter. Das konnte in ihrer Branche keinesfalls schaden. Der Großteil der Laufstrecke führte ohnehin durch den Leechwald, wo es stets ein paar Grad kühler als in der City war.

Den restlichen Sonntag verbrachte Sandra mit lästigen, aber längst fälligen Hausarbeiten, ehe sich Andrea von ihrem Kurzurlaub zurückmeldete und alles über Julius' Hochzeit wissen wollte. Obwohl Sandra nicht allzu viel darüber zu berichten wusste, verabredete sie sich mit ihrer Freundin am Schloßberg.

Im Gastgarten ließ sie sich von Andrea berieseln, während sie den einen oder anderen Veilchenspritzer und einen spektakulären Sonnenuntergang über der Stadt genossen. Nach drei Tagen und zwei Nächten mit ihrem Geliebten in Paris hatte die Freundin genug zu erzählen, was sie unbedingt loswerden musste. Ob es Sandra nun hören wollte oder nicht. Auch, dass der gute Mann ihr bei einem romantischen Dinner allen Ernstes vorgeschlagen hatte, seine Ehefrau zu verlassen, Andrea ihm jedoch dringend von diesem Vorhaben abgeraten hatte, blieb nicht unerwähnt. Sie war keinesfalls gewillt, sich an ihn zu binden. Das hatte sie von Anfang an klargestellt. Da sich der fesche Herr Doktor aber für unwiderstehlich hielt, was er in mancherlei Hinsicht wohl auch war, hatte er die Worte seiner Geliebten für eine ausgeklügelte weibliche Taktik gehalten, die ihn lediglich dazu bringen sollte, sich ernsthaft und nachhaltig für sie zu interessieren. Angeblich wollten erfolgsverwöhnte Männer am liebsten immer genau das besitzen, was sie nur sehr schwer bekommen konnten. Jeglicher Widerstand vervielfachte ihr Begehren nur und stachelte den Kampfgeist erst so richtig an, meinte Andrea.

Sandra befürchtete, dass sich dieser »Mister Perfect« seine ebenso perfekten Zähne an ihrer Freundin ausbeißen würde. Da wäre er nicht der Erste gewesen. Nur gut, dass er ein renommierter Zahnarzt war, hatte Andrea lachend erwidert. So konnte er etwaige Schäden gleich selbst beheben.

Schmunzelnd drehte Sandra die Dusche ab und griff nach dem Handtuch, das sie um ihre nassen Haare schlang. Das Leben war doch reichlich ungerecht. Sie wünschte sich nichts sehnlicher als einen Mann, mit dem sie eine Familie gründen konnte, und fand auf Dauer einfach keinen längerfristig geeigneten Kandidaten, während Andrea nur ihren Spaß, möglichst mit gebundenen Männern, suchte, die ihr binnen kürzester Zeit zu Füßen lagen, sie vom Fleck weg heiraten und Kinder mit ihr in die Welt setzen wollten. Dabei entsprach Andrea keineswegs dem Hausmütterchen-Typ, ganz im Gegenteil. Sie war auch keine klassische Schönheit, mit der »mann« angeben konnte. Oder ein Weibchen, das den Schutzinstinkt der Männer weckte.

Objektiv betrachtet war Andrea zu groß, zu laut, zu blond, zu schrill angezogen, wobei ihre Kleidergröße stets zwischen 42 und 44 schwankte. Je nachdem, ob sie gerade eine Diät vor oder hinter sich hatte, die sie sowieso nie lange durchhielt. Weder entsprach sie dem gängigen Klischee der repräsentativen Ehefrau noch dem der altruistischen Mutter, obwohl sie Kinder liebte. Solange sie diese wieder zurückgeben konnte. Andrea wusste ganz genau, was sie wollte. Und sie nahm es sich einfach. So lange, wie es ihr gefiel. Mit einer Selbstverständlichkeit und Entschlossenheit, gegen die selbst die begehrenswertesten Männer machtlos waren. Dabei fühlten sie sich von ihrem weiblichen Selbstbewusstsein und ihrer Unabhängigkeit keineswegs bedroht, wie man hätte annehmen können, sondern verfielen ihr genau aus diesen Gründen.

Während sich Sandra abtrocknete, nahm sie den Nachrichtensprecher aus dem Radio im Wohnzimmer wahr. Einmal mehr wurde von dem Leichenfund am Präbichl berichtet. Solange die Identität des Mordopfers offiziell nicht geklärt war, hieß es nur, dass ein unbekannter Toter entkleidet auf dem Polster-Sessellift aufgefunden worden war. Von der Kastration war bislang nichts durchgesickert.

Weder der Zahnstatus des Opfers noch seine DNA waren abgeglichen, was die Identität zweifelsfrei bestätigt hätte. Den Kontakt mit der kanadischen Botschaft würden die LKA-Ermittler heute aufnehmen. Doch durften sie inzwischen mit höchster Wahrscheinlichkeit davon ausgehen, dass es sich bei dem Toten um Doktor Rupert Kronsteiner handelte. Beim Einchecken im Hotel hatte er seinen Pass vorgelegt, den auch seine Schwester gesehen hatte, ebenso seinen Führerschein. Wie immer galt es, keine wichtige Zeit zu verlieren, die dem Täter zugutekam. Je länger ein Verbrechen zurücklag, desto schwieriger wurde es meist, dieses aufzuklären. Heiße Spuren erkalteten rasch. Ebenso schnell verblassten die Erinnerungen von Zeugen.

Für Sandra war es höchste Zeit, sich die Haare zu trocknen und sich anzuziehen, den inzwischen lauwarmen Kräutertee hinunterzustürzen und sich schleunigst auf den Weg ins LKA zu machen. Auch wenn es ausgerechnet Siebenbrunner war, der sie dort erwartete. Noch dazu an einem Montagmorgen. Einen entscheidenden Vorteil hatte dieser Termin jedoch. Die restliche Woche konnte nur mehr besser werden, glaubte Sandra. Eilig beugte sie sich vornüber, um ihre Haare auf höchster Stufe trocken zu föhnen.

2.

Miriam telefonierte, als Sandra das Büro betrat, das sie sich mit der jungen Kollegin und dem Chefinspektor teilte. Von Bergmann war weit und breit keine Spur. Noch nicht einmal das obligate Kaffeehäferl stand auf seinem Schreibtisch. Sandra verstaute die Handtasche in ihrem versperrbaren Kästchen.

»Guten Morgen!«, zwitscherte Miriam gut gelaunt, kaum dass sich Sandra hingesetzt und ihren PC eingeschaltet hatte.

Sie grüßte zurück und blickte vom Desktop auf.

»Ich hab hier die Wagentype und das Kennzeichen des Leihwagens, den Doktor Kronsteiner gemietet hat«, verkündete die hübsche Blondine lächelnd und winkte mit einem Post-it zwischen zwei Fingern herüber. »Die restlichen Fahrzeugdaten bekomm ich dann per E-Mail.«

»Das ging ja flott. Alle Achtung.« Sandra erhob sich, um den Haftnotizzettel zu holen.

»Außerdem hab ich ein aktuelles Foto von Doktor Kronsteiner auf der Homepage des Krankenhauses in Toronto gefunden. Schau doch mal …«

Sandra warf einen Blick auf den Monitor der Kollegin. Der Mann sah zweifelsfrei aus wie der Tote vom Polsterlift. »Das ist ganz eindeutig unser Opfer«, bestätigte sie die offensichtliche Ähnlichkeit.

Miriam nickte. »Er hat die teuerste Limousine gemietet, den die Leihwagenfirma im Angebot hat«, fuhr sie fort und aktivierte eine Internetseite mit Fahrzeugmodellen der Oberklasse. »Abgesehen von diesem megageilen schneeweißen BMW Sportcoupé«, schwärmte sie. »Einmal im Leben möcht ich mir einen solchen Schlitten leisten können.«

»Als Polizistin?« Sandra lachte auf. »Dann müsstest du aber im Lotto gewinnen. Oder reich heiraten.«

»Apropos … Ich wollte es dir eh schon am Freitag sagen …«, druckste Miriam auf einmal herum und ließ den Notizzettel, nach dem Sandra eben hatte greifen wollen, auf ihren Schoß sinken.

»Was denn?« Sandras Lächeln erstarrte.

»Der Stefan und ich werden heiraten«, verkündete Miriam, zart errötend.

Hoffentlich ist sie nicht schwanger, war der erste Gedanke, der Sandra in den Sinn kam. »Ihr heiratet?« Sie schluckte. »Wie schön«, brachte sie schließlich hervor. »Ich gratuliere dir ganz herzlich.« Sandra zwang sich, ihre Mundwinkel oben zu behalten. Zwar freute sie sich für Miriam und Stefan, andererseits befürchtete sie, ihre fähigste und liebste Kollegin, die sie beinahe täglich um sich hatte, zu verlieren. Oder war es gar Neid, der ihr plötzlich dieses flaue Gefühl im Magen bescherte? War sie eifersüchtig, dass die so viel jüngere Frau heiraten würde, während sie selbst weiterhin unfreiwillig als Single dastand? Missgönnte sie Miriam etwa ihr Glück? Nein, so wollte sie nicht sein. So durfte sie nicht empfinden. Sandra verabscheute neidische Menschen.

Miriam bedankte sich für ihre Glückwünsche. »Die standesamtliche Hochzeit ist am 1., die kirchliche Trauung am 2. August«, fuhr sie freudig fort. »Du kommst doch eh, gell ja, Sandra?

»Gerne«, nahm Sandra die Einladung ohne zu zögern an. Schon im August, wiederholte sie in Gedanken. Ganz bestimmt war Miriam schwanger. Warum sonst sollte sie es plötzlich so eilig haben, zu heiraten? »Hast du es Bergmann schon gesagt?«

»Nein. Ich hab mir gedacht, du solltest die Erste im LKA sein, die's erfährt. Außer dem Stefan natürlich.«

»Danke. Das ist lieb von dir.« Sandra räusperte sich. »Gibt es denn einen Grund, warum ihr schon so bald heiratet?«, wagte sie sich nun doch vor.

»Ja, den gibt's«, antwortete Miriam mit geheimnisvollem Lächeln und rosigen Wangen.

Sandra ließ sich nun doch auf den Sessel fallen, der neben dem Schreibtisch der Kollegin stand.

»Weil wir uns lieben«, erklärte ihr Miriam. »Ach Sandra, ich bin ja so happy. Und voll aufgeregt.«

»Verständlicherweise.« Sandras Blick wanderte zum Bauch der Kollegin, um nach einer verräterischen Wölbung zu suchen.

»Was? Ach so!« Miriam lachte hell auf und griff sich an den flachen Bauch. »Nein, nein Sandra, ich bin nicht schwanger. Mit dem Kinderkriegen wollen wir uns noch ein paar Jahre Zeit lassen.«

Ein paar Jahre … Gott sei Dank! Sandra atmete erleichtert auf. »Ihr beide habt ja wirklich noch genügend Zeit, um Babys zu bekommen«, bestärkte sie Miriam in ihrer Familienplanung. »Gibst du mir bitte mal das Post-it?«, kam sie zu ihrem ursprünglichen Anliegen zurück.

»Na klar.«

»Danke. Ich freue mich wirklich sehr für dich und Stefan«, beteuerte Sandra noch einmal, nachdem sie sich von dem Schrecken wieder erholt hatte.

»Weiß ich doch.« Miriam seufzte überglücklich.

»BMW 730d xDrive, Wagenfarbe Schwarz«, las Sandra laut vor. Das Kennzeichen aus Graz Umgebung stand ebenfalls auf dem gelben Zettel.

»Hey, da ist ja auch schon das E-Mail mit den anderen Fahrzeugdaten«, verkündete Miriam. »Und mit seiner kanadischen Handynummer.«

Sandra erhob sich. »Dann kannst du ja die Rufdatenrückerfassung bei der Staatsanwaltschaft beantragen«, sagte sie. »Schickst du mir das E-Mail bitte gleich weiter?«

Miriam griff zu ihrer Maus. »Schon erledigt. Ach so … Etwas hab ich in meinem Hochzeitstaumel glatt vergessen«, sagte sie.

Sandra blieb neben ihrem Schreibtisch stehen und wandte sich nochmals um. »Ja?«

»In dem Auto soll sich eine Diebstahlsortung befinden. Laut Leihwagenfirma sind alle Premiummodelle damit ausgestattet.«

»Dann soll uns der Staatsanwalt gleich auch ein Ansuchen zur Aktivierung des GPS-Signals schicken, damit die Servicezentrale das Fahrzeug orten kann.« Sandra setzte sich an ihren Schreibtisch, als die Tür aufging.

Bergmann und Siebenbrunner betraten das Büro, jeder ein Kaffeehäferl in der Hand. »Schönen guten Morgen, die Damen«, grüßte Bergmann übermütig.

Siebenbrunner brachte nur ein brummiges »Morgen« über die verkniffenen Lippen.

»Setzen wir uns an meinen Schreibtisch«, schlug Bergmann vor. »Sandra, gesellst du dich zu uns?«

Während sie mit ihrem Bürostuhl hinüberrollte, berichtete Miriam noch einmal, was es an Neuigkeiten gab. Das Thema Hochzeit ließ sie in Gegenwart der Männer freilich aus.

»Ruf am besten gleich die Kollegen in Leoben an und gib ihnen das Fahrzeugmodell und das Kennzeichen des Leihwagens durch«, wies Bergmann seine jüngste Mitarbeiterin an. »Die sollen sich umgehend in der Garage des Spa-Hotels danach umsehen. Wenn er dort nicht steht, gib trotz der Diebstahlsortung die Fahrzeugfahndung raus«, meinte er. »Könnte der schnellere Weg sein.«

»Alles klar«, bestätigte Miriam.

»Hat sich schon jemand die Aufzeichnungen der Überwachungskameras aus der Hotelgarage angeschaut?«, wandte sich Bergmann an Siebenbrunner.

»Eines nach dem anderen«, antwortete der.

»Also nicht?«

»Nein.

»Miriam, das kannst du dann mit Stefan übernehmen«, ordnete Bergmann an. »Überprüft die Videos auf Bewegungen von Doktor Kronsteiner und seinem Leihwagen und notiert die Uhrzeiten. Ich möchte wissen, wann er gekommen und wieder gegangen beziehungsweise weggefahren ist. Wenn euch etwas verdächtig vorkommt – Fahrzeuge, Menschen, was auch immer – schreibt es auf. Ich seh mir das dann an, wenn ich aus der Gerichtsmedizin wieder zurück bin.«

»Jawohl, Chef.«

»Kommen wir nun zu Ihnen, Siebenbrunner. Haben Sie schon was für uns? Irgendwelche Spuren oder Hinweise?« Bergmann steckte einen Bleistift in seinen neongrünen Dosenspitzer und drehte ihn herum.

»Wie Sie sich vorstellen können, haben wir es mit einem Sammelsurium an potenziell relevantem DNA-Material, Finger- und Schuhabdrücken zu tun. Der reinste Albtraum für einen Forensiker«, stöhnte Siebenbrunner. »Es dauert bestimmt noch einige Wochen, bis alles sortiert und mit den Datenbanken abgeglichen ist. Dabei halte ich es für höchst unwahrscheinlich, dass uns der ganze Aufwand überhaupt jemals zum Täter führen wird. Es lässt sich ja nicht feststellen, welche der unzähligen Spuren von ihm stammen und welche nicht tatrelevant sind. Es sei denn, Sie hätten schon einen Verdächtigen, dessen Proben wir mit unseren sichergestellten Spuren abgleichen können.«

»Kommt Zeit, kommt Verdächtiger«, sagte Bergmann, die Mine seines Bleistifts prüfend. Endlich legte er ihn samt dem Spitzer beiseite und griff nach seinem Kaffeehäferl. »Hast du dich schon mit der Klinik in Toronto in Verbindung gesetzt?«, wandte er sich an Sandra.

»Nein. Das wollte ich am Nachmittag tun. Wegen der Zeitverschiebung. Die sind in Ontario vier Stunden hinten nach. Ich habe aber die Botschaft in Wien verständigt und werde dann gleich noch ein E-Mail an den Direktor der Klinik schicken. Auf alle Fälle sollte er Doktor Kronsteiner anhand der Leichenfotos identifizieren können.«

Bergmann nickte und führte das Häferl mit dem Logo der Landespolizeidirektion an seine Lippen.

Dass für derlei Werbeartikel Geld ausgegeben wurde, wo doch an allen Ecken und Ende gespart werden sollte, konnte Sandra nicht nachvollziehen. Warum musste ein LPD-Logo auf dem weißen Porzellan prangen? Jeder, der in diesem Haus Kaffee oder Tee daraus trank, wusste doch, wo er sich befand. Andererseits waren diese Häferl weitaus sinnvoller als die monströsen Kaffeeautomaten, die bis vor wenigen Jahren auf den Gängen der Landespolizeidirektion herumgestanden waren, Hunderte Plastikbecher täglich ausgespuckt und entsprechenden Müll verursacht hatten, schweifte sie gedanklich ab.

»Meine Leute nehmen sich gerade den Liftsessel vor, auf dem die Leiche fixiert war«, holte Siebenbrunner sie in die Gegenwart zurück.

»Bis Ergebnisse vorliegen, könnten Sie uns ja vielleicht anderweitig helfen.« Bergmann stellte sein Häferl ab und tauschte es wieder gegen seinen Bleistift.

»Soll ich Ihnen etwa beim Bleistift spitzen helfen?«, spielte Siebenbrunner auf die fast zwanghafte Angewohnheit des Chefinspektors an, selbst den spitzesten Bleistift noch weiter zu spitzen.

Bergmann ignorierte seinen spöttischen Tonfall ebenso wie das Angebot selbst und rollte den Bleistift zwischen seinen Fingern hin und her, während er sich entspannt zurücklehnte und den Kriminaltechniker mit seinem Blick fixierte. »Sie könnten uns ein paar persönliche Fragen beantworten …«

Siebenbrunner stutzte. »Und warum sollte ich das tun?«

»Um ein wenig Licht in Ihre dunkle Vergangenheit zu bringen.«

Siebenbrunners Miene verfinsterte sich weiter.

Bergmann nickte Sandra zu, was diese als Aufforderung verstand, dem Kriminaltechniker ihre Fragen zu stellen. Warum ausgerechnet sie in seiner Vergangenheit herumstochern sollte, konnte sie allerdings nicht nachvollziehen. Was versprach sich Bergmann davon? Normalerweise war zwar sie diejenige, die in Verhören versuchte, das Vertrauen der Befragten zu gewinnen, während der Chefinspektor zwischendurch gern provozierte, in diesem Fall war sie jedoch überzeugt davon, dass der umgekehrte Weg der zielführendere gewesen wäre. Siebenbrunner respektierte Bergmann zumindest, sodass dieser ihm viel eher Geheimnisse entlocken konnte als sie. So es überhaupt welche gab. Sandra räusperte sich. »Sie sollen während Ihrer Gymnasiumzeit mit Rupert Kronsteiner befreundet gewesen sein«, legte sie mit einigem Unbehagen los.

Der stocksteife Siebenbrunner verschränkte seine Arme vor der Brust. »Befreundet? Wer immer Ihnen das erzählt hat, Frau Mohr, er oder sie hat übertrieben. Rupert und ich waren keine Freunde, sondern lediglich Schulkollegen.«

Das glaubte ihm Sandra aufs Wort. Wahrscheinlich hatte Siebenbrunner überhaupt keine Freunde. Damals nicht und heute erst recht nicht. »Wie auch immer Sie Ihre frühere Beziehung zum aktuellen Mordopfer nennen möchten, sie hat immerhin auch außerhalb der Schule stattgefunden. Sie haben doch zusammen in der Jugendkapelle gespielt, oder nicht?«

»Ja, das haben wir«, gab Siebenbrunner zu. »Wir waren beide Blechbläser. Trompete und Posaune.«

»Bis zu jenem Tag, als Sie beide aus der Kapelle ausgetreten sind.«

»Auch das ist nicht korrekt. Rupert hat der Kapelle zwei Wochen vor mir den Rücken gekehrt. Im Februar 1983, ich bin ihm im März gefolgt.«

»Und was war der Grund dafür?«

»Der neue Kapellmeister. Ich sag einmal so: Es gab ernsthafte Auffassungsunterschiede zwischen diesem Herrn, der mit seiner neuen Aufgabe völlig überfordert war, und einigen Musikanten, deren musikalische Fähigkeiten die des Kapellmeisters trotz ihrer Jugend haushoch überragten.«

»Es gab Streit zwischen den Musikern und dem Kapellmeister?«

»Jawohl, den gab es. Die Musikauswahl dieses Herrn war grauenhaft. Genau genommen hatte er keine Ahnung von Musik, zudem überhaupt kein Taktgefühl.«

Letzteres ließ Siebenbrunner ebenfalls vermissen. Wenngleich der Mangel, den Sandra meinte, nicht musikalisch bedingt war.

»Der Mann hatte keinerlei Führungsqualitäten, die es bei einem solchen Haufen junger Leute aber unbedingt braucht. Das konnte nur ins Chaos führen. Es ist zwangsläufig zu Streitereien und schließlich zu reihenweisen Austritten gekommen.«

»Gab es auch Handgreiflichkeiten?«

»Mord und Totschlag gab es nicht, auch keine Schlägereien, wenn Sie das meinen … Aber warten Sie mal, da fällt mir gerade wieder ein, dass der Kapellmeister damals bedroht wurde, ehe er in der Folge nicht ganz freiwillig das Handtuch warf. Das muss einige Wochen nach meinem Abgang gewesen sein.«

»Wer hat ihm denn womit gedroht?«

»Wer es war, konnte meines Wissens nicht aufgeklärt werden. Seine Autoreifen wurden einige Male zerstochen. Und es gab obszöne Schmierereien auf seinem Auto und an der Mauer seines Wohnhauses. Für solche Aktionen wären damals einige Jugendliche als Täter infrage gekommen. Die meisten Burschen waren nicht gerade zimperlich im Umgang mit ihren Mitmenschen. Die Mädchen waren aber auch nicht viel besser …«

»Das mussten Sie auch am eigenen Leib erfahren, nicht wahr?« Sandra legte hörbar mehr Mitgefühl in ihre Frage, als sie für Siebenbrunner empfand.

Dem war diese sichtlich unangenehm. Der strenge Zug um seinen Mund wurde noch bitterer. Seine Oberlippe zuckte ein paar Mal. Um Zeit zu gewinnen, schlürfte er erst einmal seinen Kaffee aus.

»Rupert Kronsteiner soll Sie vor ein paar harten Burschen, von denen Sie gemobbt wurden, beschützt haben«, fuhr Sandra mit Engelszungen fort.

Siebenbrunner behielt das leere Kaffeehäferl zwischen seinen Händen, während er mit seiner Antwort sichtlich zögerte. Schließlich blickte er auf und schob seine Brille zur Nasenwurzel. »Gemobbt? Die haben mich regelrecht terrorisiert und einige Male anständig verdroschen. In Ruperts Gegenwart hat es keiner von denen mehr gewagt, mich auch nur schief anzuschauen.«

»Dann war er also doch Ihr Freund? Also, irgendwie halt …« Wieder waren es die Lippen, die Sandra seinen Gemütszustand verrieten. Ihre letzte Frage nahm er ihr übel.

Siebenbrunner richtete sich auf. »Ich sagte Ihnen doch schon, wir waren nur Weggefährten mit gemeinsamen Interessen. Da waren die Musik, die Schule, die Matura, die bevorstand … Wir haben so etwas wie einen Pakt geschlossen, haben zusammen gelernt, und ja, ich hab ihn hie und da auch mal abschreiben lassen. Daraus werden Sie mir hoffentlich keinen Strick drehen, das ist ja wohl längst verjährt …«

»Entspannen Sie sich, Siebenbrunner«, beschwichtigte Bergmann. »Niemand wird einem Mordopfer im Nachhinein die Matura und das Doktorat aberkennen.«

»Ich bin entspannt.«

»Dann werden Sie uns bestimmt auch ganz entspannt über die sexuellen Vorlieben Ihres Freundes berichten können«, setzte der Chefinspektor einen drauf.

Sandra sah die Bereitschaft des Kollegen, weitere Fragen zu beantworten, dahinschwinden.

»Wie bitte?«, fragte Siebenbrunner entrüstet.

»War Rupert Kronsteiner homosexuell?«, wurde Bergmann konkret.

»Wie kommen Sie darauf?«

»Na ja, angeblich hatte er nie eine Beziehung mit einer Frau.«

»Rupert war ein Freigeist. Keiner, der eine dauerhafte Bindung eingegangen wäre. Mit wem auch immer.«

»Außer mit Ihnen.« Bergmann grinste Siebenbrunner ins Gesicht.

»Unsinn!« Das Häferl des leitenden Kriminaltechnikers krachte dermaßen hart auf Bergmanns Schreibtischplatte, dass der Kaffee bestimmt übergeschwappt wäre, hätte sich noch welcher darin befunden. Dass das Porzellan nicht zersprang, grenzte an ein Wunder. »Nur weil *ihr* Exfreund homosexuell ist«, er zeigte mit dem Daumen auf Sandra, »müssen Sie mir das nicht auch unterstellen«, beschwerte er sich lautstark.

Sandra glaubte, sich verhört zu haben. Hatte Siebenbrunner das eben wirklich gesagt? Woher wusste er überhaupt davon?

Bergmann sah sie an, während Siebenbrunner noch einen draufsetzte. »Wundern tut es mich ja nicht, dass der Stadler das Ufer gewechselt hat«, sagte er und musterte Sandra abschätzig.

Sandra krampfte sich der Magen zusammen. Sie fühlte die Zornesröte in ihre Ohren und Wangen steigen. Selten hatte sie sich dermaßen beherrschen müssen, um jemandem nicht an die Gurgel zu springen. Während sie noch überlegte, wie sie reagieren sollte, ergriff Bergmann das Wort.

»Reden Sie von Paul Stadler?«, fragte er.

Siebenbrunner nickte triumphierend.

»Woher wollen Sie das überhaupt wissen?«, fragte Bergmann. »Haben Sie ihn in einer einschlägigen Bar getroffen, hatten Sie Sex mit ihm oder was?«

»Wenn Sie mir noch einmal unterstellen, dass ich schwul bin, dann …«, drohte Siebenbrunner.

»Was dann? Sie schmeißen doch hier mit Anschuldigungen um sich, die rein gar nichts mit diesem Fall zu tun haben«, sagte Bergmann ruhig. »Wir stellen Ihnen lediglich Fragen. Halten wir also fürs Protokoll fest: Rupert Kronsteiner war nicht homosexuell.«

»Nein, das war er nicht«, zischte Siebenbrunner und feuerte dabei unabsichtlich einen Speicheltropfen in Richtung Chefinspektor ab.

Der wischte sich die getroffene Wange kommentarlos ab. »Dann hatte er doch etwas mit einer Frau?«, ließ er nicht locker.

»Was weiß denn ich? Kann schon sein. Wir waren nicht 24 Stunden am Tag und sieben Tage die Woche zusammen.«

»Aber Sie haben doch bestimmt über Sex geredet?« Bergmann senkte seine Stimme und hielt die Hand vor den Mund, als wären unerwünschte Zuhörer im Raum.

»Nein. Das war kein Thema zwischen uns.«

»Normalerweise ist das aber doch ein zentrales Thema bei Burschen in diesem Alter.«

»Bei Ihnen vielleicht. Bei mir war es das nie.«

»Wie schade für Sie«, meinte Bergmann. »Kennen Sie eine Barbara Grillitsch?«

»Ja, sicher kenne ich die. Sie ist die Tochter von Franz Grillitsch, der den Gasthof ›Jagawirt‹ geführt hat, bevor er sich komplett versoffen und zugesperrt hat. Wahrscheinlich ist der längst nicht mehr am Leben.«

»Das werden wir eruieren, sollte es notwendig sein. Hatte Rupert Kronsteiner Kontakt zu Barbara Grillitsch? Ich meine näheren Kontakt, als er üblicherweise zu anderen Frauen hatte? Könnten die beiden intim miteinander gewesen sein?«

»Hören Sie, Bergmann. Ich weiß weder, warum Sie das so brennend interessiert, noch bin ich in der Lage, Ihre Fragen zu beantworten.«

Bergmann seufzte und sah den Kollegen kopfschüttelnd.

»Und was später zwischen den beiden vorgefallen ist, weiß ich schon gar nicht. Ich hatte keinen Kontakt mehr mit diesen Leuten seit …« Siebenbrunner verstummte.

Bergmann sah ihn erwartungsvoll an. »Seit dem Brand, bei dem Ihre Eltern ums Leben gekommen sind?«, unterbrach er schließlich die Stille.

Siebenbrunner funkelte ihn an. »Wenn Sie ohnehin schon alles wissen, warum fragen Sie mich dann noch aus?«

»Ich bezweifle, dass wir schon alles wissen«, erwiderte Bergmann.

»Von mir werden Sie aber nichts erfahren, was Ihnen in Ihrem Fall weiterhilft. Dafür bin ich schon viel zu lange weg aus Vordernberg.«

»Ist es denn nicht auch Ihr Fall?«, fragte Bergmann.

»Dann lassen sich mich doch endlich wieder an meine Arbeit gehen. Das bringt uns wesentlich mehr als diese sinnlose Fragerei.«

»Sie wissen demnach auch nicht, was aus Barbara Grillitsch geworden ist?«, fragte Bergmann unbeirrt weiter. »Hat sie vielleicht geheiratet, bevor sie aus Vordernberg weggezogen ist?«

»Ist sie weggezogen? Da sehen Sie mal: Sie wissen tatsächlich mehr als ich«, sagte Siebenbrunner schnippisch. »Solange ich dort war, war sie noch ledig.«

»Hatte Rupert Kronsteiner Streit mit jemandem? Hatte er Feinde? Vielleicht unter den Burschen, vor denen er sie beschützt hat?«

»Nein, er hatte keine Feinde. Und selbst wenn: Niemand hätte es gewagt, ihm zu nahezutreten. Die hatten alle viel zu viel Spundus vor ihm.«

»Warum?«

»Er hatte eine besondere Autorität, nennen Sie es Charisma. Es war ihm wohl angeboren.« Siebenbrunner unternahm den Versuch, sich vom Sessel zu erheben.

»Okay, noch ein letzte Frage«, hielt Bergmann ihn auf.

»Was denn noch?«

»Wann hatten Sie zum letzten Mal Kontakt mit Rupert Kronsteiner?«

»Unsere Wege haben sich nach der Matura getrennt.«

»Obwohl Sie beide in Graz studiert haben?«

»An unterschiedlichen Universitäten. Außerdem war ich vor dem Studium erst einmal in Villach, um meine Wehrpflicht abzudienen.«

»Und damit hatte sich Ihre Freundschaft erledigt?«, fragte Bergmann.

»Tja, es war eben keine Freundschaft«, zischte Siebenbrunner noch einmal durch die gelben Zähne. Diesmal spuckte er sein Gegenüber wenigstens nicht an.

»Ich weiß, ich weiß … es war nur ein … wie haben Sie es vorhin so schön genannt? Ach ja, ein *Pakt*.« Bergmann betonte das letzte Wort.

»Aber keiner für die Ewigkeit«, erwiderte Siebenbrunner.

»Offensichtlich. Wo waren Sie eigentlich letzten Freitag auf Samstag zwischen 20 Uhr und vier Uhr früh?«

Siebenbrunner sah Bergmann ungläubig an. »Ist Ihre Frage ernst gemeint?«

»Sehe ich aus, als würde ich scherzen?«

Siebenbrunner schnaubte. »Na schön, ich war zu

Hause. Allein. Sollte ich mir jetzt einen Strafverteidiger nehmen?«

»Sollten Sie?«

Siebenbrunners Kaltschnäuzigkeit schien für einen Augenblick zu bröckeln. »Natürlich nicht.«

»Na schön. Falls Ihnen doch noch etwas einfällt oder jemand, der eine Rechnung mit Rupert Kronsteiner offen gehabt haben könnte, dann wissen Sie ja, wo Sie uns finden«, sagte Bergmann.

»Dann darf ich jetzt wieder an meine Arbeit gehen?«, fragte Siebenbrunner und wollte sich neuerlich erheben.

»Nein, das dürfen Sie nicht«, entgegnete Bergmann. »Ich ziehe Sie hiermit von diesem Fall ab.«

»Wie bitte? Warum?« Siebenbrunner sackte auf seinen Stuhl zurück.

»Weil ich Sie für befangen halte.«

»Das bin ich aber nicht«, protestierte der Kriminaltechniker.

Bergmann zuckte mit den Schultern. »Solange ich diese SOKO leite, entscheide das immer noch ich. Außerdem erwarte ich von Ihnen eine Entschuldigung.«

»Wofür denn?«

»Für die Art und Weise, wie Sie über Kollegen herziehen. Ob sie nun anwesend sind oder nicht«, sagte Bergmann.

»Ich denke gar nicht daran.« Siebenbrunner sprang von seinem Sessel auf.

»Vergessen Sie Ihr Kaffeehäferl nicht«, fügte Bergmann seelenruhig hinzu.

Siebenbrunner schnappte sich die leere Tasse und stürmte aus dem Büro.

Sandra hörte die Tür hinter ihrem Rücken zufallen. Sie schloss die Augen und atmete tief durch, während sie ihre Schläfen massierte.

»Alles okay mit dir?«, fragte Bergmann.

Nickend blickt sie auf. »Willst du gar nicht wissen …«

»Ich hab es längst vermutet«, unterbrach Bergmann ihre Frage.

»Du hast vermutet, dass Paul schwul ist? Und mir nichts davon gesagt?«

»Mal ehrlich: Du hättest mich doch zum Teufel gejagt.«

»Stimmt«, gab Sandra kleinlaut zu. »Und woher weiß Siebenbrunner es?« Einmal mehr überkam sie eine heiße Welle der Wut.

»Du kennst doch die Gerüchteküche hier. Mir ist das vor zwei, drei Wochen auch zu Ohren gekommen.«

»Und warum mir nicht?« Sandra schluckte, um den drückenden Kloß in ihrem Hals hinunterzuwürgen, was ihr nur leidlich gelingen wollte. Wenigstens schaffte sie es, vor dem Chefinspektor nicht in Tränen auszubrechen.

»Wundert dich das? Dich betrifft es doch«, sagte Bergmann.

»Du hast recht.« Dass die Betroffenen immer die Letzten waren, die von Gerüchten erfuhren, war nun wahrlich nichts Neues. »Danke, Sascha«, fügte sie hinzu.

»Wofür?«

»Dass du diesen Wölli von unserem Fall abgezogen hast. Und dass du ihm die Leviten gelesen hast.«

Bergmann grinste über das steirische Schimpfwort, das er wohl nur im Zusammenhang verstand. »Schon gut. Ich halte Siebenbrunner wirklich für befangen. Mehr noch: Ich bin mir sicher, dass er uns längst noch nicht alles erzählt hat.«

»Du glaubst doch aber nicht, dass er seinen ehemaligen Schulkameraden ermordet hat? Noch dazu den einzigen, der ihm damals beigestanden ist.«

»Das nun nicht gerade, nein. Ich wollte ihn nur aus der Reserve locken. Irgendetwas Wesentliches verschweigt er uns dieser – wie hast du ihn eben genannt?«

»Wölli.«

»Ich hätte ihn früher ganz bestimmt auch gemobbt«, grinste Bergmann und steckte seinen Bleistift wieder in den Spitzer. »Ich war ja auch ein ziemlicher Wölli.«

»Du? Das kann ich mir gar nicht vorstellen«, säuselte Sandra und rollte an ihren Arbeitsplatz zurück. Dass Miriam hinter ihrem Rücken den Raum verlassen hatte, war ihr im Eifer des Gefechts gar nicht aufgefallen.

3.

Kurz vor 16 Uhr kehrte Bergmann aus der Gerichtsmedizin ins LKA zurück.

»Wir haben den Zahnstatusabgleich aus Leoben«, sagte Sandra. »Doktor Kronsteiners ehemaliger Zahnarzt konnte die Zähne im Unterkiefer des Mordopfers eindeutig seinem Patienten zuordnen. Die Implantate im Oberkiefer waren damals noch nicht vorhanden. Die hat Kronsteiner bestimmt in Kanada machen lassen, vermutlich nach seinem Unfall. Das Ergebnis ist dennoch eindeutig.«

Bergmann nickte.

Damit waren auch die letzten Zweifel an der Identität des Opfers ausgeräumt, was ihnen vorerst ein langwieriges Rechtshilfeverfahren mit Kanada ersparte.

»Ich werde mich dann gleich mal darum kümmern, dass eine aktuelle Pressemeldung rausgeht, damit die Medien fürs Erste befriedigt sind. Mich hat gerade eine besonders hartnäckige Journalistin vor der Gerichtsmedizin abgepasst und wollte mich ausquetschen. Die werden immer dreister«, beschwerte sich Bergmann.

»Echt? Wie hat die denn von dem Obduktionstermin erfahren?«, wunderte sich Miriam.

»Keine Ahnung. Von mir jedenfalls nicht«, sagte Bergmann.

»Dann war sie wohl nicht besonders hübsch?«, sagte Miriam mit einem frechen Grinsen.

»Nicht halb so hübsch wie du«, erwiderte Bergmann.

Miriam war das Kompliment ihres deutlich älteren Vorgesetzten sichtlich unangenehm, wenngleich sie es selbst provoziert hatte.

»Dafür fast doppelt so alt wie du«, setzte Bergmann nach.

Baggerte der Chefinspektor jetzt auch noch die junge Kollegin an? Wo diese doch bald heiraten wollte? Aber davon wusste er ja noch gar nichts, fiel Sandra wieder ein. »Wir haben Kronsteiners Leihwagen sichergestellt«, unterbrach sie seinen Flirtversuch.

»In der Hotelgarage?« Bergmann ließ sich endlich auf den Chefsessel plumpsen und schnupperte am Ärmel seines Hemdes, als prüfe er, ob Leichengeruch daran haftete, den er von der Leichenöffnung ganz bestimmt noch in der sensiblen Nase hatte.

»Er war auf einem Parkplatz der Forstbetriebe, gleich nach der Ortsgrenze von Vordernberg abgestellt«, antwortete Sandra.

Bergmann rollte mit seinem Stuhl zurück und legte das rechte abgewinkelte Bein auf seinem linken Oberschenkel ab. Während er zuhörte, krempelte er erst den einen, dann den anderen Hemdsärmel bis unter die Ellenbogen hoch.

»Der Leihwagen war einem Sattelschlepper, der Baumstämme abtransportieren wollte, beim Reversieren im Weg. Deshalb wurde die örtliche Polizei verständigt. Keine halbe Stunde später hat sich die Leihwagenfirma gemeldet und die Koordinaten von diesem Parkplatz durchgegeben. Da war die Tatortgruppe aber schon unterwegs, um die Spuren vor Ort zu sichern«, sagte Sandra.

»Inzwischen ist der BMW zu uns überstellt worden und wird gerade auseinandergenommen«, berichtete Miriam weiter. »Ich war vorhin kurz unten. Offensichtliche Spuren eines Gewaltverbrechens gibt es nicht.«

»Haben sich persönliche Gegenstände des Opfers in dem Auto befunden?«, wollte Bergmann wissen.

Miriam verneinte. »Nur die Fahrzeugpapiere waren im Handschuhfach. Und auf der Rückbank ist ein Regenschirm mit dem Logo des Spa-Hotels gelegen.«

»War wohl ein Pessimist, der Herr Doktor. Oder hat es in den letzten Tagen geregnet?«

»Weder am Donnerstag noch am Freitag. Auch fürs Wochenende waren keine Schauer angesagt«, wusste Sandra.

»Was ist mit Personalien? Wurden die auch sichergestellt?«, fragte Bergmann.

»Nichts. Kein Pass, keine Brieftasche, keine Schlüssel. Auch nicht die Schlüsselkarte für sein Hotelzimmer.«

»Und kein Handy?«

»Nein leider. Wir müssen uns wohl mit der Handynummer begnügen.«

»Dann können wir also davon ausgehen, dass Doktor Kronsteiner die Gegenstände unmittelbar vor seiner Ermordung bei sich hatte und diese zusammen mit seiner Kleidung verschwunden sind«, kombinierte Bergmann.

»Oder dass sie jemand nach seiner Ermordung aus seinem Hotelzimmer verschwinden hat lassen. Der Täter könnte sich Zutritt mit der Zimmerschlüsselkarte des Opfers verschafft haben.«

»Möglich«, gab Bergmann Sandra recht.

»Vielleicht hat der Täter die Sachen verschwinden lassen, um die Identifizierung des Opfers zu erschweren«, spekulierte Miriam.

»Der Täter musste Kronsteiner ausziehen, um ihn zu kastrieren«, widersprach Sandra. »Viel wahrscheinlicher ist es doch, dass er die Sachen nach der Tat entsorgt hat, um möglichst keine Spuren zu hinterlassen, Beweise verschwinden zu lassen und die eigene Identität zu schützen. Wozu hätte er sie denn aufheben sollen?«

»Warum die Sachen verschwunden sind, ist momentan zweitrangig«, merkte Bergmann an. »Fakt ist, dass sie weg sind und uns keine Hinweise liefern können. Was ist mit den Kameraaufzeichnungen aus der Hotelgarage?«

Miriam griff nach ihrer Maus und richtete den Blick auf den Bildschirm. »Leider konnten wir nichts Verdächtiges auf den Videos entdecken. Wir haben aber die Uhrzeiten notiert, zu denen Doktor Kronsteiner am Tag des Begräbnisses seiner Mutter ein- und ausgefahren ist.« Miriam hantierte weiter mit ihrer Maus, bis sie fand, was sie suchte. »Er hat die Garage am Freitag um 9.54 Uhr in einem dunklen Anzug mit dunkler Krawatte vom Hotel kommend betreten. Sein Leihwagen hat um 9.55 Uhr die Kamera in der Garage passiert, Sekunden später den Ausfahrtsschranken«, las Miriam die dokumentierten Zeiten von ihrem Bildschirm ab. »Um 15.18 Uhr ist er dann wieder in die Garage zurückgekehrt. Um 17.31 Uhr hat die Kamera den Herrn Doktor ein weiteres Mal beim Betreten der Garage aufgezeichnet. In der Zwischenzeit muss er sich umgezogen haben. Zu diesem Zeitpunkt hatte er nämlich Jeans und ein kariertes Hemd an und einen Pullover oder eine Weste um die Schultern geschlungen.«

»Und vorher hat er einen dunklen Anzug getragen? Wie dunkel?«, fragte Sandra.

»Schwarz, vielleicht auch dunkelgrau.«

»Es war aber nur ein hellgrauer Anzug im Kasten seines Hotelzimmers«, erinnerte sich Sandra.

»Vielleicht hat er den dunklen Anzug nach dem Begräbnis zur Reinigung gegeben. Frag doch mal im Hotel nach«, meinte Bergmann.

Sandra nickte.

»Er hatte auch ein Sackerl bei sich, das sich nicht mehr im Leihwagen befindet«, fuhr Miriam fort.

»Ein Gastgeschenk vielleicht«, spekulierte Sandra.

»Ein Gastgeschenk für seinen Mörder«, murmelte Bergmann. »Warum nicht? Ist ein Schriftzug oder ein Logo darauf zu erkennen?«, fragte er.

»Die Schrift lässt sich leider nicht entziffern«, antwortete Miriam.

»Hast du in der KPU gefragt, ob sie sich lesbar machen lässt?«, fragte Bergmann.

Miriam nickte. »Haben wir schon probiert. Außer einem großen A ist auf dem Sackerl nichts zu erkennen. Es ist größtenteils vom Körper des Doktors abgedeckt. Auf alle Fälle war es aus hellem Plastik. Genauer lassen sich die Farben auf den Schwarz-Weiß-Bildern nicht bestimmen.«

»Wissen wir, wohin Kronsteiner an diesem Abend gefahren ist? Habt ihr das letzte Ziel im Navigationsgerät gecheckt?«

»Ja, haben wir. Laut Navi war sein letztes Fahrziel das Spa-Hotel in Leoben. Möglicherweise war er schon wieder auf dem Rückweg in sein Hotel. Der Täter könnte ihn unterwegs aufgehalten haben. Vielleicht hat er ihn auch im Auto mitgenommen«, sagte Miriam.

»Eine zufällige Begegnung zwischen Opfer und Täter halte ich für unwahrscheinlich«, meinte Bergmann skeptisch.

Miriam zuckte mit den Schultern.

»Kronsteiner kommt nach 15 Jahren nach Hause und schwuppdiwupp läuft er zufällig seinem Mörder in die Arme?«, erklärte Bergmann.

»Bei aller Unwahrscheinlichkeit dürfen wir es aber auch nicht ganz ausschließen«, sagte Sandra.

»Sie könnten sich ja auch vorher verabredet haben«, fügte Miriam hinzu.

»Das glaube ich schon eher«, meinte Bergmann. »Es spricht alles dafür, dass wir es mit einer geplanten Tat zu tun haben, zu der auch die Inszenierung der Leiche auf dem Sessellift gehört«, wiederholte Bergmann. »Der typische Mörder will nicht, dass sein Opfer gefunden wird, zumal uns die Leiche Spuren liefern könnte, die uns direkt zu ihm führen. Wer nimmt also einen solchen Aufwand und ein solches Risiko auf sich, wenn er keinen Plan verfolgt?«

Sandra und Miriam stimmten dem Chefinspektor zu.

»Noch kennen wir aber weder den Plan des Täters noch sein Motiv oder den Tatort«, sagte Sandra.

»In seinem Hotel ist er in der Tatnacht nicht mehr aufgetaucht?«, fragte Bergmann.

»Jedenfalls nicht in der Garage«, sagte Miriam. »Rein theoretisch könnte er das Auto aber auch auf dem nicht überwachten Parkplatz abgestellt haben.«

»Die Tatortgruppe hat bisher nicht den geringsten Hinweis dafür gefunden, dass sich der Tatort im Hotel befindet«, sagte Sandra.

»Sie haben aber doch noch gar nicht alle Zimmer überprüft«, sagte Miriam.

»Das nicht. Aber ich habe vorhin mit der Rezeptionistin telefoniert, die von Freitag auf Samstag Nachtdienst hatte, und ihr ein Foto von Kronsteiner gemailt. Sie will den Gast nicht kommen gesehen haben. Er müsste demnach unbemerkt ins Hotel zurückgekehrt, und seine Leiche nach der Tat ebenso unbemerkt wieder abtransportiert worden sein.«

»Unwahrscheinlich«, stimmte Bergmann ihr zu.

»Ich glaube vielmehr, dass das Fahrziel im Navi noch von Freitagnachmittag programmiert war, als er vom Friedhof zurück gefahren ist. Freitagnachts hätte er doch schon wissen müssen, wie er zurück ins Hotel kommt. Sein tatsächlich letztes Fahrziel könnte er ohne Navi angesteuert oder auch erreicht haben, wenn er es von früher kannte.«

»Nach 15 Jahren?«, fragte Bergmann. »Die Straßen haben sich seither doch bestimmt stark verändert.«

»Die Eisenstraße wurde zwar ausgebaut, grundsätzlich hat sich aber gar nicht so viel daran geändert. Außerdem gibt es ja Straßenschilder, und Kronsteiner ist in dieser Gegend aufgewachsen.«

»Also ich bin noch keine vier Jahre von Wien weg und kenne mich jetzt schon nimmer g'scheit dort aus«, erwiderte Bergmann.

Das lag wohl eher am miserablen Orientierungssinn des Chefinspektors, vermutete Sandra, schluckte ihre Bemerkung aber hinunter. »Bleibt zu hoffen, dass das Bewegungsprofil des Handys die Frage nach seinem letzten Fahrziel klärt«, sagte sie.

»Das Ortungsgerät im Leihwagen kann uns nicht weiterhelfen?«, fragte Bergmann.

»Nein. Das war ja nicht eingeschaltet, bis wir die Aktivierung veranlasst haben«, sagte Miriam.

»Wen könnte Doktor Kronsteiner am Abend vor seiner Ermordung denn besucht haben?«, fragte sich Sandra laut. »Oder es zumindest vorgehabt haben?«

»Gute Frage. Wo er doch angeblich keine Freunde in seiner alten Heimat hatte«, sagte Bergmann.

»Vielleicht wollte er seine Schwester noch einmal sehen«, sagte Miriam.

»Und warum?«, fragte Bergmann zurück. »Mit der hatte er doch angeblich ebenso wenig am Hut wie mit all den anderen Bewohnern in Vordernberg.«

»Es sei denn, es hätte zwischen Bruder und Schwester noch etwas Wichtiges zu besprechen gegeben. Immerhin ist gerade die Mutter der beiden gestorben«, sagte Sandra.

Bergmann sah sie an. »Du meinst die Erbschaft?«

Sandra nickte. »Könnte doch durchaus ein Thema zwischen den Geschwistern gewesen sein. Der Leichenschmaus war vermutlich nicht der geeignete Rahmen für derlei Gespräche. Zu viele Zeugen …«

»Hm …« Bergmann kratzte sich am Kinn. »Was sollte ein gut verdienender Facharzt aus Kanada mit einem Bauernhof in einer von Gott verlassenen Gegend anfangen, der er schon vor anderthalb Jahrzehnten den Rücken auf Nimmerwiedersehen gekehrt hat?«

»Seine finanzielle Situation werden wir hier ohne Rechtshilfeersuchen nicht klären können. Dafür sind die kanadischen Behörden zuständig«, sagte Sandra. »Es ist doch aber immerhin möglich, dass Doktor Kronsteiner trotz eines angemessenen Gehalts Schulden hatte und auf seinen Anteil nicht verzichten konnte. Oder es, auch ohne verschuldet zu sein, nicht wollte. Außerdem könnte die verstorbene Mutter neben dem Hof ja auch noch ein Vermögen hinterlassen haben, von dem uns die Tochter nichts erzählt hat.«

»Erkundigst du dich mal, welcher Notar die Verlassenschaft der Mutter abwickelt, Miriam?«, fragte Bergmann.

Miriam brach sich gerade ein Stück Schokolade von einer Tafel ab. »Ist gut, Chef. Möchte jemand von euch? Vollnuss?«

Bergmann und Sandra lehnten ab.

»Viktoria Kronsteiner hat uns nichts von einer Verabredung mit ihrem Bruder am Freitagabend erzählt. Nur, dass ihre Cousine und ihre Freundin bei ihr waren«, fuhr Sandra fort. »Hat Sabine Breitfuß vielleicht etwas von seinem Besuch erwähnt?«

Bergmann, der mit der Zeugin telefoniert hatte, um Viktoria Kronsteiners Alibi zu überprüfen, schüttelte den Kopf. »Mit keiner Silbe.«

»Marlene Illmaier hat auch nichts erwähnt.«

»Ich glaub ja sowieso nicht, dass die Kronsteiner das war«, sagte Miriam.

»Glauben heißt bekanntlich nicht wissen«, sagte Bergmann.

»Bisher wissen wir doch kaum etwas«, entgegnete Sandra. Es gab keinen einzigen begründeten Tatverdacht, kein konkretes Tatmotiv, geschweige denn einen Tatverdächtigen.

»Warum sollte die Schwester ihrem Bruder die Eier abschneiden, ihn umbringen und dann noch nackert auf den Sessellift setzen?«, fuhr Miriam unverblümt fort, während sie ein weiteres Stück von ihrer Schokoladetafel abbrach.

»Eine sexuelle Motivation unter den beiden Geschwistern ist eher unwahrscheinlich«, gab Sandra der Kollegin Recht. »Aber auch nicht ganz ausgeschlossen. Der Polsterlift scheint für Viktoria Kronsteiner keine besondere Bedeutung zu haben.«

»Für ihren Bruder könnte er aber bedeutsam gewesen sein. Immerhin war Kronsteiner in seiner Jugend dort als Liftwart beschäftigt«, erinnerte Bergmann an die Aussage der Schwester.

»In der Post, die er seiner Mutter aus Kanada geschickt hat, ist der Lift mit keiner Silbe erwähnt. Allerdings hat sich eine Lücke von fast zwei Jahren in der Korrespondenz aufgetan. Entweder hat er ihr während dieser Zeit nicht geschrieben, oder es fehlt absichtlich ein Teil der Post.« Sandra hatte sich die Karten nach dem Mittagessen aufmerksam durchgelesen. Weder hatte sie darin einen Hinweis auf den Täter entdecken noch auf ein mögliches Tatmotiv schließen können. Ihr war lediglich diese Lücke aufgefallen, und dass die Tonalität der Schriftstücke nicht gerade herzlich, sondern eher höflich distanziert war. Aber das passte durchaus in das Bild, das Viktoria Kronsteiner und Manfred Siebenbrunner vom Charakter des Opfers gezeichnet hatten. »Vielleicht wissen die Liftbetreiber ja mehr. Wir haben morgen um elf Uhr einen Termin mit ihnen. Das sollte sich doch ausgehen nach unserem Teammeeting«, sagte Sandra.

»Kommen die beiden hierher?«, fragte Bergmann.

»Nein. Die Bürgermeisterin ist unter Zeitdruck. Daher dachte ich, wir statten ihnen einen Besuch im Büro der Seilbahnen ab«, sagte Sandra.

»Warum nicht? Das wird sich schon ausgehen. Haben wir die Anrainerliste? Dann können wir die auch gleich befragen, wenn wir schon mal in der Gegend sind«, meinte Bergmann.

»Die Liste haben wir …« Kauend schob Miriam die verbliebene Schokolade beiseite und suchte auf ihrem Schreibtisch nach der Liste. »Aber niemand von den Anrainern hält sich gerade dort auf oder war zur Tatzeit vor Ort«, berichtete sie aus dem Gedächtnis. »Anni hat inzwischen alle durchgerufen, die in unmittelbarer Nähe des Polsterlifts gemeldet sind beziehungsweise ein Haus oder Grundstück dort besitzen. Die meisten sind Zweitwohnsitzer, die in der Tatnacht nicht am Präbichl waren. Den Einzigen, der seinen Erstwohnsitz dort hat, konnte sie noch nicht erreichen.«

»Wie heißt der Mann?«, fragte Bergmann.

Miriam hatte die Liste gefunden und schleckte erst einmal die Schokoladenreste von ihrem Zeigefinger ab. »Bachinger Friedrich«, las sie ab.

»Das dürfte der Liftwart der Bergstation sein«, erinnerte sich Sandra. »Sofern es keine Namensgleichheit ist. Dieser Liftwart befindet sich zurzeit im Urlaub auf Sizilien und kommt damit weder als Zeuge noch Täter in Betracht.«

»Sardinien«, korrigierte Bergmann sie.

Sandra verdrehte die Augen. »Einigen wir uns auf Italien, okay? Wo er sich genau aufhält, spielt ja wohl keine Rolle.«

»Vielleicht spielt es aber eine Rolle, dass die kürzlich verstorbene Hildegard Kronsteiner ein Haus beim Polsterlift besessen hat«, verkündete Miriam und blickte von ihrer Liste auf.

»Die Mutter von Rupert und Viktoria Kronsteiner?«, fragte Sandra verwundert.

Miriam nickte.

»Und damit rückst du erst jetzt heraus?« Sandras Frage klang forscher als beabsichtigt.

»Ich hab mir die Liste gerade erst im Detail durchgelesen«, entschuldigte sich Miriam kleinlaut und wickelte die restliche Schokolade in die Silberfolie ein, um sie anschließend in ihrer Schreibtischschublade zu verstauen.

»Schon gut. Du kannst ja nicht alles sofort erledigen«, beschwichtigte Sandra. Miriam hatte in den letzten Stunden wahrlich genug zu tun gehabt und würde noch viel länger damit beschäftigt sein, unzählige Fakten zusammenzutragen, damit Sandra und Bergmann diese kriminalistisch auswerten und möglicherweise tatrelevante Hinweise weiterverfolgen konnten.

»Ich hab euch die Anrainerliste eh gemailt«, meinte Miriam sich noch immer rechtfertigen zu müssen.

Sandra lächelte sie an. »Tut mir leid, Miriam. Du hast alles richtig gemacht. Ich schau mir diese Liste gleich an.« Vielleicht fanden sich weitere Namen darauf, die Sandra bekannt vorkamen und die ihnen weiterhalfen.

»Ruf Viktoria Kronsteiner an und erkundige dich nach diesem Haus, Sandra«, mischte sich Bergmann ein. »Bestimmt hat sie einen Schlüssel dafür.«

Sandra hatte das Dokument in ihrem Posteingang inzwischen geöffnet und scrollte sich durch die Liste. »Vermietet scheint das Haus nicht zu sein. Jedenfalls ist an dieser Adresse niemand offiziell wohnhaft gemeldet«, sagte sie, den Blick auf ihren Bildschirm gerichtet.

»Frag Frau Kronsteiner, ob sie etwas dagegen hat, wenn wir uns das Haus morgen um die Mittagszeit ansehen. Und erkundige dich bei dieser Gelegenheit auch, ob ihre Mutter noch weitere Besitztümer von Wert hinterlassen hat. Du kümmerst dich schleunigst um den Notar, Miriam. Ich möchte wissen, ob Hildegard Kronsteiner ein Testament hinterlassen hat. Was ist mit den beiden Herren von der Bürgerinitiative?«, fragte Bergmann weiter.

»Die habe ich noch nicht erreicht«, sagte Sandra. »Ich hab aber beiden eine Nachricht hinterlassen und um Rückruf gebeten.«

»Gut.« Bergmann verschränkte seine Arme vor der Brust. »Was ist mit der Sprechstundehilfe von Kronsteiner? Habt ihr die Frau schon ausfindig gemacht?«

»Anni kümmert sich darum, sie aufzutreiben. Offenbar hat Barbara Grillitsch, wie schon vermutet, ihren Familiennamen geändert«, sagte Sandra. Die Wahrscheinlichkeit, dass eine Frau heiratete und nach der Hochzeit den Namen ihres Mannes annahm, war groß. Überhaupt im traditionell geprägten ländlichen Raum, wohingegen sich in Städten Doppelnamen großer Beliebtheit erfreuten. Immer mehr Ehefrauen führten auch nur mehr ihren Mädchennamen weiter. Und so mancher Mann nahm diesen an und legte seinen ab oder hängte ihn an.

»Kommen wir zur Todesursache«, unterbrach Bergmann ihre Gedanken. »Es handelt sich allerdings um eine Ausschlussdiagnose, weil der Obduktionsbefund nicht eindeutig war. Jutta geht nunmehr von einem hypoxämischen Erstickungstod aus. Die gerichtsmedizinischen Details könnt ihr dann nachlesen. Höchstwahrscheinlich wurde ihm ein luftundurchlässiger Plastikbeutel über den Kopf gezogen und nach seinem Tod wieder entfernt«, sagte Bergmann.

In letzter Zeit kam diese Tötungsmethode immer häufiger bei Suizidfällen vor, wusste Sandra. Auch in der illegalen Sterbehilfe spielte sie eine Rolle. Es gab sogar professionelle Exit-Bags, Plastikbeutel mit frotteeverkleideten Gummibändern, die sich um den Hals legten und die Luftzufuhr verhinderten. Auch an einen autoerotischen Unfall erinnerte sich Sandra, bei dem sich ein Mann ein Plastiksackerl über den Kopf gezogen hatte, um sich entweder einen besonderen Orgasmus zu verschaffen oder um sich selbst zu töten. Oder auch beides. Aus Scham über die Auffindesituation hatte seine Tochter das Tatwerkzeug kurzerhand verschwinden lassen und war erst später mit der Wahrheit herausgerückt, nachdem sie selbst unter Tatverdacht geraten war.

Noch einmal kam Bergmann detaillierter auf die Verbrennungen im Analbereich und die roten Paraffinreste zu sprechen, die bis in den Enddarm hineingereicht hatten.

»Er könnte sich absichtlich auf sadomasochistische Sexualpraktiken eingelassen haben, die mit seiner Kastration und der Ermordung endeten«, überlegte Sandra laut. »Eine sexuell motivierte Tötung auf Verlangen …«

Miriam verzog ihr hübsches Gesicht noch mehr. »Wie pervers ist das denn?«

»Selbst wenn Kronsteiner freiwillig Sex hatte, muss er nicht zwangsläufig gewusst haben, dass dieser Akt mit seiner Kastration und seinem Tod endet«, sagte Sandra.

»Dass der Herr Doktor auf seltsame Sexualpraktiken stand, kann ich mir schon vorstellen. Schließlich war er Gynäkologe.«

»Na und?«, fragte Sandra.

»Die können mit normalem Sex oft nicht viel anfangen und benötigen ganz spezielle Stimulanzien, um sexuelle Erregung oder Befriedigung zu erlangen.«

Beide Frauen sahen Bergmann verdutzt an.

»Woher hast du denn auf einmal diese Weisheit?«, fragte Sandra.

»Empirische Forschung«, erwiderte Bergmann.

»Sag bloß, du hast dir den Sonntag mit einschlägigen Studien um die Ohren geschlagen«, entgegnete Sandra.

»Das nicht. Aber ich habe eine persönliche Umfrage mit zwei Betroffenen durchgeführt.«

Sandra verdrehte die Augen. »Bleiben wir doch lieber bei den Fakten, Sascha.«

»Das sind Fakten.«

»Aber keine repräsentativen. Wie war denn der Allgemeinzustand von Doktor Kronsteiner vor seinem Ableben?« Vielleicht hatte der Mann ja an einer tödlichen Krankheit gelitten und wollte sein Leben absichtlich auf diese spezielle Weise beenden. Manche Leute hatten die abartigsten Fantasien. Zum Glück lebten nur die wenigsten diese aus.

»Der Herr Doktor war kerngesund«, sagte Bergmann. »Die Folgen seines Unfalls waren laut Jutta allesamt gut verheilt.«

»Dann waren die OPs, die sein Aussehen so drastisch verändert haben, dass ihn niemand mehr erkannte, tatsächlich medizinisch indiziert?«

»Ja, das waren sie wohl.«

»Hat sich Sperma an oder in der Leiche gefunden?«, fragte Sandra weiter.

»Negativ.«

»Dennoch müssen wir davon ausgehen, dass Doktor Kronsteiner entweder im Zuge der Tat misshandelt wurde oder kurz vor seinem Tod freiwillig Sex hatte. Vermutlich mit seinem Mörder«, sagte Sandra.

»Oder mit seiner Mörderin«, sagte Bergmann. »Es lässt sich ja nicht ausschließen, dass eine Frau die Tat begangen hat.«

»Wie soll denn eine Frau eine Leiche mit 85 Kilogramm zum Präbichl transportieren und diese dort mühsam auf einen Liftsessel hieven?«, fragte Miriam.

»Mit deiner Modelfigur geht das natürlich nicht«, sagte Bergmann. »Aber wir haben ja schon erlebt, wozu das schwache Geschlecht alles fähig ist. Überhaupt, wenn es auf einen männlichen Komplizen vertrauen darf, der die körperlichen Defizite ausgleicht«, spielte er auf einen alten Mordfall an.

»Dass uns die Kraft fehlt, um Männerleichen durch die Gegend zu schleppen, würde ich nicht unbedingt als körperliches Defizit bezeichnen«, meinte Sandra. »Genauso gut könnte man die Tatsache, dass Männer keine Kinder gebären können, ein körperliches Defizit nennen.«

»Mit diesem Handicap kann ich sehr gut leben.«

Sandra seufzte. Bergmann musste immer das letzte Wort haben.

»Und der Sessellift?«, fragte Miriam. »Der spricht doch auch eher für einen männlichen Täter. Von mir aus auch für einen männlichen Komplizen. Welche Frau weiß denn schon, wie man ein solches Werkl in Betrieb nimmt?«

»Sandra würde das bestimmt hinbekommen«, antwortete Bergmann im Brustton der Überzeugung.

»Ich war es aber nicht«, meinte Sandra trocken. »Möchtest du jetzt auch von mir wissen, wo ich zur Tatzeit war?«, fragte sie.

»Lieber nicht. Außerdem traue ich dir keine sexuellen Abartigkeiten zu.«

»Danke.«

»Geschweige denn eine Kastration«, fuhr Bergmann fort.

»Wenn es ein starkes Motiv dafür gäbe, warum nicht?«, meinte Sandra.

Bergmann hob beide Augenbrauen, um sie gleich wieder fallen zu lassen. »Ob weiblicher oder männlicher Täter … oder auch beides: Wenn es kein Lustmord war, der aus dem Ruder gelaufen ist oder so geplant war, kommen als mögliche Motive am ehesten Rache oder Eifersucht in Betracht. Sind wir uns soweit einig?«, fragte er.

Beide Frauen stimmten ihm zu.

»Für mich sieht es so aus, als hätte der Täter sein Opfer für irgendetwas bestraft. Etwas, das vermutlich sehr lange zurückliegt. Und das höchstwahrscheinlich irgendetwas mit diesem Sessellift zu tun hat. Aber was?«

KAPITEL 4

Dienstag, 20. Mai, Steirische Eisenstraße

1.

Es goss wie aus Kübeln, als Sandra Mohr und Sascha Bergmann vom weitläufigen Parkplatz der Präbichl-Skiarena zum Bürohaus der Seilbahnen eilten. Während sie mit ihren festen Schuhen gut gerüstet war, stolperte er in seinen Sneakers laut fluchend von einer Lacke in die nächste. Auch ohne eine Hochzeit zu besuchen, hatte der Chefinspektor einen Hang zum falschen Schuhwerk. Aber das war nun wahrlich nichts Neues.

Die Sicht betrug keine zehn Meter, schätzte Sandra. Seit St. Michael hatten düstere Regenwolken sie begleitet. Auf der Bergfahrt waren ihnen diese immer näher gekommen, bis sie den Audi schließlich völlig verschluckten. Stellenweise hatte Sandra Mühe gehabt, dem Straßenverlauf zu folgen. Die Nebelscheinwerfer halfen nicht viel mehr als der Scheibenwischer, der auf vollen Touren lief. Entsprechend langsam erklommen sie die Passstraße und trafen mit einer Viertelstunde Verspätung an ihrem Ziel ein. Hatten am Wochenende noch sommerliche Temperaturen hier heroben geherrscht, war es inzwischen um die 20 Grad kühler. Einige Grad weniger, und es wäre Schnee gefallen. Auch nach den »Eisheiligen« war das keine Seltenheit auf dieser Seehöhe.

Sandra läutete an der Gegensprechanlage des zweistöckigen Gebäudes, in dessen Souterrain ein Sportgeschäft untergebracht war. Die Kassen und das Restaurant befanden sich im Erdgeschoß.

»Ja bitte?«, ertönte eine helle Frauenstimme.

»LKA Steiermark. Wir haben einen Termin mit Herrn Hofer«, antwortete Sandra und zog die Kapuze ihrer Regenjacke vom Kopf.

»Warten Sie bitte unten im Foyer. Ich hol sie gleich dort ab.« Das Summen des Türöffners überlagerte die letzten Worte der Frau.

Beim Betreten des Hauses schlug ihnen der Geruch von Heizöl entgegen. Von oben hörte Sandra Schritte, die sich rasch übers Treppenhaus näherten.

Bergmann beutelte seinen Kopf wie ein nasser Hund, was einige Wassertropfen wegspritzen ließ. Dann fuhr er sich mit den Fingern durch die Haare. Lange würde es bestimmt nicht dauern, bis diese wieder kreuz und quer zu Berge standen, vermutete Sandra.

Eine junge Frau im roten Pulli und schwarzen Jeans tauchte am Treppenabsatz auf und lief ihnen treppab entgegen. Unten angelangt stellte sie sich ihnen als Assistentin des Geschäftsführers vor. Just in diesem Moment klingelte das Handy des Chefinspektors.

Telefonierend folgte Bergmann den beiden Frauen in den zweiten Stock. Die Angestellte hielt ihnen die Tür zum Besprechungszimmer auf, das nicht gerade geräumig war. Viel mehr als der runde Tisch, sechs Sessel, das dreibeinige Flipchart und der Flatscreen-Fernseher an der Wand hätte hier drinnen keinen Platz gefunden. Ohne die Wolken, die draußen alles verhüllten, hätte das einzige Fenster im Raum wohl den Blick auf einen der beiden Vierersessellifte freigegeben, und zwar auf jenen, der über das Alpenaquarium Grüblsee führte, überlegte Sandra. Miriam hatte ihr erzählt, dass sich dort die höchst gelegene Tauchbasis Europas samt Tauchschule und Jausenstation befand. Die Kollegin hatte in diesem Quellsee zwischen Saiblingen, Forellen, Hausen, Stören und versenkten Figuren wie einer Freiheitsstatue und einer Ritterrüstung ihre Tauchgänge absolviert und schließlich den Tauchschein bestanden.

Bergmann beendete sein Telefongespräch, zu dem er kaum etwas beigetragen hatte. Vorwiegend hatte er dem Anrufer zugehört, was Sandra vermuten ließ, dass Miriam ihn mit wichtigen Informationen versorgt hatte. Ansonsten hätte er den Anruf gar nicht erst angenommen oder ihn sofort wieder beendet. Es sei denn, es hätte sich um einen Notfall gehandelt, der seine Tochter betraf. Diesen Eindruck hatte Sandra jedoch nicht gewonnen. Mit seiner Frage nach »100.000«, die sie vorhin im Treppenhaus mitbekommen hatte, konnte sie vorerst gar nichts anfangen. Aber dieses Rätsel würde sich bestimmt später lösen.

Der Chefinspektor nahm das Kaffeeangebot der Assistentin an und setzte sich mit dem Rücken zum

Fenster an den Tisch. Sandra begnügte sich mit Leitungswasser und wählte den Stuhl neben Bergmann, direkt vor dem leeren Flipchart in der Ecke.

»Die Frau Bürgermeister hat vorhin angerufen. Sie wird sich um 20 Minuten verspäten.« Die Assistentin blickte auf ihre goldfarbene »Casio«. Die japanische Digital-Uhr im Retrodesign der 1970er-Jahre erlebte zurzeit ein Revival. Vor allem in jener Generation, die damals noch gar nicht auf der Welt gewesen war. »Eigentlich müsste sie jeden Moment kommen«, setzte die junge Frau nach. »Der Herr Hofer telefoniert noch. Ich geb ihm gleich Bescheid, dass Sie jetzt da sind, und kümmer mich um Ihre Getränke.« Schon war die junge Frau wieder aus dem Besprechungszimmer verschwunden.

»War das Miriam, die gerade angerufen hat?«, fragte Sandra.

Bergmann bestätigte ihre Vermutung. Mehr konnte er dazu nicht mehr sagen, da soeben ein Mittvierziger mit Schnauzbart den Raum betrat. Die dünne Stimme, mit der Karl Hofer sie begrüßte, passte zu seiner Statur. Sandra hätte die Stimmlage eher einer Frau zugeordnet, wäre der filigrane Mann nicht leibhaftig vor ihnen gestanden.

Nachdem sich die Ermittler offiziell vorgestellt hatten, kündigte der Geschäftsführer die Bürgermeisterin an, die soeben eingetroffen sei und nur noch rasch die Toilette aufsuchte.

So genau hatte es Sandra zwar nicht wissen wollen, aber immerhin waren damit keine weiteren Verzögerungen zu befürchten. Ein Blick aus dem Fenster offenbarte ihr, dass sich die Wolken ein wenig verzogen hatten. Zwei Vierersesselreihen waren jetzt im Nebel zu erkennen, aber es schüttete noch immer. Wenn es so weiterregnete, drohten in den nächsten Stunden Murenabgänge und Überschwemmungen vor allem im Liesingtal, hatte der Wetterdienst vorhin im Radio gewarnt.

So dünn das Stimmchen des Geschäftsführers klang, so schrill drang der Sopran der Bürgermeisterin an ihre Ohren, als diese im Besprechungszimmer einmarschierte. Augenblicklich stach Sandra der Duft von zu viel billigem Parfum in die Nase. Ihre Verspätung ignorierend, begrüßte die blondierte Walküre die Anwesenden. Trotz ihrer flachen Schuhe überragte sie sowohl den Geschäftsführer als auch Sandra um einige Zentimeter. »Was für ein Sauwetter«, beschwerte sie sich und setzte sich neben den Geschäftsführer, der sich wie die LKA-Ermittler zu ihrer Begrüßung erhoben hatte. »Die Feuerwehr hat schon ausrücken müssen, um die Keller vom Brandner und vom Seebacher auszupumpen.«

Die Assistentin, die die Getränke servierte, unterbrach den Lagebericht. Für ihre beiden Vorgesetzten hatte sie ebenfalls Kaffee zubereitet.

»Also gut. Dann gemma's an«, drängte Susanna Kaltenegger, den Blick auf ihre Armbanduhr gerichtet.

Das Ungetüm in Roségold musste von einem Diskonter stammen. Mit Uhren kannte sich Sandra viel zu gut aus, als dass sie diese hier nicht auf den ersten Blick als Billigsdorfermodell erkannt hätte. Und auch sonst ließ das Styling der Bürgermeisterin zu wünschen übrig. Die schwarzen Leggings und der hellrosa Schlabber-Pullover betonten ihr beachtliches Volumen.

»Leider hab ich nur eine halbe Stunde Zeit«, betonte die Bürgermeisterin und tippte mit einem viel zu langen pink lackierten Fingernagel auf das Glas ihrer protzigen Uhr.

»Wir werden uns bemühen, unsere Fragen in den nächsten 30 Minuten unterzubringen«, versprach Sandra.

»Ansonsten müssen wir Sie halt nach Graz vorladen«, meinte Bergmann und rührte gelassen in seinem Kaffee um.

»Na schön, worum geht es?«, fragte die Bürgermeisterin spitz.

Sandra wollte gerade ihre erste Frage stellen, als Bergmann ihr zuvorkam.

»Um den Mord an Herrn Doktor Rupert Kronsteiner.« Bergmann steckte seinen Kaffeelöffel in den Mund, um ihn abzulecken. Dann legte er ihn auf der Untertasse ab.

»Das hab ich schon angenommen«, antwortete Susanna Kaltenegger mehr selbstgefällig denn selbstbewusst. Ihr Tonfall ließ vermuten, dass sie sich für schlauer als die LKA-Ermittler hielt.

»Sie hätten heute von elf bis zwölf doch ohnehin einen Termin mit Herrn Doktor Kronsteiner gehabt«, fuhr Bergmann nicht nur zu Sandras Überraschung fort. »Nun ist er ja leider in Ihrer Gemeinde, auf Ihrem Betriebsgelände ermordet aufgefunden worden. Da werden Sie ihm doch das bisschen Zeit, das Sie ihm lebendig gegönnt hätten, jetzt auch noch opfern können?«

Die Bürgermeisterin warf dem Geschäftsführer einen vorwurfsvollen Seitenblick zu. Der starrte seinerseits betreten auf die Tischplatte. Glaubte sie, dass Karl Hofer der Polizei ihren Termin mit dem Mordopfer verraten hatte? Sandra war sich sicher, dass diese neue Information von Miriam stammte.

»Selbstverständlich habe ich etwas Zeit«, antwortete die Bürgermeisterin deutlich freundlicher als zuvor. »Wenn ich Ihnen bei der Aufklärung dieses abscheulichen Verbrechens irgendwie helfen kann … Ich weiß nur leider nicht wie.«

Sandra fand das picksüße Lächeln, das die Frau auf einmal aufgesetzt hatte, ebenso unecht wie unpassend. Ohnehin verschwand es prompt wieder aus dem grell geschminkten Gesicht der Endvierzigerin.

»Erst einmal, indem Sie unsere Fragen beantworten«, erwiderte Bergmann.

Als Susanna Kaltenegger nickte, regte sich kein einziges ihrer gelbstichigen Haare. Zu viel Haarspray ließ ihre Frisur wie einen Helm aussehen. Nur die Spitzen, die fast bis zu den Schultern reichten, rollten sich nach außen.

»Was wollten Sie denn mit dem Herrn Doktor besprechen?«, fuhr Bergmann fort.

Die Bürgermeisterin verschränkte ihre dicken Finger ineinander. Gepflegt waren sie allemal. Die Fingernägel waren makellos lackiert, fiel Sandra auf. Der wuchtige Busen der Frau schien naturgegeben zu sein. »Was er von uns wollte, hätten wir bei unserem Termin herausgefunden«, sagte Susanna Kaltenegger. »Leider hat uns Herr Doktor Kronsteiner im Vorfeld nicht viel mehr verraten, als dass es um die Zukunft der Gemeinde Vordernberg geht.«

»Könnte diese Zukunft mit dem Polster-Sessellift zusammenhängen?« Bergmann sah sie prüfend an.

Die Bürgermeisterin zuckte mit den gut gepolsterten Schultern. »Das werma wohl nimmer erfahren.«

»Doch, das werden wir«, widersprach ihr Bergmann.

Susanna Kaltenegger hielt seinem Blick stand, wohingegen Karl Hofer einmal mehr die weiß beschichtete Tischplatte fixierte.

Sandra war gespannt, mit welchen neuen Erkenntnissen Bergmann die beiden noch konfrontieren würde. Oder bluffte er nur?

»Sie bleiben also bei Ihrer Aussage, dass Sie nicht wussten, was Herr Doktor Kronsteiner mit Ihnen besprechen wollte?«, hakte Bergmann noch strenger nach.

»Ja.«

»Sie haben sich doch auch beim Leichenschmaus nach dem Begräbnis seiner Mutter eine ganze Weile mit ihm unterhalten. Worum ist es denn in diesem Gespräch gegangen?«, bohrte Bergmann weiter.

»Wir haben über alles Mögliche gesprochen, über Gott und die Welt …«, wich Susanna Kaltenegger aus.

»Geht's auch ein bissl konkreter?«, fragte Bergmann.

Sichtlich in die Enge getrieben, nippte die Bürgermeisterin erst einmal an ihrem Kaffee, was einen rosaroten Lippenstiftabdruck am Tassenrand hinterließ.

»Frau Kaltenegger«, setzte Bergmann eindringlich nach, »das Wischiwaschi lassen Sie jetzt lieber mal beiseite. Wir sind nämlich keine Journalisten, die sich mit politischen Floskeln abspeisen lassen. Besser also, Sie beantworten unsere Fragen konkret und wahrheitsgetreu. Sollte sich nämlich herausstellen, dass Sie die polizeilichen Ermittlungen behindern, wird das für Sie strafrechtliche Konsequenzen haben. Immerhin versuchen wir hier, einen Mordfall aufzuklären. Das müsste doch auch, oder besser, *gerade* in Ihrem Interesse liegen.«

Seufzend wog die Bürgermeisterin ihre Antwort noch einmal ab.

»Also?«

»Na schön … Doktor Kronsteiner wollte einige wirtschaftliche Fakten zum Einser-Sessellift haben«, gab die Frau endlich zu. »Für eine Studie.«

»Was denn für eine Studie?«

»Wie schon gesagt, das wollte er uns persönlich darlegen. Es ging ihm wohl um die Erhaltung des Einsers.«

»War er auch mit Ihren *Freunden* von der Bürgerinitiative in Kontakt?« Bergmann betonte die »Freunde« absichtlich, damit seine Frage ironisch klang.

Die Bürgermeisterin gab einmal mehr an, nichts davon zu wissen. Sich dumm zu stellen, war nicht die schlechteste Taktik, wenn man etwas zu verbergen hatte.

»Und Sie?«, wandte sich Bergmann an den Geschäftsführer.

»Ich?« Karl Hofer blickte erschrocken auf. »Ich weiß von gar nichts. Und ich war auch nicht beim Begräbnis von der Moserbäuerin.«

Susanna Kaltenegger feuerte einen weiteren strengen Blick in seine Richtung ab. »Wie bitte? Im Gegensatz zu mir hast du diesen Mann schon seit einer halben Ewigkeit gekannt«, meinte sie erbost. »Außerdem solltest du doch die Zahlen vorbereiten, damit der Doktor sieht, dass eine Sanierung und Weiterführung des Einsers nach Ablauf der Lizenz wirtschaftlicher Selbstmord wäre.«

»Ja, das schon«, gab Hofer kleinlaut zu. »Ich hab ja nur gemeint, weil ich den Rupert … also, dass ich ihn zum letzten Mal gesehen hab, als er noch Arzt in Vordernberg war«, stotterte er. »Danach haben wir nie wieder Kontakt miteinander gehabt. Dass er mit uns über den Polsterlift reden wollte, hat mir die Frau Bürgermeisterin selbstverständlich erzählt, und ich hab auch alles soweit vorbereitet. Aber mehr weiß ich leider auch nicht über diese Angelegenheit.«

»Sie haben Doktor Kronsteiner gar nicht persönlich gekannt?«, wandte sich Sandra wieder an die Bürgermeisterin.

»Nein. Ich bin ja nicht von hier. Ich komme ursprünglich aus Knittelfeld und lebe seit elf Jahren in Vordernberg.«

»Aber Sie stammen schon von hier?«, sprach Sandra den Geschäftsführer an.

Der nickte.

Auch bei ihm erkundigte sich Sandra nach potenziellen Widersachern, die Doktor Kronsteiner möglicherweise hätten beseitigen wollen, und nach etwaigen Tatmotiven aus der Vergangenheit. Wieder schlug ihr Ahnungslosigkeit entgegen. Weder zum Charakter noch zu den zwischenmenschlichen Beziehungen des Doktors konnte oder wollte Karl Hofer etwas sagen. Ebenso wenig Neues erfuhren sie über Siebenbrunner, der kurz erwähnt wurde.

»Wer hat eigentlich alles Schlüssel für die Talstation?«, fragte Sandra.

Laut Geschäftsführer besaßen nur die Liftwarte und der Hüttenwirt welche. »In meinem Büro müssten auch noch zwei Reserveschlüssel sein. Soll ich nachschauen, ob sie an ihrem Platz sind?«

»Später«, sagte Bergmann. »Zuerst beantworten Sie uns noch eine Frage.«

Die Bürgermeisterin blickte nervös auf ihre Uhr.

»Wo waren Sie beide am vergangenen Freitag beziehungsweise Samstag? Zwischen acht Uhr abends und vier Uhr früh?«, fragte Bergmann.

»Wir waren zu Hause und haben tief und fest geschlafen«, entgegnete die Bürgermeisterin prompt.

»Sie beide?«

»Ja, wir leben zusammen«, antwortete sie hastig. »Seit acht Jahren schon.«

»Dann haben Sie also beide ein Alibi für die Tatnacht, das Sie wechselseitig bestätigen können«, meinte Bergmann skeptisch.

Karl Hofer nickte wortlos.

»So ist es«, bestätigte Susanna Kaltenegger. »Sonst noch was?« Wieder sah sie auf die Uhr.

Bergmann leerte seine Kaffeetasse und erhob sich. »Wir melden uns bei Ihnen, falls weitere Fragen auftauchen sollten«, sagte er. »Außerdem bitte ich Sie, der Presse gegenüber keinerlei Auskünfte zu erteilen, solange die kriminalpolizeilichen Ermittlungen laufen. Nach der gestrigen Pressemeldung der Landespolizeidirektion herrscht bis auf Weiteres eine Nachrichtensperre. Ich warne Sie daher ausdrücklich davor, irgendwelche Informationen preiszugeben oder Spekulationen zu nähren. Sei es bei Vertretern der Presse oder bei der

Bevölkerung. Ansonsten müssen Sie mit Konsequenzen rechnen. Haben wir uns verstanden?«

Alle anderen Anwesenden waren inzwischen auch aufgestanden. »Haben wir«, bestätigte die Bürgermeisterin.

»Ich hab eh schon einige Journalisten abgewimmelt, die ein Interview wollten. Unseren Angestellten hab ich auch verboten, mit der Presse zu reden«, sagte der Geschäftsführer.

»Aus dem Gemeindeamt dringt sowieso nichts, was ich nicht persönlich freigebe. Dafür leg ich meine Hand ins Feuer«, versicherte die Bürgermeisterin. »Allerdings lässt es sich nicht verhindern, dass Reporter hierherkommen, um zu fotografieren und zu filmen. Da müsste schon die Exekutive einschreiten«, fügte sie hinzu.

»Das lassen Sie mal unsere Sorge sein«, sagte Bergmann.

Sandra warf einen weiteren Blick aus dem Fenster. Sich an einem Tag wie diesem in den Bergen herumzutreiben, um bei Wind und Wetter für eine Story zu recherchieren, war ein wahrhaft trostloses Unterfangen, wenngleich ihr eigener Job kaum erfreulicher war.

Ihr nächster Weg führte sie zur Talstation des Polsterlifts. In 40 Minuten waren sie dort mit Viktoria Kronsteiner verabredet, die ihnen den Schlüssel zum Zweithaus der verstorbenen Mutter aushändigen wollte. Früher hatte der Bungalow ihrem Vater, einem leidenschaftlichen Jäger, gehört, wusste Sandra inzwischen. Und dass das Häuschen seit seinem Tod leer stand. Um es vermieten zu können, hätte es von Grund auf saniert werden müssen. Doch dafür hatten bisher sowohl das Geld als auch die Zeit gefehlt.

Die Bürgermeisterin verabschiedete sich von ihnen und verschwand eilig aus dem Besprechungszimmer. Im Gegensatz zu ihrer penetranten Duftwolke, die bestimmt noch eine Zeit lang verweilen würde. Zusammen mit Susanna Kaltenegger hatte auch ihr Lebensgefährte den Raum verlassen, um in seinem Büro nach den Reserveschlüsseln für die Talstation zu sehen.

»Seltsames Paar, die beiden«, stellte Sandra fest.

»Kann man wohl sagen. Ob er sie im Bett auch mit Frau Bürgermeisterin anspricht?«, überlegte Bergmann grinsend.

»Dass es bei dir immer nur um das Eine geht«, seufzte Sandra.

»Ich bin halt nur ein Mann.«

»*Nur*«, wiederholte Sandra. »Du sagst es.«

Bergmann sprang unvermittelt auf. »Ich halte das nicht mehr aus!«, schimpfte er.

Mit einer derart heftigen Reaktion hatte Sandra nicht gerechnet. Seit wann war der Chefinspektor so empfindlich? Er teilte doch selbst gern aus. Also musste er auch einstecken können. Erschrocken beobachtete sie von hinten, wie er das Fenster aufriss, sich über den Sims beugte und einige Male tief Luft holte, als drohe ihm der Erstickungstod. Der Regen, der auf ihn niederprasselte, schien ihn nicht zu stören. Was war bloß los mit ihm? »Ist dir schlecht, Sascha?«, erkundigte sich Sandra, nunmehr besorgt.

Bergmann richtete sich wieder auf und wandte sich um. Das Fenster hinter ihm blieb weit geöffnet. »Das ekelhafte Parfum dieser Frau kriege ich die nächsten Stunden bestimmt nicht mehr aus der Nase«, beschwerte er sich. »Wie kann man sich nur mit diesem Katzenlulu einsprühen?«

Sandra lachte erleichtert auf. Mit dem Vergleich hatte Bergmann gar nicht mal so unrecht.

Der Geschäftsführer kehrte zurück und bestätigte, dass sich beide Reserveschlüssel des Polsterlifts in seiner Schublade befanden.

Nach der Verabschiedung nahm Sandra noch wahr, dass er das Fenster schloss. Dann beeilte sie sich, Bergmann hinterherzukommen.

2.

Bergmann hatte es auf einmal eilig, zum Dienstwagen zurückzugelangen. Nicht wegen des Regens, der endlich etwas nachgelassen hatte, sondern um vor dem nächsten Termin noch einen Happen zu sich zu nehmen.

»Der ›Latschenwirt‹ müsste offen haben. Das ist nicht weit entfernt von der Talstation«, schlug Sandra vor und ging ums Auto herum.

»Und worauf wartest du noch?«, fragte Bergmann, an der Beifahrertür stehend.

Sandra drückte den Knopf auf der Fernbedienung, der die Schlösser freigab.

»Was gibt's denn sonst noch an Neuigkeiten aus dem LKA?«, fragte sie im Auto. Gleichzeitig startete sie den Motor und schaltete das Gebläse ein, um die angelaufene Windschutzscheibe zu entfeuchten, ehe sie losfuhr.

»Erzähl ich dir beim Essen«, erwiderte Bergmann und schob sich ein Pfefferminzzuckerl in den Mund.

»Nein danke«, lehnte Sandra ab, bevor er ihr auch eines anbot.

Bergmann sah sie erstaunt an. Offenbar hatte er ihre Antwort als Desinteresse an den neuen Ermittlungsergebnissen verstanden.

»Nein danke, ich möchte kein Zuckerl«, stellte Sandra klar, während sie den Rückwärtsgang einlegte.

»Ich hätte dir eh keines angeboten. Du lehnst meine Zuwendungen doch immer ab.«

Sandra verdrehte die Augen. »Können wir dann wieder zum Mordfall zurückkehren?«

»Sicher.«

»Woher wusste Miriam eigentlich, dass Doktor Kronsteiner einen Termin mit der Bürgermeisterin und dem Geschäftsführer hatte?«, fragte Sandra.

»Das Hotel hat angerufen. Sein schwarzer Anzug ist in der Putzerei aufgetaucht. Sie haben einen Zettel mit dem Termin in einer der Taschen gefunden.«

»Gutes Timing«, stellte Sandra fest.

»Kann man wohl sagen«, bestätigte Bergmann. »Von sich aus hätten uns Dick und Doof bestimmt nichts von diesem Termin erzählt«, spielte er auf die Bürgermeisterin und den Geschäftsführer der Seilbahnen an.

Sandra überging den wenig charmanten Vergleich des Chefinspektors und setzte den Blinker, ehe sie vom

Parkplatz auf die Eisenstraße bog. Stellenweise strömte noch immer Wasser über die Fahrbahn, wenn auch nur mehr in Rinnsalen. Da und dort hatte der Regen Matsch und Geröll auf die Fahrbahn gespült, dem sie möglichst auszuweichen versuchte. »Hat uns die Dame etwa doch nicht alles erzählt?«, fragte sie nach.

»*Dame*?« Bergmann verzog das Gesicht. »Doktor Kronsteiner war auch mit der Bürgerinitiative in Kontakt«, berichtete er weiter und nahm sein Smartphone zur Hand. »Manuel Lassacher hat sich gemeldet und Miriam von dem Termin erzählt, der heute um 14 Uhr hätte stattfinden sollen. Bei dieser Gelegenheit hat er ihr zugesichert, uns morgen Nachmittag einen Besuch im LKA abzustatten. Robert Krobath kommt auch mit.«

Sandra folgte dem Hinweisschild, das rechterhand zum »Latschenwirt« wies.

»Außerdem hat ihr Lassacher erzählt, dass sie den Doktor als Mitstreiter und potenziellen Geldgeber gewinnen wollten, was ihnen auch gelungen sein dürfte. Er hat ihnen 100.000 Euro überwiesen.«

Sandra pfiff durch die Zähne. »100.000?«, wiederholte sie dieselbe Frage, die Bergmann zuvor Miriam am Telefon gestellt hatte. »Nicht schlecht. Und wofür?«

»Als Vorschuss für ein Finanzierungskonzept, dass der Erhaltung des Polsterlifts dienen sollte. Sie wollten einen Experten damit beauftragen.«

»Wäre das nicht Aufgabe der Seilbahnen und des Tourismusverbandes?« Sandra parkte den Wagen auf dem ansonsten autofreien Parkplatz vor dem »Latschenwirt«.

»Du hast ja selbst gehört, dass weder die Bürgermeisterin noch ihr wortkarger Handlanger an einer Weiterführung des Lifts interessiert sind. Können wir endlich aussteigen? Ich bin am Verhungern.« Bergmann steckte sein Handy wieder ein, während Sandra die Nebelscheinwerfer und den Motor ausschaltete.

Sein besorgter Blick in den Rückspiegel entging ihr dabei nicht.

»Hoffentlich haben die bei diesem Dreckswetter überhaupt offen«, meinte er.

»Lass uns nachschauen«, schlug sie vor und stieg aus. Beim Gedanken an etwas Essbares knurrte nun auch ihr der Magen. Das Licht im Gasthaus brannte jedenfalls, bemerkte sie, den Eingang anvisierend.

»Schwein gehabt«, sagte Bergmann, als er die Tür zur Gaststube öffnete.

Die Wirtin begrüßte ihre einzigen Gäste und reichte ihnen die Speisekarten. Frische Forelle, knusprig gebraten, lautete ihre Empfehlung. Leider drängte die Zeit. Die Ermittler entschieden sich doch lieber für das hausgemachte Gulasch, das rasch aufgewärmt war.

»Wie ist die Bürgerinitiative bloß darauf gekommen, ausgerechnet Doktor Kronsteiner um Unterstützung zu bitten?«, kehrte Sandra zum Fall zurück. »Wo er doch seit 15 Jahren in Kanada lebte und angeblich keinen Kontakt mehr zur alten Heimat hatte, außer alle heiligen Zeiten zu seiner Mutter. Hat sie ihn womöglich angestiftet?« In den Briefen und Glückwunschkarten von Kronsteiner an seine Mutter war dieses Thema mit keiner Silbe aufgetaucht, erinnerte sich Sandra. Wie es umgekehrt aussah, vermochte sie freilich nicht zu sagen.

Bergmann hielt es für äußerst unwahrscheinlich, dass die alte Moserbäuerin dahintersteckte. »Warum sollte eine sterbenskranke Frau ihren Sohn dazu veranlassen, in die Erhaltung des Polsterlifts zu investieren?«

»Vielleicht war das ihr letzter Herzenswunsch vor ihrem Tod?«, spekulierte Sandra laut.

»Ausgerechnet? Dann müsste sie doch eine ganz besondere Beziehung zu diesem Lift gehabt haben, von der ihre Tochter nichts weiß.«

»Oder von der sie wohlweislich nichts erwähnt hat.«

Bergmanns skeptischer Blick verlor sich in der Ferne. »Viel eher könnte ich mir vorstellen, dass die Herren von der Bürgerinitiative die alte Frau dazu gebracht haben, ihren wohlhabenden Sohn für ihre Zwecke anzuschnorren«, meinte er.

»Vielleicht hat sich die Mutter ja erhofft, dass eine solche Investition den verlorenen Sohn in die Heimat zurücklockt und sie ihn noch ein letztes Mal sehen kann«, meinte Sandra.

Bergmann knetete nachdenklich seine Wangen, als die Wirtin ihre Getränke und das Brotkörberl brachte.

Sandra kam indessen eine weitere Theorie in den Sinn. »Es wäre doch auch möglich, dass Doktor Kronsteiner übers Internet vom bevorstehenden Ablauf der Liftlizenz erfahren und von sich aus den Kontakt zur Bürgerinitiative gesucht hat«, sagte sie. »Vielleicht über Facebook.«

»Warte mal«, sagte Bergmann und nahm sein Smartphone zur Hand. »Theoretisch vorstellbar«, erwiderte er, nachdem er sich auf Facebook eingeloggt und sich durch die letzten Postings gescrollt hatte. »Er hat tatsächlich ein paar Likes auf der Seite hinterlassen, aber keine Kommentare«, sagte er nach einer Weile. »Trotzdem will mir einfach kein plausibler Grund einfallen, warum Kronsteiner an der Erhaltung dieses Lifts so sehr interessiert gewesen sein sollte, dass er 100.000 Euro dafür lockergemacht hat. Doch wohl kaum, um mit seiner Investition sein Vermögen zu vermehren.«

»Wenigstens nicht in absehbarer Zeit. Vielleicht hat er sich einen anderen Vorteil davon versprochen?«

»Welchen denn? Er war in den letzten 15 Jahren nicht ein einziges Mal auf Heimaturlaub und hat demnach diesen Sessellift auch nicht benutzt.« Bergmann griff nach dem einzigen Salzstangerl im Brotkörberl und biss hinein.

»Er könnte aber vorgehabt haben, in Zukunft öfter zu kommen. Vielleicht wollte er sogar in die Heimat zurückkehren. Möglicherweise erst später, im Ruhestand«, spekulierte Sandra weiter. »Oder er wollte sich in seiner Heimat ein Denkmal als Wohltäter setzen.«

Konzentriert betrachtete Bergmann die Salzkörner auf seinem Gebäck, als wolle er eine geheime Botschaft entschlüsseln. »Möglich, aber wir brauchen Fakten«, sagte er.

Die Wirtin servierte ihr Gulasch. »Mahlzeit!«, wünschte sie ihren Gästen, die noch immer die einzigen waren.

Sandra nahm sich eine Scheibe Schwarzbrot aus dem Körberl und brach ein Stück ab.

Bergmann schob sich die Gabel in den Mund. »Das war übrigens noch nicht alles, was Miriam zu berichten wusste«, meinte er kauend.

Sandra sah von dem faserigen Fleischbrocken auf, den sie gerade auf ihrem Teller zerteilte. »Was denn noch?«

Bergmann schluckte hinunter und spülte mit einem

Schluck alkoholfreien Bier nach. »Zufällig ist dieser Doktor Lassacher von der Bürgerinitiative der Notar, der die Verlassenschaft von Hildegard Kronsteiner abwickelt«, verkündete er.

Sandra ließ ihr Besteck sinken. »Sieh einer an. Wie klein die Welt doch ist.«

»In Vordernberg auf alle Fälle«, spottete Bergmann.

Wie klein die Welt auch sein mochte, sie ist noch immer zu groß und komplex, um diesen Fall so einfach lösen zu können, überlegte Sandra. In Wahrheit wussten sie so gut wie gar nichts.

3.

Die Fensterscheibe des dunkelblauen Opel, der auf dem Parkplatz vor der Talstation stand, wurde heruntergelassen, als sich der Audi der LKA-Ermittler näherte.

Sandra bremste den Wagen direkt vor dem Opel ab, um ihrerseits das Fenster zu öffnen.

»Wir können leider nicht ganz bis zum Haus zuwifahr'n. Das letzte Stückl müssen wir zu Fuß geh'n«, sagte Viktoria Kronsteiner.

Ihre langen Haare, die sie an diesem Tag offen trug, kräuselten sich durch die hohe Luftfeuchtigkeit. Sandra fühlte sich einmal mehr an die Hexe im Märchen erinnert.

»Die Wies'n ist heut' viel zu rutschig. Fahren S' mir am besten hinten nach.«

Sandra schloss ihr Fenster wieder und folgte dem Opel.

»Na bravo«, meinte Bergmann mit besorgtem Blick auf seine Sneakers aus Mesh-Gewebe.

»Deine Füße müssen doch eh schon vom Präbichl-Parkplatz patschnass sein. Zieh dir halt endlich einmal anständige Schuhe an. Oder leg dir wie ich Gummistiefel in den Kofferraum«, sagte Sandra. Am Ende des kurzen brüchigen Asphaltweges angelangt, leuchteten die Bremslichter am Wagen vor ihr auf. Sie kam hinter dem Opel zu stehen und stellte den Motor ab.

»*Anständige* Schuhe gefallen mir aber nicht«, meinte Bergmann bockig wie ein Schulbub und stieg aus.

Sandra sah ihm kopfschüttelnd hinterher. Aber ihr konnte es ja egal sein. Solange er sich nicht erkältete und an Männerschnupfen starb. Ihre Füße blieben trocken, während sie der Landwirtin die wenigen Schritte durch die knöchelhohe Wiese folgten. Nur die Hosenbeine waren bis auf Wadenhöhe durchnässt, als sie beim Bungalow ankamen. Sandra war fast ein wenig enttäuscht, dass sie nicht das erwartete Knusperhäuschen aus Holz mit spitzem Dach vorfanden. Es hätte ausgesprochen gut zu Viktoria Kronsteiner gepasst. Andererseits war Bergmann nicht Hänsel und sie nicht Gretel. Das alleinstehende gemauerte Häuschen musste in den späten 1960ern oder frühen 70ern erbaut worden sein, schätzte sie. Die Wetterseite war mit grauen Eternitplatten verkleidet, das stumpfwinkelige Wellendach mit demselben asbesthaltigen Baustoff gedeckt, der wegen seiner Giftigkeit längst nicht mehr so erzeugt wurde. Die Holzlatten des Zauns und des Eingangstors waren ebenso stark verwittert wie die geschlossenen Fensterläden, die vermuten ließen, dass das Haus nicht bewohnt war. Dennoch musste jemand erst kürzlich die Wiese im Garten gemäht haben, bemerkte Sandra, als sie das Grundstück betraten. Ansonsten hätte es hier bestimmt noch um einiges wilder ausgesehen. »Wurde hier vor Kurzem gemäht?«, fragte sie an der Eingangstür.

Viktoria Kronsteiner zog ein hellgrünes Band mit Schlüsseln aus ihrer Jackentasche, das für einen steirischen Energieversorger warb, und wandte sich zu ihr um. »Ich war gestern zum Mähen und Zammen'räumen heroben. Ich hätt Sie ja schlecht einilass'n können, so fürchterlich, wie's hier ausg'schaut hat. Ist ja seit ewigen Zeiten keiner mehr da g'wesn«, erklärte sie und drehte sich wieder um, um den Schlüssel ins Schloss zu stecken.

»Wegen uns hätten Sie sich diese Mühe aber nicht zu machen brauchen«, sagte Sandra hinter ihrem Rücken stehend.

Die Landwirtin trat als Erste über die Schwelle und fand auf Anhieb den Lichtschalter in dem winzigen fensterlosen Vorzimmer. »Ich hab's ja nicht nur wegen Ihnen g'macht, es hat längst wieder mal sein müssen«, erklärte sie. »Kommen S' doch weiter. Hier drinnen ist's wenigstens trocken«, sagte sie.

Sandra stieg die penetrante Zitrusduftnote eines Putzmittels in die Nase. Dass die Frau keine anderen Sorgen hatte, als hier gründlich zu machen und zu mähen, nachdem ihre Mutter und der Bruder erst kürzlich verstorben waren, konnte sie nicht ganz nachvollziehen. Wenngleich sie wusste, dass es Trauernden half, sich mit irgendwelchen Aktivitäten zu beschäftigen. Sie selbst hätte sich in einer solchen Situation wohl in die Arbeit gestürzt, nur eben nicht in die Hausarbeit.

Die Ermittler folgten der Landwirtin ins Vorzimmer, in dem gerade einmal vier Garderobehaken und ein schmaler Schuhkasten, der bis zur Holzdecke reichte, Platz fanden. Sandra wunderte sich, dass sie ihre Schuhe nicht ausziehen mussten, nachdem hier alles frisch geputzt war. Aber Viktoria Kronsteiner verlangte nicht danach. Sie stand schon in der Stube, als Bergmann die Eingangstür hinter sich schloss, und Sandra noch im Vorzimmer stand. Für drei Erwachsene war es definitiv zu eng hier drinnen.

Im unbeheizten Haus war es kaum wärmer als draußen. Zumindest fühlte es sich so an. Die Wände der Stube zierten zahlreiche Jagdtrophäen. Sandras Blick blieb am eierschalenfarbenen Wählscheibentelefon hängen, das ihr noch aus der Kindheit vertraut war. In der Wand darüber steckte ein Nagel. Die helle rechteckige Fläche verriet ihr, dass dort längere Zeit ein Bild oder ein Wandkalender gehangen sein musste. »Wann war denn zuletzt jemand hier, bevor sie gestern hergekommen sind, um aufzuräumen?«, fragte sie nach.

»Das letzte Mal war ich im vorigen Herbst da. Seit mein Vater nimmer lebt, war meine Mutter ab und zu herob'n, um nach dem Rechten zu schau'n, zum Abstaub'n, Durchwisch'n und Mähen. Später hab ich das dann übernommen. Drei, vier Mal im Jahr war ich da.«

Sandra ließ ihren Blick durch die Stube schweifen. Die Einrichtung hatte locker vier Jahrzehnte auf dem Buckel und wies deutliche Gebrauchsspuren auf. Doch es herrschten Ordnung und Sauberkeit. Die Vorhänge und die Tischdecke waren frisch gewaschen. Selbst der alte Linoleumboden glänzte. Im Herrgottswinkel das obligate Kreuz, die Kochnische eher spartanisch mit einer doppelten elektrischen Kochplatte und einem alten Kühlschrank ausgestattet. »Wie viele Zimmer hat das Haus?«, fragte Sandra.

»Es gibt noch die Speis, ein Bad und ein Schlafzimmer. Möchten S' da auch einischauen?«

»Wenn wir schon einmal da sind«, antwortete Sandra und fragte sich insgeheim, wonach sie hier eigentlich suchten.

Bergmann öffnete die Schlafzimmertür. Sandra folgte ihm. Am Messingbett eine bunte Patchwork-Tagesdecke, an der Längsseite ein Kleiderkasten, auf der Kommode vis-à-vis ein kleiner Röhrenfernseher. An den Wänden eine vergilbte Raufasertapete, am Boden derselbe beigefarbene Linoleumbelag wie in der Stube und im Vorzimmer.

Das Badezimmer war um einiges geräumiger als erwartet, die lindgrüne Badewanne ebenso blitzblank geputzt wie das WC und der Waschtisch in derselben Sanitärfarbe mit dem obligaten Allibert-Spiegelschrank darüber. Die beige marmorierten Fliesen vervollständigten das Bild des Grauens, das Sandra einmal mehr an ihre Kindheit erinnerte. Vor allem an den Fausthieb, den sie vom Halbbruder hatte einstecken müssen. Mitten ins Gesicht. Bloß, weil sie das Badezimmer seiner

Meinung nach zu lange blockiert hatte. Das Blut, das ihr aus der Nase tropfte, musste sie selbst wegputzen, nachdem sie sich bei der Mutter vergeblich über Mike beschwert hatte. Sandra beeilte sich, das Badezimmer samt den schrecklichen Erinnerungen zu verlassen, um sich wieder auf die Gegenwart zu konzentrieren. »Dürfen wir Ihnen noch ein paar Fragen stellen?«, wandte sie sich an Viktoria Kronsteiner, die in der Stube wartete.

»Freilich. Zum Trink'n kann ich Ihnen leider nur Wasser anbieten. Aus der eigenen Quelle. Tee müsst auch noch da sein …«

Beide Ermittler lehnten dankend ab. Allzu lange würden sie sich nicht mehr hier aufhalten.

»Könnte Ihr Bruder vorgehabt haben, in seine alte Heimat zurückzukehren?«, kam Sandra direkt auf den Punkt.

Viktoria Kronsteiner reagierte erschrocken. »Mein Bruder? Hierher? Was hätt er denn hier soll'n?«

»Einen beschaulichen Lebensabend verbringen …« Das hätte er wahrscheinlich auch in Kanada können, überlegte Sandra.

»Also, ich weiß nix von solchen Plänen«, erwiderte ihr Gegenüber.

»Wer könnte hier etwas davon wissen?«

Es folgte Schulterzucken. »Höchstens die Mama, aber die …«, Viktoria Kronsteiner seufzte, ehe sie weitersprach, »die hat's dann wohl ins Grab mitgenommen.« Sie biss sich auf die Lippe und blinzelte, um die aufsteigenden Tränen zu vertreiben. Aus ihrer Jackentasche zog sie ein Taschentuch, mit dem sie sich die feuchten Augen trocknete.

»Wir wissen inzwischen, dass Ihr Bruder in letzter Zeit nicht nur mit Ihrer Mutter in Kontakt stand.«

»Mit wem denn noch? Mit dem Mani?«

»Manfred Siebenbrunner?«, fragte Sandra erstaunt zurück.

»Ich mein' ja nur, weil die beiden früher mal befreundet war'n.«

»Ihr Bruder hatte Kontakt mit der Bürgermeisterin und mit Herrn Hofer. Außerdem mit Herrn Doktor Lassacher und Herrn Krobath.«

»Das gibt's ja ned!« Die Reaktion klang zumindest ehrlich überrascht.

»O ja«, bestätigte Sandra.

»Und was wollt' er von denen?«

»Wir hatten gehofft, dass Sie das vielleicht wissen«, hielt sich Sandra bedeckt. Mehr als das musste die Frau momentan nicht wissen.

Wieder folgte Kopfschütteln. »Nein, tut mir leid …«

»Hatte Ihre Mutter einen besonderen Bezug zum Polsterlift?«

»Meine Mutter? Nicht mehr oder weniger als die meisten von uns. Als junges Dirndl war sie wie fast alle am Polster Ski fahr'n. Später hat's keine Zeit mehr dafür g'habt. Der Vater war öfter herob'n. Er war Jäger. Drum hat er auch das Häusl hier erstanden. Na ja, eigentlich hat er's beim Kartenspiel'n g'wonnen. Er war aber meistens zu Fuß unterwegs, nur selten mit dem Lift. Der Rupert war auch öfter hier. Damals, wie er als Skilehrer und Liftwart sein Taschengeld auf'bessert hat. Aber das hab ich Ihnen eh schon erzählt.«

Ja, das hatte sie. Auch sonst gab es nichts, was die

Ermittlungen vorantrieb, dachte Sandra frustriert. Dass der Vater der Zeugin den Bungalow beim illegalen Glücksspiel gewonnen hatte, interessierte nicht einmal mehr die zuständigen Kollegen. Der Vorfall war längst verjährt. »Hatte Ihre Mutter auch Kontakt zu den genannten Herrschaften?«

»Na ja, man rennt sich halt ab und zu über den Weg. In den letzten Monaten war die Mama aber kaum noch draußen. Mit dem Doktor Lassacher hat sie letztes Jahr erst zu tun g'habt.«

»Ach ja?«

»Ja. Sie hat dem Hofer Karl einen Anteil von diesem Grundstück verkauft. Das war ursprünglich mal viel größer.«

»Warum hat sie ihm nicht gleich alles verkauft? Das Haus ist doch sowieso leer gestanden und hat nur Arbeit gemacht?«

»Sie wollt's nicht verkaufen. Aus Andenken an den Vater.« Viktoria Kronsteiner stockte, ehe sie fortfuhr. »Natürlich war das unsinnig, aber die Mama war halt recht stur.«

»Hat Ihre Mutter ein Testament hinterlassen?«, fragte Sandra.

»Sie hat nie eins erwähnt. Es gibt ja nix zum Erb'n außer dem verschuldeten Hof und dem Häusl hier, das ich nach ihrem Tod verkaufen wollt. Wahrscheinlich an den Hofer Karl. Der hat sich das Vorkaufsrecht gesichert.«

»Wissen Sie, was er damit vorhat?«

»Keine Ahnung.«

»Ohne Testament hätten Sie sich doch aber mit Ihrem

Bruder über den Hausverkauf verständigen müssen, oder nicht?«

»Wir haben beim Leichenschmaus drüber g'redt. Er hätt die Erbschaft von der Mama sowieso ned an'treten. Er wollt sogar die Bestattungskosten übernehmen. Über 2.000 Euro. Die bleiben jetzt wohl an mir hängen …« Wieder seufzte die Landwirtin. »Was passiert jetzt eigentlich mit meinem Bruder? Mit seiner Leich, mein ich.«

»Die Staatsanwaltschaft hat den Leichnam heute Morgen freigegeben. Als nächste Verwandte können Sie damit die Totenfürsorge übernehmen und Ihren Bruder hier bestatten lassen«, sagte Sandra. »Gibt es denn sonst noch Verwandte in Österreich?«

»Nur noch die Schwester meiner Mutter, die Tante Herta und ihre zwei Kinder, die Sabine und der Thomas. Bis auf den Thomas leben alle in Vordernberg, der ist in Graz.« Viktoria Kronsteiner seufzte. »Ich frag mich ja nur, wovon ich ein zweites Begräbnis bezahlen soll.«

»Die Chancen, dass Sie das Vermögen Ihres Bruders erben, stehen gut. Dann dürften die Bestattungskosten nur mehr Peanuts für Sie sein«, schoss Bergmann ins Blaue. Vermögensauskunft lag ihnen zwar keine vor, aber ein Facharzt, der einer Bürgerinitiative auf die Schnelle 100.000 Euro überwies, nagte höchstwahrscheinlich nicht am Hungertuch.

»Ich soll sein Vermögen erben? Ausgerechnet ich? Bestimmt gibt es in Kanada ein Testament.«

»Das wird sich herausstellen. Ebenso, ob Ihr Bruder nicht doch leibliche Kinder hatte.«

»Falls es keine gibt, wären Sie als seine Schwester die nächste und einzige erbberechtigte Verwandte Ihres verstorbenen Bruders«, sagte Bergmann.

Sandra bezweifelte, dass das österreichische Erbrecht in diesem Fall zur Anwendung kam. Zwar war das Mordopfer sowohl österreichischer als auch kanadischer Staatsbürger gewesen, jedoch hatte es seinen ordentlichen Wohnsitz in Kanada gehabt. Vom dortigen Erbrecht hatte sie keinen blassen Schimmer. Bergmann vermutlich auch nicht. Viel wahrscheinlicher war es, dass der Chefinspektor die Reaktionen der Frau testete, um sie besser einschätzen zu können. Falls sie nämlich doch wusste, dass sie die Erbin ihres mutmaßlich vermögenden Bruders war, lag zumindest ein Tatmotiv vor. Doch selbst wenn. Dass Viktoria Kronsteiner die Tat begangen hatte, hielt Sandra nach wie vor für unwahrscheinlich. Außerdem verfügte Viktoria Kronsteiner über ein Alibi für die Tatnacht. »Am besten setzen Sie sich mit einem Notar in Verbindung. Vielleicht mit Doktor Lassacher. Der kann Ihnen in Erbschaftsangelegenheiten besser weiterhelfen«, sagte Sandra, ehe sie sich von der Landwirtin verabschiedeten.

KAPITEL 5

Mittwoch, 21. Mai, Graz

1.

Als Sandra nach einem späten Mittagessen in der Polizeikantine ins Büro zurückkehrte, stutzte sie erst einmal. Nicht, weil Miriam längst wieder an ihrem Schreibtisch saß, sondern weil sich Bergmanns Chefsessel wie wild im Kreis herumdrehte. Auf den ersten Blick konnte sich Sandra die ungewöhnliche Bewegung hinter dem Computerbildschirm nicht erklären. Erst auf den zweiten Blick sah sie die zwei blonden Zöpfe, die der Fliehkraft gehorchten. Miriam schaute weder von ihrem PC auf noch gab sie von sich aus eine Erklärung ab, was das Kind in ihrem Büro zu suchen hatte.

Die Kleine bremste den Drehstuhl unvermittelt ab, indem sie sich nach vorne beugte und nach der Tischkante griff. Neugierig musterte sie Sandra mit großen blauen Kinderaugen. »Bist du die Sandra?«

Das konnte nur Sarah sein, Bergmanns Tochter, war sich Sandra nunmehr sicher. Sie war dem Mädchen, das mit seiner Mutter in Wien lebte, zwar noch nie begegnet, hatte aber schon etliche Fotos gesehen, die ihr der Kindesvater stolz präsentiert hatte. Aus biologischer Sicht war Bergmann gar nicht der Vater der Siebenjährigen, wenngleich er das jahrelange geglaubt hatte. Aber das spielte inzwischen keine Rolle mehr. »Ja, ich bin Sandra«, antwortete sie. »Und du bist Sarah, gell ja?«

Die Kleine nickte. »Du schaust eigentlich eh ganz nett aus«, meinte Sarah mit ernster Miene.

Eigentlich eh ganz nett, soso. Sandra wollte gar nicht wissen, was Bergmann seiner Tochter alles über sie erzählt hatte. Noch ehe ihr eine passende Antwort einfiel, ergriff Miriam das Wort für sie.

»Sandra ist voll nett«, bestätigte die Kollegin im Brustton der Überzeugung.

»Weiß ich eh«, sagte Sarah, gedanklich längst woanders. »Kommst du mal her zu mir? Biiitte …«, sagte sie zu Sandra.

Das letzte Wort hatte das Mädchen bestimmt nicht von seinem Vater gelernt, dachte die. »Ja sicher. Was möchtest du denn?« Sandra näherte sich Bergmanns Schreibtisch, auf dem zwischen all dem üblichen Bürokrimskrams ein Kindermalbuch und Buntstifte verstreut waren. Die kleine Plastikflasche mit rosafarbener Limonade hatte bestimmt nicht der Chefinspektor halbleer getrunken.

Die Kleine sah Sandra von unten an und lockte sie mit einem Zeigefinger zu sich. Ihre Füße baumelten abwechselnd nach vorn und wieder zurück.

Sandra beugte sich hinunter, damit sie ihr ins Ohr flüstern konnte.

»Kannst du mir das Passwort in den Computer eintippen? Biiitte …«, wisperte das Mädchen.

»Lass dich bloß nicht von ihr bezirzen, Sandra«, drang Bergmanns Stimme unvermittelt an ihre Ohren.

Blitzartig verschränkte die Kleine ihre Ärmchen vor der Brust und verdrehte die Augen. Ihre Unterlippe schob sich nach vorne.

Offenbar war Sandra nicht die einzige Frau, die Bergmann diese und ähnlich genervte Reaktionen entlockte, dachte sie amüsiert. Wenngleich die Dame im konkreten Fall noch ziemlich jung war. »Ich kenne sein Passwort leider nicht«, flüsterte sie verschwörerisch zurück, ehe sie sich dem Chefinspektor zuwandte, der auf sie zukam.

»Du hast mir doch versprochen, meinen Mitarbeiterinnen nicht auf die Nerven zu gehen. Wo ist denn dein Malbuch?«

»Malen ist doch voll fad. Ich will lieber Computer spielen.«

»Das ist ein Polizeicomputer, Mäuschen. Da sind keine Spiele drauf, sondern lauter Verbrecher.«

»Echt? Coool! Kann ich mir die anschauen?«

Bergmann seufzte und sah Sandra, die noch immer in sich hineingrinste, Hilfe suchend an.

»Zeigst du mir mal, was du Schönes gemalt hast?«, fragte sie.

Sarah nickte und griff zu ihrem Malbuch.

»Komm, setzen wir uns dort drüben an den Besprechungstisch, damit dein Papa hier weiterarbeiten kann.«

Sandra half dem Mädchen, seine Buntstifte einzusammeln.

»Nicht den Bleistift da nehmen … Der gehört doch dem Papa«, rügte Sarah sie und zeigte auf einen der Stifte.

»Oh, entschuldige bitte«, sagte Sandra.

»Macht nichts«, erwiderte Bergmann grinsend. »Vergiss nur nicht, dass wir in einer halben Stunde im Verhörraum sein müssen.«

»Darf ich mitkommen? Biiitte …« Sarah war Feuer und Flamme.

Bergmann schüttelte den Kopf. »Das geht nicht, mein Mäuschen. Sandra und ich müssen zwei Männer befragen. Das ist voll fad für dich«, übernahm er die Ausdrucksweise seiner Tochter.

»Sind die zwei Männer auch Verbrecher?«

»Das müssen wir erst herausfinden.«

»Und wer passt so lange auf mich auf?«, fragte die Kleine schnippisch.

»Miriam bleibt bei dir. Aber du musst sie arbeiten lassen, ja? Du bist doch schon ein großes Mädel. Sei lieb und mal noch ein bisschen oder lies in deinem Buch weiter, bis der Papa wiederkommt. Dafür gehen wir beide nachher Eis essen, ja?«

»Jaaa!«, kreischte Sarah begeistert.

Bergmann runzelte gequält die Stirn. »Aber nur, wenn du nicht herumschreist. Du befindest dich hier in einem Büro und nicht auf dem Spielplatz«, fügte er unerwartet streng hinzu.

»Okay … Sandra bekommt auch ein Eis, ja?«

»Wenn sie eines möchte.«

»Und Miriam auch.«

Miriam verschwand grinsend hinter ihrem Monitor.

»Ich überleg es mir noch, ja?«, meinte Sandra.

»Okay.« Sarah räumte mit ihrem Malbuch und der Limonadenflasche den Schreibtisch ihres Vaters.

Sandra folgte ihr mit den Buntstiften zum Besprechungstisch. Warum war die Kleine überhaupt in Graz und nicht bei ihrer Mutter in Wien? Selbst wenn Ferien gewesen wären, was nicht der Fall war, hätte Bergmann sie doch ganz bestimmt nicht mit ins Büro genommen. Außerdem war Sarah vor der Mittagspause noch nicht hier gewesen, und Bergmann hatte mit keinem Sterbenswörtchen erwähnt, dass er seine Tochter erwartete. Wenigstens hingen zurzeit keine Fotos von Leichen an den Pinnwänden, stellte Sandra erleichtert fest. Wenngleich Sarah die womöglich auch echt *coool* gefunden hätte.

2.

Der Notar Doktor Manuel Lassacher betrat den Verhörraum unmittelbar vor seinem etwas jüngeren vollbärtigen Mitstreiter von der Bürgerinitiative, Magister Robert Krobath, seines Zeichens Lokalredakteur einer steirischen Tageszeitung. Der eine erschien glattrasiert und ganz klischeekonform im grauen Anzug mit Krawatte zur Einvernahme, der andere legerer gekleidet in Jeans und Hemd. Im Vergleich zu Bergmann waren beide wie aus dem Ei gepellt, stellte Sandra fest und bot den Männern Platz, Kaffee und Wasser an.

Der Chefinspektor hatte seinen Sommeranzug längst wieder gegen die zerschlissenen Lieblingsjeans, ein graues T-Shirt und die obligaten Sneakers eingetauscht und knotzte auf einem der Sessel.

Kleider machen Leute, kam Sandra der alte Spruch in den Sinn. Manchmal dienten sie aber auch dazu, einen Status vorzutäuschen. Über den wahren Charakter des Trägers sagten sie freilich wenig aus, höchstens über seinen Geschmack. Und über den ließ sich bekanntlich nicht streiten.

Bergmann griff zur Thermoskanne, um sich selbst Kaffee einzuschenken, während Sandra mit der Einvernahme begann.

Beide Männer nannten ihre persönlichen Daten und gaben an, in der Tatnacht mit ihren Frauen zusammen gewesen zu sein. Die Wochenenden waren Doktor Lassacher heilig. Dasselbe galt für Magister Krobath. Mit ihren Berufen und dem ehrenamtlichen Einsatz für die Erhaltung des Polsterlifts waren sie eingespannt genug. Die noch verbleibende karge Freizeit verbrachten sie am liebsten mit ihren Familien.

Bergmann gähnte an dieser Stelle. Nicht, weil ihn die Aussagen der Männer langweilten, sondern wegen der stickigen Luft, die im Verhörraum herrschte, vermutete Sandra. Schließlich hätte auch er gern mehr Zeit mit seiner Tochter verbracht, die gerade im Büro der Mordermittler saß und Figuren ausmalte. Inzwischen wusste Sandra auch, wie Sarah ins LKA gekommen war. Auf dem kurzen Weg zum Verhörraum hatte ihr Bergmann erzählt, dass ihre Mutter sie einfach ohne ihn vorzuwarnen beim Portier abgegeben hatte. Zeit für eine persönliche Erklärung hatte Manuela nicht gefunden. Als der Chefinspektor seine Tochter unmittelbar nach dem Anruf des Portiers samt Köfferchen, Kinderrucksack und einem Brief seiner Exfrau abgeholt hatte, war diese bereits wieder verschwunden. Was hinter dieser ungewöhnlichen Aktion steckte, wollte er Sandra nach der Einvernahme berichten. Höchstwahrscheinlich handelte es sich um einen Notfall, vermutete sie.

»Ja, wir standen mit Doktor Kronsteiner in Kontakt wegen der Erhaltung des Polsterlifts«, beantwortete Krobath Sandras letzte Frage.

Lassacher hüstelte und nahm einen Schluck Wasser.

»Seit wann? Und wie ist es dazu gekommen?«, fragte sie.

»Er hat uns vor etwa einem Monat kontaktiert und sich als Vermittler angeboten«, ergriff Lassacher das Wort.

»Er wollte von sich aus zwischen der Bürgerinitiative und den Seilbahnen vermitteln?«

»Genau.«

»Hat er auch erwähnt, woher er von dieser Angelegenheit wusste? Und warum er schlichtend eingreifen wollte?«

Der Notar sah den Journalisten kurz an und umgekehrt. Beide Männer schüttelten synchron die Köpfe.

»Und was glauben Sie?«, hakte Sandra nach.

»Ich schätze, dass er uns aus sentimentalen Gründen unterstützen wollte«, fuhr Lassacher fort. »Doktor Kronsteiner war ein erfolgreicher Arzt in Kanada, aber er hatte dort keine Wurzeln, auch keine eigene Familie.« Der Notar räusperte sich. »Ich hatte den Eindruck, dass er sich seiner alten Heimat gegenüber erkenntlich zeigen und sich in Erinnerung rufen wollte, indem er sich für den Polsterlift einsetzte.«

Krobath nickte. »Er wollte sich damit wohl ein Denkmal setzen«, ergänzte er.

»Ist das amtlich, dass Doktor Kronsteiner keine Familie in Kanada hatte?«, fragte Sandra den Notar.

»Nun ja, schriftlich habe ich es nicht«, erwiderte Lassacher. »Er hat es aber in einem Telefongespräch erwähnt, als es darum ging, seine Lebensversicherung zu unseren Gunsten abzuändern, damit wir im Fall seines Ablebens auf die Versicherungssumme zugreifen können …« Der Notar musste plötzlich husten.

Sandra wartete, dass er fortfuhr.

Bergmann rührte währenddessen gedankenverloren in seinem Kaffee um. Allem Anschein nach war er noch immer mit seinem aktuellen privaten Problem beschäftigt.

»Ich laboriere noch immer an einer hartnäckigen Erkältung«, entschuldigte sich Lassacher. Er wickelte ein Hustenzuckerl aus und schob es sich in den Mund.

Männerschnupfen, kam Sandra einmal mehr in den Sinn. Bergmann war trotz seiner nassen Füße bisher davon verschont geblieben. »Hat Herr Doktor Kronsteiner nur vorgehabt, die Versicherungspolizze zu

Ihren Gunsten zu ändern, oder hat er es auch getan?«, fragte sie.

»Ich denke schon, dass er alles Nötige vor seiner Abreise aus Kanada veranlasst hat. Es war jedenfalls ausgemacht, dass er eine Original-Ausfertigung der neuen Polizze zu unserem Termin mitbringt, der gestern hätte stattfinden sollen.«

In seinem Hotelzimmer waren keine Dokumente sichergestellt worden, wusste Sandra. »Hätte er Ihnen die Polizze nicht auch mailen können?« Heutzutage reichte doch eine pdf-Datei, glaubte sie.

Lassachers Hustenzuckerl wanderte von seiner rechten in die linke Backe. »Hätte er. Aber da er schon einmal hier war, wollte er sie uns persönlich überbringen. Wir hatten ja ohnehin einiges zu besprechen.«

»Sie wissen also nicht, wer zum Zeitpunkt seines Ablebens der Begünstigte war«, wiederholte Sandra.

»Nein.« Lassacher griff zu seinem Wasserglas und trank einen Schluck, um sich anschließend noch einmal zu räuspern.

Sandra fragte sich, ob seine Aussage der Wahrheit entsprach. Hätten die beiden anwesenden Herren doch von der vollzogenen Polizzenänderung zu ihren Gunsten gewusst, lag ein Tatmotiv vor. Was, wenn sie ihren Geldgeber eliminiert hatten, um die Versicherungssumme zu kassieren? Andererseits hatte ihnen Doktor Kronsteiner bereits 100.000 Euro überwiesen. Damit hatte die berechtigte Hoffnung bestanden, dass er ihnen bei Bedarf noch mehr Geld hätte zukommen lassen. Womöglich sogar mehr, als ihnen sein Ableben einbrachte. Das wiederum entlastete Lassacher und Krobath. Warum hätten die beiden ihren Goldesel töten sollen? »Wissen Sie zufällig, wer ursprünglich der Begünstigte dieser Lebensversicherung war?«, fragte sie laut.

»Angeblich seine Schwester Viktoria Kronsteiner«, erwiderte Lassacher.

»Angeblich?«

»Er hat es bei einem unserer Telefonate erwähnt. Sie soll auch die Alleinerbin seines Vermögens sein. Es liegt wohl ein entsprechendes Testament in Kanada vor. Bis die Verlassenschaft abgewickelt ist, wird jedoch noch einige Zeit vergehen.«

Endlich blickte Bergmann wieder auf und Sandra an. Also doch, schien er wie sie zu denken.

Was, wenn die Schwester von der beabsichtigten Polizzenänderung ihres Bruder gewusst hatte und verhindern wollte, dass er die Lebensversicherung und womöglich auch noch sein Testament ändert, überlegte Sandra weiter. So eng war ihre Beziehung nicht gewesen, hatte sie selbst ausgesagt. Wieder tauchte dasselbe Tatmotiv auf: Habgier. Allein, die potenziell Verdächtige hatte ein Alibi. Auch der Modus Operandi sprach dagegen, dass sie die Täterin war.

»Wusste Viktoria Kronsteiner vom Testament ihres Bruders?«, fragte Sandra.

»Das glaube ich nicht. Sie hat mich gestern Nachmittag angerufen und gefragt, ob ich wüsste, wie lange es dauert, bis ein Verlassenschaftsverfahren in Kanada abgewickelt ist. Ich habe ihr erklärt, dass ich weder berechtigt noch befugt bin, Beratungsleistungen oder gar gutachterliche Äußerungen zu ausländischen Rechtsordnungen zu erbringen, habe ihr aber angeboten, sogenannte kollisionsrechtliche Anfragen an das Ministerium und die kanadische Botschaft in Wien zu stellen.«

Dann hatte Viktoria Kronsteiner ihren Rat also angenommen, dachte Sandra. »Und von der Lebensversicherung ihres Bruder wusste sie auch nichts?«, fragte sie.

»Sie hat sie mit keinem Wort erwähnt.«

»Von welchem Betrag reden wir eigentlich?«, fragte Sandra.

»Die Ablebenssumme der Lebensversicherung beträgt 500.000. Zum Gesamtvermögen des Verstorbenen kann ich zum jetzigen Zeitpunkt noch nichts sagen.«

»Bei dem genannten Betrag handelt es sich um Euro?«, vergewisserte sich Sandra. Soweit sie wusste, war ein kanadischer Dollar nicht so viel wert wie ein Euro. Den genauen Wechselkurs kannte sie jedoch nicht.

»Euro«, bestätigte der Notar.

»Doktor Kronsteiner hat Ihnen vor seinem Ableben 100.000 Euro überwiesen?«, fragte Sandra weiter.

Sich räuspernd kämpfte Lassacher gegen den nächsten Hustenreiz an.

Augenblicklich sprang Krobath ein. »Ja, das ist richtig. Wir sollten einen Experten beauftragen, der mit uns gemeinsam ein umfassendes Konzept erarbeitet, um aufzuzeigen, wie die gesamte Erzberg-Region vom Polsterlift als einzigartiges Kulturerbe der Eisenstraße in Zukunft nachhaltig profitieren kann. Sowohl das Land Steiermark als auch private Investoren sollten damit überzeugt werden, dass die Sanierung des Lifts jeden Cent wert ist.«

»Wäre es nicht Aufgabe der Seilbahnen, ein solches Konzept zu erstellen oder zu beauftragen? Beziehungsweise die der Tourismusverbände?«

Krobath lachte auf. »Wenn wir darauf warten, ist der Einser garantiert dem Untergang geweiht.«

»Die Frau Bürgermeisterin und ihr Geschäftsführer haben offenbar andere Pläne mit dem Präbichl, bei denen der Polsterlift keine Rolle spielt«, sagte Lassacher.

»Mir ist erst kürzlich aus vertraulicher Quelle zu Ohren gekommen, dass die Frau Bürgermeisterin mit der Errichtung eines Windkraftparks am Präbichl nun doch einverstanden sein soll«, erzählte der Journalist.

»Gibt es denn solche Pläne?«, fragte Sandra.

Beide Männer nickten. »Die gibt es«, bestätigte der Notar. »Das Land Steiermark hat das Gebiet per Verordnung als Eignungszone für Windkraft ausgewiesen. Zum bereits bestehenden Windrad am Präbichl sollen weitere fünf hinzukommen. Es ist noch kein halbes Jahr her, dass sich die Frau Bürgermeisterin vehement gegen einen Windkraftpark ausgesprochen hat. Zwar würde der auf dem Gemeindegebiet von Eisenerz errichtet werden, aber die sogenannte Pufferzone, in der eine Bebauung verboten ist, reicht bis zur Skiarena auf Vordernberger Gebiet hinein, womit der geplante touristische Ausbau dort unmöglich würde.«

»Angeblich hat man sich aber nun doch inoffiziell verständigt. Wer oder was diesen Sinneswandel bewirkt hat, versuche ich gerade zu recherchieren. Gut möglich, dass der Investor, der die finanziellen Mittel für den touristischen Ausbau im Gebiet der Präbichl Skiarena bereits zugesagt haben soll, Wind von diesem Projekt bekommen und einen Rückzieher gemacht hat.«

»Und die Frau Bürgermeisterin hat sich wieder einmal nach dem Wind gedreht«, setzte Krobath das Wortspiel seines Partners fort.

»Vielleicht sind sie ja auch übereingekommen, lieber in zukunftsweisende Windenergie als in eine Skiregion zu investieren, die durch den Klimawandel massiv von Schneemangel bedroht ist. Mit den konstant steigenden Temperaturen rückt die natürliche Schneefallgrenze immer weiter nach oben. Der Präbichl liegt bereits jetzt unter dem Niveau für einen verlässlichen Schneedeckenaufbau. Bis Mitte dieses Jahrhunderts können wir uns wohl noch mit künstlicher Beschneiung retten. Aber danach wird der Wintersport am Präbichl ziemlich am Ende sein«, meinte Lassacher.

»Sofern die Seilbahnen nicht schon vorher insolvent sind«, warf Krobath ein.

»Umso wichtiger ist es, den Polsterlift nicht nur wegen seiner historischen Bedeutung für die Eisenstraße zu erhalten und unter Denkmalschutz zu stellen, sondern auch wegen seiner touristischen, die selbstverständlich entsprechend hervorgehoben und beworben werden muss. Immerhin wird der Einser traditionell auch im Sommer betrieben und bietet Wanderern einen direkten Einstieg in die Bergwelt. Paragleitern dient er das ganze Jahr über als Zentrum. So gesehen hätte er mehr touristisches Potenzial als die Präbichl-Lifte weiter unten, die ausschließlich in der Wintersaison betrieben werden und mit keiner Alleinstellung aufwarten können«, sagte Lassacher.

»Dieser Remmidemmi-Tourismus ist sowieso Schnee von gestern. Die Zukunft liegt im bewussten, nachhaltigen Fremdenverkehr«, meinte Krobath.

Sandra fragte sich insgeheim, ob das Grundstück, das Karl Hofer von Hildegard Kronsteiner erworben hatte, in einem Zusammenhang mit den Plänen der Bürgermeisterin stand, behielt dies aber für sich. Lassacher hatte den Verkauf ja selbst abgewickelt.

»Auf alle Fälle führen die beiden dort oben etwas im Schilde. Und bestimmt nichts Gutes. An Ihrer Stelle würde ich mal in diese Richtung ermitteln«, sagte Krobath.

»Die Frau Bürgermeisterin und Herr Hofer waren bestimmt nicht sehr angetan davon, dass hier plötzlich ein finanzkräftiger Auslandssteirer auftaucht, der sich für den Polsterlift starkmacht und womöglich ihre Pläne durchkreuzt«, meinte Lassacher.

»Wussten die beiden denn, dass Doktor Kronsteiner die Erhaltung des Polsterlifts unterstützen wollte?«, fragte Sandra.

»Davon gehe ich aus. Doktor Kronsteiner wollte mit ihnen einen Termin während seines Heimatbesuchs vereinbaren, bei dem es um den Polsterlift gehen sollte. Und er hat sich beim Leichenschmaus eine ganze Weile sehr intensiv mit der Bürgermeisterin unterhalten«, erzählte Lassacher. »Nach Small Talk hat mir das nicht ausgesehen.«

»Dann wussten Frau Kaltenegger und Herr Hofer Ihrer Meinung nach, worum es Doktor Kronsteiner ging«, brachte Sandra die Aussage noch einmal auf den Punkt.

Lassacher nickte.

»Trauen Sie den beiden einen Mord zu?«, fragte sie.

»Einen Mord vielleicht. Aber eine solche Vorgehensweise?«

Anzunehmen, dass sich Lassacher auf die Inszenierung der Leiche auf dem Sessellift bezog. Von der Kastration war in den Medien noch immer nichts durchgesickert.

»Stimmt es, dass Doktor Kronsteiner vor seiner Ermordung kastriert wurde?«, zerstörte Krobath Sandras Vermutung.

Demnach hatte der Journalist doch Wind von der Genitalverstümmelung bekommen, die bisher nur der SOKO und den Einsatzkräften sowie den Zeugen am Fundort bekannt gewesen war. Alle hatten wohl doch nicht dichtgehalten.

»Wer behauptet das?«, fragte sie.

»Sie werden bestimmt verstehen, dass ich die Identität meines Informanten nicht preisgeben kann«, sagte Krobath.

»Und Sie werden bestimmt verstehen, dass wir keine polizeiinternen Informationen weitergeben dürfen.«

»Dann stimmt es also?«

Irgendwie musste Sandra den Journalisten von seiner Fährte abbringen. »Das habe ich nicht gesagt«, erwiderte sie möglichst emotionslos. »Und Sie werden ja bestimmt keine Spekulationen veröffentlichen, oder?«

Krobath fasste sich an den Bart. »Das habe ich nicht vor. Ich schreibe ja nicht für irgendein Revolverblatt«, sagte er.

»Gut.« Sandra nickte.

»Wenn Hofer und Kaltenegger Kronsteiners Mörder sind, und ihr Tatmotiv der Polsterlift war, wären wir beide doch auch in Gefahr«, sagte Lassacher zu Krobath.

»Das war lediglich eine Routinefrage«, beschwichtigte Sandra. »Oder haben Sie in letzter Zeit irgendwelche Drohungen erhalten?«

Beide Männer verneinten.

»Sollte das der Fall sein oder Ihnen sonst irgendetwas verdächtig vorkommt, wenden Sie sich bitte umgehend an uns.«

Die Männer nickten, während ihnen Sandra jeweils eine Visitenkarte über den Tisch schob.

»Waren Sie auch beim Leichenschmaus?«, wandte sie sich an Krobath. Die Liste der Gäste hatte sie lediglich überflogen und Miriam die telefonischen Befragungen überlassen. Erst, wenn ein Verdacht oder eine widersprüchliche Aussage auftauchte, wurden die Zeugen zur Einvernahme ins LKA vorgeladen.

»Nein, ich stamme aus Trofaiach, nicht aus Vordernberg«, antwortete Krobath. »Ich war zu diesem Begräbnis gar nicht eingeladen.«

»Doktor Kronsteiner hat tatsächlich einen Termin mit der Bürgermeisterin und dem Geschäftsführer der Seilbahnen vereinbart«, meldete sich Bergmann erstmals zu Wort. »Seltsamerweise hätte dieser noch vor Ihrem Termin am Montag stattfinden sollen.«

Sandra stutzte. Warum der Chefinspektor ihnen diese Information auf die Nase band, konnte sie sich vorerst nicht erklären.

»Aha. Und was ist daran seltsam?«, fragte Lassacher.

»Für mich wäre es nur logisch, sich zuerst mit seinem Geschäftspartner an einen Tisch zu setzen und abzustimmen, und dann erst mit der Gegenseite zu verhandeln«, meinte Bergmann.

»Wahrscheinlich ist es sich terminlich nicht anders ausgegangen«, erwiderte Lassacher achselzuckend. »Doktor Kronsteiner wollte ja nur eine Woche hierbleiben.«

»Wahrscheinlich …« Bergmann kratzte sich am unrasierten Kinn. »Aber was, wenn Frau Kaltenegger und Herr Hofer ihn schon im Vorfeld für ihre Pläne gewonnen und ihn auf seine Seite gezogen hätten? Vielleicht sogar für das Windkraftprojekt? Dann wären Sie beide um Ihren Investor gekommen, aber noch immer die Begünstigten seiner Lebensversicherung gewesen«, zeigte Bergmann ein mögliches Mordmotiv auf.

»Vorausgesetzt, wir wüssten, dass er die Polizze bereits ändern hat lassen, was nicht der Fall ist«, erinnerte ihn Lassacher.

Krobath blähte seine Backen auf, um die Luft anschließend hörbar wieder auszublasen. »Ich kann mir beim besten Willen nicht vorstellen, dass sich ein intelligenter, wirtschaftlich denkender Mensch wie Doktor Kronsteiner von der Bürgermeisterin über den Tisch ziehen lässt«, meinte er geringschätzig.

»Nichts für ungut, aber wird Ihr Vorhaben von der Gegenseite nicht wegen mangelnder Wirtschaftlichkeit kritisiert?«, erwiderte Bergmann.

»Den Gegenbeweis werden wir schon noch antreten. Auch ohne Doktor Kronsteiner. Obwohl uns sein Tod natürlich weit zurückwirft«, erwiderte Krobath.

»Mit dem wir im Übrigen nicht das Geringste zu tun haben«, stellte Lassacher klar. »Wie ich bereits erwähnt habe, wollte Doktor Kronsteiner zwischen uns und den Seilbahnen vermitteln. Er hatte den nötigen Weitblick für unser Anliegen. Nicht zu vergessen, einen emotionalen Bezug zum Polsterlift. Er ist wie wir damit aufgewachsen.«

Das ist der Geschäftsführer der Seilbahnen ebenso, dachte Sandra, behielt aber auch das für sich.

3.

»Was hältst du von den beiden?«, fragte Bergmann, nachdem die Vorsitzenden der Bürgerinitiative den Verhörraum verlassen hatten.

Sandra stellte ihr leeres Wasserglas aufs Tablett in der Mitte des Tisches und lehnte sich wieder zurück. »Ich halte die beiden ebenso wenig für die Täter wie Viktoria Kronsteiner. Auch wenn Habgier zu den häufigen Gewalt- und Mordmotiven zählt, so sprechen die Tatumstände doch viel eher dafür, dass wir es mit den Schattenseiten der Liebe zu tun haben.«

»Mit den Schattenseiten der Liebe …« Bergmann grinste über beide Ohren. »Wie poetisch du sein kannst«, säuselte er.

»Eifersucht, verschmähte oder enttäuschte Liebe, nenn es, wie du möchtest«, erwiderte Sandra. »Jedenfalls handelt es sich um jenes Motiv, das mit Abstand die meisten Gewalt- und Mordopfer fordert.«

»Das ist mir wohl bekannt«, erwiderte Bergmann.

Warum grinste er sie dann noch immer an, fragte sich Sandra, hatte jedoch keine Lust, darauf einzugehen. »Ich bin mir noch immer ziemlich sicher, dass Rache im Spiel war«, blieb sie bei der Sache.

»Verdammt, wir drehen uns im Kreis, Sandra.« Endlich war Bergmann das Grinsen vergangen.

»Ja, der Fall ist wie verhext«, gab ihm Sandra recht.

»Apropos: Was ist mit dieser Bürgermeisterin?«, fragte Bergmann. »Der würde ich eine Kastration glatt zutrauen. Außerdem haben sie und ihr Gschamsterer jederzeit Zutritt zum Lift, kennen sich damit aus und haben zudem ziemlich wackelige Alibis, die sie sich gegenseitig verschafft haben.«

Sandra nickte, ins Leere blickend.

»Aber warum die Inszenierung der Leiche auf dem Sessellift?«, fragte Bergmann.

»Die könnte als Warnung für die Herren von der Bürgerinitiative gedacht gewesen sein«, sagte Sandra.

»Die Warnung scheint bei denen aber erst angekommen zu sein, nachdem du Dick und Doof als potenzielle Täter ins Spiel gebracht hast.«

»Das hat mich bei zwei intelligenten Männern wie Doktor Lassacher und Magister Krobath auch gewundert. Aber bei den ganzen Ritualmordtheorien, die in den Medien herumgeistern, ist es wiederum verständlich. Wer traut schon jemandem, den er persönlich kennt, einen

Ritualmord zu? Doch nicht einmal seinem ärgsten Feind. Wir sollten dennoch nicht ausschließen, dass Susanna Kaltenegger und Karl Hofer ein perverses Vergnügen daran gefunden haben könnten, Doktor Kronsteiner anal zu penetrieren und zu kastrieren, bevor sie ihn erstickt und auf den Lift befördert haben«, sagte Sandra.

»Und wie bekomme ich diese Bilder jetzt wieder aus meinem Kopf?«

Bergmanns leidenden Gesichtsausdruck kannte Sandra inzwischen zur Genüge. »Einmal abgesehen von deinen Kastrationsängsten, weißt du aber schon, dass wir gegen die Bürgermeisterin und ihren Lebensgefährten nicht das Geringste in der Hand haben.«

Bergmann stützte seine Ellenbogen auf der Tischplatte auf. Die Fingerspitzen seiner linken Hand berührten die seiner rechten. »Miriam soll mal die Datenbanken mit den Namen der beiden füttern. Vielleicht haben sie irgendetwas auf dem Kerbholz, was uns einen Hinweis liefert. Beim leisesten Verdacht beantragen wir einen Durchsuchungsbefehl und laden sie vor. Aber jetzt gehen wir erst mal mit Sarah auf ein Eis. Versprochen ist versprochen.«

»Ich hab deiner Tochter gar nichts versprochen.«

»Jetzt sei doch keine Spielverderberin …Tu ihr den Gefallen.«

Sandra seufzte. »Na schön. Aber nur, weil Sarah es sich gewünscht hat.«

»Eh klar.« Bergmann rückte mit seinem Sessel zurück und wollte aufstehen.

»Warte mal«, hielt Sandra ihn auf. »Warum hat deine Ex eure Tochter eigentlich beim Portier abgegeben?«

Bergmann lehnte sich wieder zurück, streckte die Beine von sich und verschränkte die Arme vor der Brust. »Manuela hat von jetzt auf gleich eine Einladung erhalten, die für sie sehr wichtig ist«, sagte er mit sorgenvoller Miene.

»Was denn für eine Einladung?«, brauste Sandra weitaus mehr auf als beabsichtigt.

»Sie musste ihren Chef nach Triest begleiten. Angeblich rein geschäftlich …«

Oder sie wollte mit ihm das Italienhoch am Meer genießen, überlegte Sandra. »Und deshalb hängt sie dir ohne Vorwarnung das Kind um?«, fragte sie. »Mitten unter der Woche? Du hast immerhin eine SOKO zu leiten. Und Sarah muss in die Schule gehen. Oder irre mich da?«

Bergmann zuckte ratlos mit den Schultern. »Sarah ist krank gemeldet.«

»Ihr fehlt doch aber nichts?«

Der Chefinspektor deutete ein Kopfschütteln an. Sein Lächeln war nur von kurzer Dauer, dafür umso liebevoller. Wie immer, wenn er über Sarah sprach. »Du hast ja selbst erlebt, wie quicklebendig sie ist. Offenbar hat Manuela so kurzfristig keine andere Lösung gefunden, als Sarah bei mir unterzubringen. Ihre Großmutter in Wien, die sonst auf sie aufpasst, musste ins Krankenhaus. Graz liegt auf dem Weg nach Italien, und immerhin bin ich Sarahs Vater …«

Wenn schon nicht biologisch, dann doch zumindest rechtlich. Vor allem aber emotional, was ohnehin am meisten zählte. »Wie lange soll sie denn bei dir bleiben?«, fragte Sandra.

Bergmann seufzte. »Manuela will sie am Sonntag auf dem Heimweg wieder abholen.«

»Dann macht sie sich also noch ein schönes Wochenende mit ihrem Chef«, ätzte Sandra. Die Frau hat echt Nerven, dachte sie erstaunlich erbost. Warum reagierte sie bloß derart heftig? Schließlich war das hier Bergmanns private Angelegenheit, die sie überhaupt nichts anging. Bis vor zwei Stunden hatte sie seine Tochter noch nicht einmal persönlich gekannt. »Was machst du bis dahin mit der Kleinen?«, wollte sie dennoch wissen.

»Keine Ahnung. Ich kenne niemanden in Graz, der sich so kurzfristig um Sarah kümmern könnte. Hast du nicht irgendeine Idee?«, fragte Bergmann reichlich verzagt.

Sandra sah auf die Uhr und griff zu ihrem Handy. »Ja, ich habe eine Idee.«

KAPITEL 6

Donnerstag, 22. Mai, Graz

1.

Soweit sich Sandra erinnern konnte, war dies das erste Mal, dass der Chefinspektor die versammelte SOKO-Truppe auf sich warten ließ. Fast vier Jahre war es nun her, dass Sascha Bergmann von Wien nach Graz versetzt worden war, ausgerechnet ihr vor die Nase. Anfangs hatte sie den arroganten Wiener für einen unverbesserlichen Schürzenjäger gehalten, der seine Ehefrau nach Strich und Faden betrog. Ja, Sandra hatte, ohne sie überhaupt zu kennen, sogar Mitleid mit ihr gehabt. Bis sich herausstellte, dass nicht er sie, sondern sie ihn hintergangen und ihm auch noch die Folge eines Seitensprungs als seine Tochter untergejubelt hatte. Jahre später, anlässlich ihrer Scheidung, war die Bombe schließlich geplatzt und Bergmann in eine emotionale Krise geschlittert. Hoffentlich drohte ihm jetzt nicht die nächste. Der Chefinspektor war auch ohne private Probleme schwer genießbar. Auch wenn Sandra mittlerweile viel besser mit ihm zurechtkam, als sie es anfangs für möglich gehalten hätte. Aber das behielt sie lieber für sich.

Um 8.07 Uhr betrat Bergmann den Besprechungsraum im LKA, die Haare noch zerzauster als sonst, unrasiert wie eh und je und nahm seinen üblichen Platz ein.

Dem Stimmengewirr der versammelten SOKO tat dies keinen Abbruch.

»Können wir dann?«, drängte Bergmann, ohne auf seine Verspätung einzugehen, geschweige denn, sich dafür zu entschuldigen.

In Sandras Augen waren sieben Minuten zwar keine Ewigkeit, bei jemandem, der notorisch pünktlich wie der Chefinspektor war, aber fast schon ein Anlass zur Sorge. Hoffentlich ist mit Sarah alles in Ordnung, überlegte sie. Beim gestrigen gemeinsamen Eis essen war sie jedenfalls noch putzmunter gewesen. Mit Andrea hatte sie sich auf Anhieb gut verstanden. Sandras Freundin hatte sofort eingewilligt, sich die nächsten zwei Tage um das Mädchen zu kümmern. Dass sie momentan arbeitslos war, traf sich so gesehen recht gut. Die Abende und das Wochenende wollte sich Bergmann für seine Tochter freinehmen. Auch wenn sie gerade mitten in Mordermittlungen steckten.

Der Chefinspektor unterbrach Sandras Überlegungen mit seiner Frage an Miriam.

»Wir haben die Datenbank mit Susanna Kaltenegger und Karl Hofer gefüttert«, bestätigte die Kollegin. »Abgesehen von Verkehrsstrafen keine Ergebnisse. Die beiden sind unbescholten.«

Bergmann rieb sich die Nase. »Unbescholten heißt noch lange nicht unschuldig. Wir bleiben an ihnen dran«, sagte er.

Andere Verdächtige gab es bislang ja keine. Wenngleich sich dieser sehr vage Verdacht gegen die Bürgermeisterin und den Geschäftsführer der Seilbahnen auf die reine Gelegenheit zur Tatausübung und schwache Alibis beschränkte. Die Ermittler hatten absolut nichts gegen die beiden in der Hand. Viktoria Kronsteiner verfügte über ein Alibi. Dem jungen Liftwart und dem Hüttenwirt, die keines hatten, mangelte es an Tatmotiven. Die Vorsitzenden der Bürgerinitiative schieden als Täter ebenfalls aus. Wenig überraschend hatten die Ehefrauen der beiden ihre Alibis bestätigt, wie Miriam zu berichten wusste. Auch an dieser Front gab es also nichts, was die Ermittler weiterbrachte. Ebenso wenig hatten die telefonischen Befragungen einen konkreten Hinweis oder Verdächtige geliefert.

»Wie sieht es denn bei euch aus?«, wandte sich Bergmann an den Kriminaltechniker, der Siebenbrunner in der SOKO vertrat.

»Die Kabelbinder, mit denen der Tote am Sessellift befestigt war, sind handelsübliche, wie es sie in fast allen heimischen Baumärkten zu kaufen gibt«, antwortete Jörg. »Für die Paraffinkerze, die die Spuren an seinem Körper hinterlassen hat, gilt Ähnliches: herkömmliche Supermarktware von einem oberösterreichischen Hersteller.« Er nannte den Erzeuger, die Marke und die Farbbezeichnung. »Die Dimensionen der Kerze lassen sich anhand der Spuren nicht bestimmen. Von der Spitzkerze mit einem Umfang von 24 Millimetern und einer Höhe von 245 Millimetern bis zur Stumpenkerze mit den Maßen 80 x 300 Millimeter könnte das Opfer mit jedem verfügbaren Modell penetriert worden sein. Leider haben wir nichts, was uns einen Hinweis auf die Herkunft oder auf den Täter liefern könnte.«

»Es gab Verbrennungen im Analbereich und Mikroverletzungen im Rektum«, überlegte Bergmann laut. »Was haben wir sonst noch? Was ist mit dem Sackerl, das Doktor Kronsteiner vor seiner Ermordung aus dem Hotel ins Auto getragen hat?« Der Chefinspektor klammerte sich an jeden Strohhalm.

»Zaubern können wir leider nicht. Bis auf den Großbuchstaben A ist auf dem Plastiksackerl nichts zu erkennen. Hierzulande sind uns keine Markenschriftzüge oder Logos bekannt, zu denen diese Type passen würde. Unsere Internet-Recherche hat leider auch keine Übereinstimmung gebracht. Möglicherweise könnte jemand, der in Kanada wohnt, uns weiterhelfen.«

»Kennen Sie jemanden?«

Der Kriminaltechniker nickte.

Nach den DNA-Ergebnissen fragte Bergmann erst gar nicht. Dafür war es zu früh. Ohnehin durfte man sich von den biologischen Spuren, die am und rund um den Leichenfundort sowie am Liftsessel sichergestellt worden waren, ebenso wenig versprechen wie von den unzähligen Finger- und Schuhabdrücken, die erwartungsgemäß entweder unbrauchbar waren oder keinerlei Übereinstimmung mit gespeicherten Daten ergeben hatten. Auch an der Spurenfront tappten sie nach wie vor im Dunkeln.

»Jörg, zeig uns doch mal, was ihr am Fundort alles sichergestellt habt«, unternahm Bergmann einen weiteren Versuch, neue Hinweise ans Tageslicht zu befördern. Immerhin war es doch möglich, dass die Kollegen der Abteilung LKA 8 KPU, die für die kriminalpolizeilichen Untersuchungen zuständig waren, etwas übersehen hatten, was den Ermittlern vom LKA 1 Leib/Leben tatrelevant erscheinen konnte.

Der Kriminaltechniker schaltete den Beamer ein, während Stefan Baumgartner die Jalousien herunterließ. Sandra schien es, als hätte er abgenommen. Vielleicht hatte Miriam ihren Verlobten auf Diät gesetzt, damit er bei ihrer Hochzeit in wenigen Monaten wieder rank und schlank sein würde. Das nunmehr dämmrige Licht im Raum ließ Sandra unwillkürlich gähnen. Besonders gut hatte sie in der vergangenen Nacht nicht geschlafen. Immer wieder war sie aus ihren turbulenten Träumen aufgewacht, an die sie sich morgens nicht mehr erinnern konnte. Kurz nach drei Uhr war sie aufgestanden, um das Fenster im Schlafzimmer zu öffnen, das sie wegen des Gewitters kurz vor dem Zubettgehen geschlossen hatte. Wenigstens war sie gestern Abend noch zum Joggen gekommen, bevor das angekündigte Unwetter über Graz niedergegangen war.

Sandras müde Augen folgten der Diashow, die einen Gegenstand nach dem anderen in Großaufnahme auf der Leinwand zeigte. Unfassbar, was die Leute in und rund um Liftstationen respektive auf und unter einem Sessellift so alles verloren oder absichtlich wegwarfen. Haargummis, Stanniolkugeln, Müsliriegelverpackungen und leere Getränkedosen, vor allem jener Marke, die angeblich Flügel verlieh, zählten zu den stark verbreiteten Hinterlassenschaften. Gebrauchte Slipeinlagen, Kondome und eine völlig verdreckte Gebissprothese sorgten für Ekelbekundungen, aber auch für einige Lacher unter den Kollegen. Dem Asservat, das unter der Nummer 32 auf der Leinwand erschien, schenkte niemand Beachtung. Nur Sandra ließ dieses blitzartig aufmerken. »Stopp!«, rief sie dem Kollegen am Laptop zu. Kerzengerade saß sie nun auf ihrem Stuhl, alle Blicke auf sich gerichtet. Auch Bergmann schaute sie erwartungsvoll an, während sie die Augen zusammenkniff, um den Gegenstand auf der Leinwand möglichst scharf zu sehen. Ja, das konnte nur ein abgebrochener Fingernagel sein. Einer, der pink lackiert war. Pink wie die Nägel der Bürgermeisterin. »Ist das ein Stück von einem Fingernagel?«, vergewisserte sie sich.

»So ist es«, bestätigte der Kriminaltechniker.

»Es könnte sich um dieselbe Nagellackfarbe handeln, die Susanna Kaltenegger bei ihrer Einvernahme getragen hat«, erklärte Sandra. »Wo habt ihr den Nagel denn genau gefunden?«

Der Kollege nahm eine Liste zur Hand und hielt sie vor das Laptopdisplay, sodass ein wenig Licht darauf fiel. Mit dem Zeigefinger fuhr er zur gesuchten Zeile. »Auf dem Boden der Talstation, hinten bei den Teddybären«, sagte er.

»Dem Farbglanz nach zu urteilen scheint das Fundstück dort noch nicht allzu lange gelegen zu sein«, meinte Sandra.

»Das kommt auf die Haltbarkeit des Lacks an. Das Fundstück ist in einem Bereich gelegen, der vor Witterungseinflüssen geschützt ist«, meinte der Kriminaltechniker.

»Besonders staubig sieht es mir auf dem Foto aber auch nicht aus.«

»Dazu kann ich erst etwas sagen, nachdem wir den Lack analysiert haben.«

»Habt ihr ihn denn nicht auf Haut- oder Blutanhaftungen überprüft?«, wollte Sandra wissen.

»Das schon. Aber auf diesem Ding waren keine biologischen Spuren nachweisbar. Es handelt sich um die Spitze eines künstlichen Fingernagels. Wir haben es daher vorerst ad acta gelegt.«

»Das Lackfabrikat müsste sich doch bestimmen lassen.«

»Ganz sicher sogar«, stimmte ihr der Kollege neuerlich zu.

Dass Siebenbrunner nicht mehr zur SOKO gehörte und sie mit seiner miesen Laune und seinem schlechten Benehmen torpedierte, war eindeutig das Beste an diesem Mordfall, dachte Sandra. Auch wenn sich die Spurenanalyse ausgesprochen zäh gestaltete. Vielleicht sogar zäher als mit ihm, dachte Sandra insgeheim. »Und das Material des Fingernagels?«, fragte sie weiter.

»Wie schon gesagt: Acryl«, wiederholte Jörg.

»Es gibt doch aber bestimmt Unterschiede«, vermutete Sandra, die keine Ahnung von künstlichen Fingernägeln hatte. Ihr Lebtag lang hatte sie noch kein Nagelstudio betreten, geschweige denn jemals selbst falsche Fingernägel getragen. Ihre natürlichen Nägel waren stets kurz gefeilt und nur selten lackiert. Und wenn, dann in dezenten Farben. Nur ihre Zehennägel zierten auch mal knalligere Farbtöne, da sich diese während der Arbeit üblicherweise in Socken und geschlossenen Schuhen verbargen.

Der befragte Kollege war anscheinend auch kein Experte für Kunstnägel. Er zuckte mit den Schultern. »Wie gesagt: Das müssen wir erst analysieren«, meinte er.

»Dürfte ich vielleicht etwas dazu sagen?«, meldete sich eine jüngere Mitarbeiterin aus seiner Abteilung zu Wort.

»Schieß los, Bettina«, sagte der Kriminaltechniker. »Ist ja wohl eher dein Spezialgebiet als meines.«

Einige Kollegen lachten. Was darin witzig sein sollte, konnte Sandra nicht nachvollziehen. Dem sexistisch geprägten Humor, der unter – meist männlichen – Polizisten weit verbreitet war, hatte sie noch nie etwas abgewinnen können.

»Danke, Jörg. Moderne Kunstnägel bestehen grundsätzlich aus Acryl«, stimmte sie ihrem Vorredner zu. »Und sie sind um ein Vielfaches stabiler als Naturnägel. Sogenannte Acrylnägel sind noch widerstandsfähiger als Gelnägel, die dafür natürlicher aussehen. Fiberglassysteme, bei denen Textilstreifen aus Glasfaser oder Seide in mehreren Schichten aufgebracht und versiegelt werden, sind heutzutage kaum noch üblich. Zum Verlängern der Nägel sind derzeit zwei Methoden gebräuchlich. Entweder werden sogenannte Tips, also Nagelspitzen, aufgeklebt, oder die künstlichen Nägel werden mit einer Schablone geformt, ausgehärtet und weiterbearbeitet. Es gibt auch Gel- und Shellac-Nagellacke, die unter UV- oder LED-Lampen trocknen, was die Kratzfestigkeit und Haltbarkeit des Lacks beachtlich erhöht. Aber die werden normalerweise nur auf Naturnägel aufgetragen. In jedem Fall hatte die Dame, der dieser Kunstnagel abgebrochen ist, Glück im Unglück, dass er nicht gleich samt dem darunter befindlichen Naturnagel abgerissen ist. Das hätte ihr zweifellos eine schmerzhafte Nagelbettverletzung beschert. Und uns biologische Spuren«, erklärte Bettina.

»Könnten wir nicht anhand der Verfahren, Materialen und Farben die Nagelstudios eingrenzen, in denen diese zum Einsatz kommen?«, fragte Sandra.

»Sofern die Prozedur nicht ganz oder teilweise in Heimarbeit erfolgt ist, ja. Es gibt nämlich schon ganz gute Sets für zu Hause. Bei einer Analyse sollte sich auch der Zeitraum eingrenzen lassen, wann der Nagel modelliert beziehungsweise geklebt und zuletzt lackiert wurde.«

»Na, immerhin … Auch das könnte uns weiterhelfen.« Sandra vermochte nicht einmal zu sagen, ob die Fingernägel von Susanna Kaltenegger künstlich oder echt waren. Auch nicht, ob das Fundstück tatsächlich im selben kräftigen Rosaton glänzte. Sicher war sie hingegen, dass bei der Einvernahme der Bürgermeisterin keiner ihrer Fingernägel abgebrochen gewesen war. Zwischen diesem Zeitpunkt und der Tatnacht hätte sie jedoch genügend Zeit gehabt, um einen etwaigen Nagelschaden zu reparieren. Oder reparieren zu lassen. Sofern es sich bei diesem Asservat überhaupt um den Kunstnagel der Bürgermeisterin handelte. Dann allerdings war Susanna Kaltenegger zumindest in akutem Erklärungsnotstand.

»Mach weiter, Jörg«, forderte Bergmann den Kriminaltechniker auf, die Diashow fortzusetzen.

Etliche unauffällige Fundstücke später wurden die Jalousien wieder hoch gelassen.

»Haben wir noch was?« Bergmann blickte in die Runde.

Miriam hob ihre Hand.

»Ja?«

»Wir haben die ehemalige Sprechstundenhilfe von Doktor Kronsteiner ausfindig gemacht«, sagte sie. »Seit ihrer Eheschließung heißt sie nicht mehr Grillitsch, sondern Liebminger. Barbara Liebminger, wohnhaft in Leoben. Leider konnte ich sie gestern Abend nicht mehr erreichen. Auch nicht im Dienst. Sie ist Heilmasseurin im Spa in Leoben.«

»Du meinst im Spa neben dem Spa-Hotel?«, fragte Sandra überrascht.

Miriam nickte.

»Was für ein Zufall«, sagte Bergmann. Sein Ton verriet, dass er vielmehr das Gegenteil meinte. »Versuch dann gleich noch mal, die Frau zu erreichen. Ich will sie so rasch wie möglich befragen«, fügte er hinzu. »Und finde heraus, ob sie es war, die Kronsteiner seine letzte Massage verpasst hat.«

»Jawohl, Chef.«

»War's das?

Es folgte einhelliges Nicken.

Bergmann schickte die SOKO zurück an die Arbeit.

2.

»Alles okay bei dir?«, sprach Sandra den Chefinspektor auf ihrem Weg ins Büro an.

»Ja. Warum fragst du?«

»Weil du zu spät zum Meeting gekommen bist.«

»Wegen der paar Minuten? Du nimmst es doch sonst nicht so genau mit der Zeit.«

Dass Sandra vor allem morgens ihre liebe Mühe hatte, pünktlich an ihrem Arbeitsplatz zu erscheinen, ließ sich nicht abstreiten. Obwohl sie es meistens gerade doch noch rechtzeitig schaffte.

Bergmann nickte dem neuen Pressesprecher zu, der ihnen am Gang entgegenkam.

Sandra begrüßte ihn ebenfalls knapp. »Aber *du* nimmst es sonst ganz genau mit der Zeit«, wandte sie sich wieder an Bergmann. »Du warst doch noch nie zu spät in einem Meeting.«

»Herrschaftszeiten, ich hab halt noch einen Kaffee getrunken.«

»Bei Andrea?« Sandra hatte gestern mitbekommen, dass Bergmann seine Tochter am nächsten Tag um halb acht Uhr bei ihr abliefern sollte. Sehr weit wohnten die beiden nicht voneinander entfernt. Andrea hatte Bergmann und Sarah vom Eissalon sogar noch nach Hause geführt. Zumindest hatte sie das vorgehabt, als Sandra sich von den Dreien verabschiedet hatte.

Bergmann blieb abrupt stehen, steckte die Hand in die Hosentasche und grinste ihr ins Gesicht. »Sag mal, stehst du neuerdings auf mich? Oder warum fragst du mir auf einmal Löcher in den Bauch, *Liebling*?«

»Nicht so laut«, rügte Sandra den Chefinspektor und sah sich verstohlen um. Dass sie Interesse an seinem Privatleben zeigte, war tatsächlich ungewöhnlich. Dennoch musste er sie nicht schon wieder mit diesem unverschämten Kosenamen aufziehen. Schon gar nicht hier am Gang, wo ihn jederzeit jemand hören konnte. Es gab schließlich schon genügend Gerüchte im LKA. Eine angedichtete Affäre zwischen ihr und Bergmann hätte da gerade noch gefehlt. Noch dazu, wo nicht das Geringste dahintersteckte, höchstens seine feuchten Träume.

Bergmann setzte sich wieder in Bewegung.

Sandra folgte ihm. »Meine Sorge hat weniger dir als Sarah gegolten«, erklärte sie ihm.

»Ach so«, brummte Bergmann.

Hatte da eben Enttäuschung mitgeschwungen? Besser war es, sich wieder auf berufliche Themen zu beschränken, beschloss Sandra.

»Sarah ist bei deiner Freundin bestens aufgehoben«, sagte Bergmann. »Die beiden wollen heute die Märchenbahn im Schloßberg besuchen. Und am Nachmittag ins Schwimmbad gehen … Warte mal, ich nehm mir noch einen Kaffee mit«, sagte er, als sie an der Kantine vorbeikamen. »Du auch etwas?«

»Warum nicht?«

Als sie ins Büro zurückkehrten, klingelte Bergmanns Telefon.

»Soll ich abheben? Oder möchtest du selbst rangehen?«, fragte Miriam, die längst wieder an ihrem Schreibtisch saß.

Bergmann signalisierte ihr mit einer Geste, dass sie den eingehenden Anruf annehmen sollte und schlenderte weiter zu seinem Schreibtisch.

Sandra setzte sich an ihren Arbeitsplatz. Sie nahm den Kräuterteebeutel aus ihrem Häferl, platzierte ihn auf dem Löffel und schlang das Bändchen einmal rundherum, um hernach die verbliebene Flüssigkeit in die Tasse zu pressen. Anschließend landete der Teebeutel im Mistkübel, der Löffel wieder in ihrem Häferl. Gerade wollte sie ihr Passwort in den Computer eintippen, als die Worte der Kollegin ihre Aufmerksamkeit erregten.

»Wie war noch mal die Adresse?«, fragte Miriam nach. Sie lauschte wieder dem Anrufer und notierte sich etwas auf ihrem Block. »Okay. Ich schick sie gleich los. Pfiat di, Lubensky!« Miriam legte auf.

Bei Sandra schrillten die Alarmglocken. Nur selten hatte es etwas Gutes zu bedeuten, wenn die Einsatzzentrale anrief.

»Schon wieder ein Leichenfund«, bestätigte Miriam ihre schlimmste Befürchtung.

»Im Ernst?« Bergmann sah Miriam über sein Kaffeehäferl hinweg an.

Als würde die Kollegin zum Spaß neue Leichen erfinden, dachte Sandra.

»Diesmal handelt es sich um eine weibliche Leiche«, sagte Miriam.

»Und wo?«, erkundigte sich Bergmann.

»Leoben Stadt. Die Frau ist erstickt. Bei der Auffindung hatte sie ein Plastiksackerl auf dem Kopf, das mit Klebeband um ihren Hals befestigt war.«

»Was für ein Zufall.« Das hatte Bergmann heute schon einmal gesagt und nicht so gemeint. Dabei stand gar nicht fest, unter welchem luftundurchlässigen Plastik Doktor Kronsteiner erstickt war.

»Könnte es sich nicht um einen Suizid handeln?«, fragte Sandra.

»Die Kollegen in Leoben sind zuerst eh von einem Suizid ausgegangen, aber bei näherer Betrachtung war die Auffindesituation wohl nicht stimmig.«

»Inwiefern?«, fragte Bergmann nach.

»Keine Ahnung. Das konnte mir Lubensky nicht sagen. Aber es gibt noch einen weiteren Zufall …«

»Was denn noch?«

»Bei der Toten handelt es sich um Barbara Liebminger«, antwortete Miriam.

»Sag bloß – Doktor Kronsteiners ehemalige Sprechstundenhilfe, die im Spa arbeitet?«

»Anzunehmen. Laut Melderegister gibt es nur eine Frau mit diesem Namen in Leoben. Und die hat in dieser Wohnung gewohnt. Offiziell allein.«

Bergmann erhob sich und griff nach seiner Jacke, dem Handy und der Sonnenbrille. »Kommst du, Sandra?«

Sandra stand ebenfalls auf.

»Adresse?«, fragte Bergmann.

»Hier.« Miriam löste die Haftnotiz vom Block und klebte sie auf die Spitze ihres Zeigefingers, um diesen in die Höhe zu halten.

»Ist die Tatortgruppe schon unterwegs?« Bergmann strebte an ihr vorbei zur Tür.

»Müsste längst dort sein, wenn ihr am Tatort eintrefft«, rief ihm die junge Kollegin hinterher.

»Pfiat di, Miriam!« Sandra löste die Notiz vom Finger der Kollegin und las die Adresse ab. Dann steckte sie den Zettel in ihre Jackentasche und folgte Bergmann aus dem Büro.

KAPITEL 7

Noch immer Donnerstag, 22. Mai, Leoben

1.

»Was macht der denn hier?«, fragte Sandra, gleich nachdem sie die Wohnung im Erdgeschoß betreten hatte. Der leichte Verwesungsgeruch, der sie im Vorzimmer begrüßte, war im Vergleich zu Siebenbrunners Anwesenheit das weitaus geringere Übel. Wie die Tatortermittler, die die Wohnung längst in Beschlag genommen hatten, setzten Sandra und Bergmann die Kapuzen ihrer Einwegoveralls auf. Handschuhe und Schuhüberzieher hatten sie bereits vor der Türschwelle angezogen, um am Tatort keine neuen Spuren zu setzen.

»Ich hab ihn wegen Befangenheit von einem Mordfall abgezogen. Er ist nicht vom Dienst suspendiert«, stellte Bergmann klar.

»Es ist doch aber recht naheliegend, dass beide Morde miteinander zusammenhängen«, nuschelte Sandra durch die Zähne, während Siebenbrunner auf sie zusteuerte.

Dabei hatte der Tag vergleichsweise gut begonnen. Ohne ihn. Und ohne eine weitere Leiche.

»Ich wollte gerade wieder gehen«, sprach Siebenbrunner sie grußlos an.

Hervorragende Idee. Ich werde dich ganz bestimmt nicht aufhalten, dachte Sandra.

Siebenbrunner schickte sich an, seine Einweghandschuhe auszuziehen, und wandte sich zum Gehen ab.

»Warum denn so eilig? Haben Sie den Fall schon aufgeklärt?«, hielt Bergmann ihn auf.

Siebenbrunner grinste gekünstelt. »Ist ja nicht mein Fall. Dort drinnen liegt die ermordete Barbara Grillitsch.« Er zeigte zu einer der beiden Türen, die wie die Eingangstür weit offenstand. Hinter einer weiteren geschlossenen Tür vermutete Sandra die Toilette.

»Liebminger. Barbara Liebminger«, korrigierte sie ihn.

»Von mir aus auch Liebminger. Ich wusste vorher nicht, dass ich die Tote zu Lebzeiten kannte. Sonst hätte ich mich ganz bestimmt vom Tatort ferngehalten.«

»Aber wo Sie schon einmal hier sind, können Sie mir doch genauso gut berichten«, schlug Bergmann vor. »Danach dürfen Sie auf ein Eis gehen.«

»Sehr witzig.«

»Also?« Bergmann verschränkte die Arme vor der Brust und sah sein Gegenüber erwartungsvoll an.

»Na schön. Obwohl es mich eigentlich gar nichts mehr angeht … Eine Arbeitskollegin von Barbara hat ihre Leiche gefunden und die Polizei verständigt. Barbara ist wohl schon länger nicht im Dienst erschienen und hat sich auch am Telefon nicht gemeldet. Deshalb wollte die Frau auf ihrem Weg zur Arbeit nachschauen, was mit ihr los ist.«

»Wie heißt die Frau? Und wo ist sie jetzt?«, fragte Bergmann.

»Ihr Name hat mich nicht zu interessieren«, erwiderte Siebenbrunner patzig und zeigte zur anderen offenstehenden Tür im Raum. »Sie sitzt mit einer Mitarbeiterin des Kriseninterventionsteams in der Küche.«

»Das Opfer ist unter einem Plastiksackerl erstickt?«, vergewisserte sich Bergmann.

»Mit einer handelsüblichen Einkaufstüte aus dem Supermarkt.«

Hierzulande heißt das immer noch Sackerl und nicht Tüte, dachte Sandra. Freilich hütete sie sich davor, ihren Gedanken auszusprechen. Er tat nichts zur Sache und hätte Siebenbrunner nur noch weiter provoziert.

»Von einem einheimischen Supermarkt oder einem ausländischen?«, hakte der Chefinspektor nach.

Siebenbrunner nannte den Namen des Supermarkts und die Filiale, die sich in derselben Straße wie der Tatort befand.

Auf den Sackerln der Supermarktkette war zwar auch ein A aufgedruckt, wusste Sandra, aber diese ließen sich im Gegensatz zum geheimnisvollen Sackerl auf dem Video auf den ersten Blick zuordnen.

»Der Kassabon hat sich noch darin befunden«, fuhr Siebenbrunner fort. »Barbara muss dort am Montagvormittag kurz vor ihrer Ermordung eingekauft haben.«

»Oder ihr Mörder«, warf Sandra ein.

»Der hätte wohl kaum mit der Bankomatkarte des

Opfers bezahlt«, entgegnete Siebenbrunner von oben herab.

Den Kassabeleg hatten die Kollegen also bereits der Bankomatkarte des Opfers zugeordnet. »Und warum nicht?«, entgegnete sie. »Es mag vielleicht unwahrscheinlich erscheinen, aber ausgeschlossen ist es nicht, oder?«

Siebenbrunner musste ihr recht geben, was ihm offensichtlich gegen den Strich ging. »Es ist Ihr Job, das zu überprüfen«, schnauzte er sie an.

»Und Ihr Job wäre es, den Kassabon mit den Vorräten in der Küche abzugleichen«, konterte Sandra.

»Meiner?«, echauffierte sich Siebenbrunner.

»*Wäre*, habe ich gesagt«, konterte Sandra spitzfindig und machte sich auf ein Donnerwetter gefasst, das Bergmann zu verhindern wusste.

»War das Opfer gefesselt?«, ging er dazwischen.

Siebenbrunner atmete hörbar aus, ehe er die Frage verneinte.

»Warum gehen wir dann von einer Straftat und nicht von Selbsttötung aus?«

»Die Wohnungstür war verschlossen, der Schlüssel ist innen im Schloss gesteckt. Dafür war die Terrassentür nur angelehnt, die vom Wohnzimmer in den Garten führt. Die Kollegin des Opfers hat das bemerkt und die Tür von außen aufgedrückt. Im Wohnzimmer hat sie dann die Tote vor dem Sofa liegend vorgefunden. Der Täter muss den Tatort über den Garten verlassen haben. Die Gartentür war übrigens auch nicht abgesperrt. Obwohl die sowieso kein Hindernis dargestellt hätte. Über den niedrigen Zaun kann jedes Kind klettern. Und noch etwas spricht für einen Mord. Wir konnten bisher kein Klebeband in der Wohnung sicherstellen. Zumindest keines, das identisch mit jenem wäre, mit dem die Plastiktüte um den Hals des Opfers fixiert war.«

»Dann gibt es also keinen Abschiedsbrief. Auch keinen, der uns glauben machen soll, dass Frau Liebminger freiwillig aus dem Leben geschieden ist?«

»Nein. Und wir konnten in der Wohnung weder einen PC oder Laptop noch ein Handy ausfindig machen. Nur einen Drucker.«

»Einen Drucker, aber keinen Computer?«, fragte Bergmann.

»Dass die Frau kein Handy gehabt haben soll, kommt mir auch spanisch vor«, ergänzte Sandra. Auch dieses konnte der Täter verschwinden haben lassen. Was die Ermittlungen nur geringfügig verzögerte. Die Handynummer würden sie rasch herausfinden, war sie zuversichtlich. Und die Rufdatenrückerfassung auch ohne die IMSI-Nummer gestaltete sich bei einem österreichischen Handy wesentlich unkomplizierter als bei einem kanadischen.

»Gibt es Einbruchsspuren?«, fragte Bergmann weiter.

»Nein, und es deutet auch nichts darauf hin, dass der Täter nach Wertgegenständen gesucht oder diese an sich genommen hätte. Sowohl in der Geldbörse des Opfers als auch in einer Schublade im Wohnzimmer hat sich Bargeld befunden. Keine großen Beträge zwar, aber immerhin.«

»Es lässt sich aber auch nicht ausschließen, dass er etwas mitgenommen hat, das uns zu ihm führt oder sogar stichhaltig belastet. Wie zum Beispiel den Computer des Opfers und das Handy«, blieb Sandra beharrlich.

Siebenbrunner zuckte mit den Schultern. »Wenn, dann war der Täter ausgesprochen ordentlich. Er hat jedenfalls keine offensichtlichen Spuren hinterlassen, wie wir sie üblicherweise von Einbruchsdelikten kennen.«

»Vielleicht hat er ganz genau gewusst, wo er findet, was er sucht«, meinte Sandra. »Gibt es denn Hinweise, dass außer Barbara Liebminger noch jemand hier gewohnt hat?«

»Bisher nicht. Keine zweite Zahnbürste, keine Männerkleidung oder Frauenkleidung in einer anderen Größe als der des Opfers oder irgendein anderes Indiz deuten darauf hin. Meine Leute sind allerdings noch nicht fertig hier.«

»Der Täter ist also über den Garten hereinspaziert«, sagte Bergmann.

»Oder Barbara hat ihm freiwillig die Wohnungstür aufgemacht«, sagte Siebenbrunner.

»Dann hat sie den Täter möglicherweise gekannt«, merkte Sandra an.

Beide Männer nickten.

»Habt ihr einen Kalender gefunden?«, fragte Bergmann.

»Ja, da steht aber nur drin, dass sie am Montag einen Urlaubstag hatte.«

»Ist Ihnen sonst noch etwas aufgefallen?«, fragte Bergmann.

»Alles andere müssen Sie dann mit meinem Stellvertreter Jörg klären.«

»Und eingefallen ist Ihnen in der Zwischenzeit auch nichts?« Bergmann ließ nicht locker.

»Was sollte mir denn bitteschön einfallen?«

»Na vielleicht irgendetwas zu Ihrem Freund Rupert Kronsteiner. Oder auch zu seiner ehemaligen Sprechstundenhilfe, die nebenan tot im Wohnzimmer liegt. Sie glauben doch bestimmt nicht, dass es sich um einen Zufall handelt, dass beide innerhalb von wenigen Tagen erstickt wurden«, sagte Bergmann. »Auch wenn der Modus Operandi hier ein anderer ist.«

»Höchstwahrscheinlich ist es kein Zufall.« Diesmal machte sich Siebenbrunner nicht mehr die Mühe, gegen den Begriff »Freund« zu protestieren, mit dem Bergmann ihn vermutlich provozieren wollte.

»Gibt es denn wirklich gar nichts aus Ihrer Vergangenheit, keinen Hinweis, der uns bei unseren Ermittlungen weiterhelfen könnte? Nicht die leiseste Vermutung? Immerhin haben Sie die beiden Opfer persönlich gekannt. Kommen Sie, Herr Siebenbrunner, wir sitzen doch im selben Boot«, versuchte es Sandra noch einmal auf die kollegiale Tour, was ihr nicht gerade leicht fiel.

Siebenbrunner schüttelte den Kopf. »Im selben Boot«, wiederholte er empört. »Dass ich nicht lache. Man hat mich über Bord geworfen. Schon vergessen?«

Als ob es ihre Entscheidung gewesen wäre, ihn von dem Mordfall abzuziehen, dachte Sandra. Warum warf er das nicht dem Chefinspektor vor, sondern ihr?

»Sie können doch hoffentlich schwimmen«, ätzte Bergmann.

Mit weiteren Provokationen würde er Siebenbrunner bestimmt nichts entlocken. Das musste dem Chefinspektor inzwischen klar sein. Allmählich ärgerte sich Sandra auch über ihn.

Der Kriminaltechniker kehrte ihnen prompt den Rücken zu, um den Einsatzort zu verlassen.

»Und wenn Sie das nächste Opfer sind?«, fragte Bergmann.

Siebenbrunner wandte sich wieder um. Seine Gesichtsfarbe wurde zusehends fahler. »Wie bitte?« Der Adamsapfel an seinem langen dürren Hals hob und senkte sich wieder.

»Sie haben mich schon verstanden. Sie könnten der Nächste auf der Liste des Täters sein«, erklärte Bergmann seelenruhig.

»Ist das Ihr Ernst? Es gibt eine Opferliste, nach welcher der Täter vorgeht?«

Der Chefinspektor zuckte mit den Schultern. »Keine Ahnung, ob es eine solche Liste gibt. Aber möglich wäre es doch, oder?«

»Sie …«

»Ja?«

»Nichts.« Siebenbrunner wandte sich wieder ab, um zu gehen.

»Lassen Sie sich Ihr Eis schmecken«, rief Bergmann ihm hinterher. »Es könnte Ihr letztes sein«, murmelte er, sodass nur mehr Sandra es hören konnte.

Ohne sich noch einmal umzudrehen, signalisierte Siebenbrunner mit einer eindeutigen Geste, dass sie ihn mal konnten, und stolzierte vorbei an seinen Leuten durch die Wohnungstür.

»Ihn zu provozieren bringt doch nichts«, rügte Sandra den Chefinspektor.

»Mir bringt es schon etwas«, erwiderte Bergmann. »Es bereitet mir ein tierisches Vergnügen.«

»Aber es bringt unsere Ermittlungen nicht weiter.«

»Jetzt mal ehrlich, Sandra. In menschlicher Hinsicht ist Siebenbrunner zweifellos das größte Arschloch von allen, die in der Landespolizeidirektion Steiermark ein- und ausgehen. Abgesehen von mir vielleicht.« Bergmann grinste sie an.

Sandra widersprach ihm mit einem Schnauben. »Überschätz dich nicht«, sagte sie. »Dem kannst noch nicht einmal du das Wasser reichen.«

»Danke, ganz lieb. Aber Spaß beiseite: Siebenbrunner ist krankhaft ehrgeizig wie sonst niemand, den ich kenne. Noch nicht einmal du …«

Sandra funkelte den Chefinspektor an. Sollte das etwa eine Retourkutsche sein? Oder fand er sie wirklich zu ehrgeizig? Hielt er sie gar für verbissen?

»Siebenbrunner lebt für seinen Beruf«, fuhr Bergmann fort, während Sandra noch über seine letzte Bemerkung grübelte. »Er ist überaus gewissenhaft und arbeitet peinlich genau. Wenn es sein muss, Tag und Nacht. Hätte er irgendeinen tatrelevanten Hinweis, der der Aufklärung unseres Falles dient, würde er uns diesen ganz bestimmt nicht vorenthalten. Auch dann nicht, wenn ich ihn davon abgezogen habe, was möglicherweise ein Fehler war.«

So hatte es Sandra noch nicht betrachtet. Dennoch konnte sie dem Chefinspektor nicht 100-prozentig zustimmen. »Es sei denn, dieser tatrelevante Hinweis würde ihn selbst belasten«, sagte sie.

»Du hältst ihn doch nicht für den Täter?«

Sandra verneinte. Dass Siebenbrunner ein zweifacher Mörder war, traute sie ihm ebenso wenig zu wie die Kastration seines ehemaligen Schulkollegen. Welches Tatmotiv sollte er denn gehabt haben? Den perfekten Serienmord zu inszenieren, um in die Kriminalgeschichte einzugehen? Das war ein Widerspruch in sich, weil man ihm dafür erst auf die Schliche kommen musste. Außerdem war dieser Gedanke absurd. Keineswegs abwegig erschien ihr hingegen Bergmanns Theorie, dass der Täter weitere Opfer auf seiner Liste haben könnte. Da es nun einen zweiten Mord gab, der höchstwahrscheinlich mit dem ersten zusammenhing, war dies durchaus vorstellbar. »Meinst du, dass wir es mit einem Serientäter zu tun haben?«, fragte sie. »Oder musste Barbara Liebminger sterben, weil sie etwas wusste oder besaß, das den Mörder von Doktor Kronsteiner belastet?«

»Beides halte ich für möglich. An einen Zufall glaube ich am allerwenigsten. Sollte es demnächst einen weiteren Mord im selben Dunstkreis geben, können wir sicher sein. Allerdings würde uns das noch immer nichts über das Tatmotiv verraten.«

»Dann wäre Siebenbrunner tatsächlich in Lebensgefahr«, sagte Sandra.

»Da schau her – du hängst ja doch mehr an ihm, als ich dachte«, erwiderte Bergmann.

»So ein Schwachsinn«, fauchte Sandra ihn an. Gleichzeitig wusste sie, dass sie Bergmann wieder einmal auf den Leim gegangen war.

Er bemühte sich noch nicht einmal, die Freude über ihren Ärger zu verbergen. Dass sie sich an einem Tatort in unmittelbarer Nähe eines Mordopfers befanden, hielt Bergmann keineswegs davon ab, sie vergnügt anzugrinsen.

Sandra atmete tief durch, um die Beherrschung nicht komplett zu verlieren. Erst Siebenbrunners rüpelhaftes Benehmen und dann auch noch Bergmanns kindische Spielchen. »Kannst du nicht *einmal* bei der Sache bleiben?«, war das einzig Jugendfreie, was ihr dazu noch einfiel.

»Okay, dann schauen wir uns einmal die Tote an«, sagte Bergmann wieder ernst.

2.

Im Wohnzimmer sprach der Chefinspektor die Gerichtsmedizinerin an. Doktor Kehrer trat beiseite, um den Ermittlern freie Sicht auf die Tote zu gewähren, die vor dem Sofa auf dem Boden lag. Der Couchtisch war einige Meter weiter weggerückt worden, damit die Ärztin die Leiche möglichst ungehindert beschauen konnte.

Der postmortale Zersetzungszustand und der massive Insektenbefall bestätigten Sandra, was der Verwesungsgeruch und Siebenbrunner bereits angekündigt hatten. Der Todeszeitpunkt lag wohl schon einige Tage zurück. Doktor Kehrer ging davon aus, dass die Frau am Sonntag oder Montag verstorben war. Viel präziser ließ sich der Todeszeitpunkt anhand der Körpertemperatur, der Leichenstarre und der Totenflecken nicht mehr eingrenzen, da dieser jedenfalls länger als 48 Stunden zurücklag. Um ihn nach dieser Zeitspanne exakter bestimmen zu können, hätte es eines forensischen Entomologen bedurft, der die Leichenbesiedelung durch Insekten analysierte. Auffällig waren die Hämatome an den Armen und Oberschenkeln der Toten. Jemand musste die Frau, die sich gegen ihren Tod gewehrt hatte, an den Armen festgehalten haben und auf ihr gesessen sein, meinte die Gerichtsmedizinerin. Ein Suizid war auch aus ihrer Sicht ausgeschlossen.

Fürs Erste hatte Sandra hier genug gesehen. Sie wandte sich von der Leiche ab, der offenen Terrassentür zu. Im Garten waren zwei weitere weiße Gestalten mit der Spurensicherung beschäftigt. Am anderen Ende des Wohnzimmers nahm sich Siebenbrunners Stellvertreter gerade die Kommode vor. Bergmann unterhielt sich weiterhin mit der Gerichtsmedizinerin.

Sandra sprach Jörg auf den Kassabon aus dem Supermarkt und die Bankomatkarte des Opfers an. Beides hielt sie wenig später, asserviert in zwei transparenten Plastikbeuteln, in ihren Händen. Dass die sichtbaren Ziffern der sogenannten PAN mit den letzten drei Ziffern der Kontonummer übereinstimmten, davon konnte sich Sandra selbst überzeugen. Die vierte und letzte Ziffer des PAN auf dem Kassabon war die Prüfnummer, erklärte ihr der Kriminaltechniker. Die vorderen Ziffern der Kontonummer und Bankleitzahl waren auf dem Beleg aus Sicherheitsgründen zwar nicht ausgewiesen, eine zufällige Übereinstimmung aller vier Ziffern dennoch so unwahrscheinlich wie ein vergleichbarer Joker-Treffer im Lotto. Datum und Uhrzeit auf dem Kassabon ließen jedenfalls darauf schließen, dass Barbara Liebminger am Montag um 10.07 Uhr noch gelebt hatte, wenn man davon ausging, dass sie selbst einkaufen gewesen war.

Sandra überflog den Einkaufsbeleg und blieb bei den teuersten Positionen hängen. »Zwei Flaschen Brut Rosé«, las sie laut vor. Mit je 18,99 Euro zählte dieser Sekt bestimmt nicht zu den billigsten Getränken im Supermarkt. Entweder hatte Barbara Liebminger einen exklusiven Weingeschmack, der sich in der 08/15-Wohnungseinrichtung aus dem Möbelhaus nicht widerspiegelte, oder sie hatte etwas zu feiern gehabt. »Habt ihr schon überprüft, ob sich der Sekt im Kühlschrank oder irgendwo anders in der Wohnung befindet?«

Der Kollege nickte. »Haben wir. Eine Flasche ist im Kühlschrank. Die zweite haben wir noch nicht gefunden. Wir werden dann noch den Altglascontainer im Müllraum durchforsten.«

Einmal mehr war Sandra heilfroh, dass sie für die Ermittlungen und nicht für die Spurensicherung zuständig war. Dabei gab es weitaus unangenehmere Aufgaben, als einen Altglascontainer zu durchwühlen.

»Habt ihr gebrauchte Sekt- oder Weingläser sichergestellt?«

»Nein. Im Geschirrspüler sind nur ungespülte Wassergläser, Teller, Besteck und Schüsseln.«

»Ein Sekt wie dieser wird selten aus Wassergläsern getrunken«, überlegte Sandra laut. Das Weingut am südsteirischen Grassnitzberg war für seine ausgezeichneten Tropfen bekannt.

»Das werden die Laborergebnisse zeigen. Sekt- und Weingläser stehen dort drüben in der Vitrine. Die müssen wir uns aber erst vornehmen«, erwiderte Jörg.

Sandra zählte fünf Sektgläser in der Vitrine, die alle in einer Reihe standen. Wenn sich das sechste nicht in der Wohnung befand, war es wahrscheinlich schon früher einmal zu Bruch gegangen, vermutete sie. Auch von ihren Gläsersets war keines mehr vollzählig. »Kann ich mir die Gläser mal genauer ansehen?«, fragte sie.

»Wir können das gerne zusammen tun«, schlug ihr der Kollege vor und schob die Lade der Kommode zu. Bei der Vitrine angekommen, öffnete er die Glastür. Vorsichtig nahm er zwei Sektgläser an den Stielen heraus, um sie gegen das Licht zu halten. »Das hier ist erst kürzlich verwendet worden. Es glänzt wie poliert«, stellte er fest. »Dieses muss hingegen schon länger ungebraucht in der Vitrine gestanden sein. Oder es wurde nicht poliert. Auf alle Fälle ist es deutlich matter. Siehst du das?«

Sandra nickte. Das dritte und vierte Sektglas glänzten wiederum makellos. Im Gegensatz zum letzen, das wie alle anderen Gläser in der Vitrine matt war. Die Weingläser wiesen außerdem eingetrocknete Wasserflecke auf, wie sie oftmals beim Trocknen im Geschirrspüler zurückblieben.

»Für mich sieht das aus, als hätte jemand drei der Sektgläser extragründlich gereinigt«, sagte Sandra. Wenn es nicht der Täter getan hatte, wer sonst? Und warum hätte er dies tun sollen, wenn nicht, um Spuren zu beseitigen? Aber warum drei Gläser? Gab es einen Zeugen, der mit dem Opfer und dem Täter zusammen Sekt getrunken hatte? Hatte der Dritte die Wohnung schon vor der Tat verlassen? Oder waren hier zwei Täter am Werk gewesen?

Der Kriminaltechniker unterbrach ihre Überlegungen. »So gründlich, dass wir höchstwahrscheinlich keine brauchbaren Fingerabdrücke oder Spuren mehr darauf finden werden.« Noch einmal hielt er die drei glänzenden Sektgläser gegens Licht. »Wir werden sie uns trotzdem vornehmen. Sicher ist sicher.«

»Bist du hier fertig, Sandra?« Bergmann stand in der Tür.

»Bin ich«, erwiderte Sandra und folgte dem Chefinspektor in die Küche.

3.

Zwei Frauen teilten sich den kleinen Klapptisch in der schmal geschnittenen Küche. Der weiße Küchenblock an einer der Längswände war funktionell und sauber. Teuren Schnickschnack, mit dem maßgefertigte Designerküchen ausgestattet waren, suchte man hier vergeblich. Vermutlich hätte eine solche die finanziellen Mittel einer Heilmasseurin auch gesprengt.

Sandra und Bergmann zogen ihre Kapuzen von den Köpfen und stellten sich den Frauen vor.

»Dann verabschiede ich mich mal, wenn es Ihnen recht ist«, sagte die Psychologin vom Kriseninterventionsteam und reichte der anderen Frau ihre Visitenkarte. »Sie können sich jederzeit rund um die Uhr an uns wenden, wann immer Sie uns brauchen«, fügte sie hinzu und verließ die Küche, die für vier Leute reichlich eng war.

Sandra nahm auf dem freigewordenen Stuhl am Klapptisch Platz. Die Frau, die Barbara Liebminger an diesem Morgen tot aufgefunden hatte, saß noch immer auf dem anderen Sessel. Bergmann lehnte sich an den Küchenblock und verschränkte die Arme vor der Brust, beide Frauen in seinem Blickfeld.

Sandra notierte die Daten ihres rothaarigen Gegenübers und ließ sich noch einmal berichten, was sie bereits von Siebenbrunner erfahren hatten, diesmal jedoch um einiges ausführlicher.

Nachdem sie ihre jüngere Tochter vor der Schule abgesetzt hatte, war die Frau auf dem Weg zur Arbeit hierher gefahren, um nach ihrer Kollegin zu sehen, die zwei Tage lang nicht an ihrem Arbeitsplatz erschienen war.

»Und warum erst heute?«, fragte Sandra nach. Ob die Kollegen im LKA sich auch solange Zeit lassen würden, falls ihr etwas zustieß, schweifte sie gedanklich ab. Vermutlich war es Andrea, die sie als Erste suchen würde. Wie vor dreieinhalb Jahren, als Mike sie in ihrer Wohnung bewusstlos geschlagen hatte. Wobei der Zufall zu ihrer frühen Rettung beigetragen hatte. Wären die Freundinnen an diesem Abend nicht verabredet gewesen, hätte es sicherlich länger gedauert, bis Sandra jemandem abgegangen wäre.

»Am Montag hatte die Barbara frei. Erst am Dienstag, als ich ihren ersten Klienten vertrösten musste, habe ich mir Sorgen gemacht. Aber mich erst einmal um eine Vertretung bemüht, die ihre Termine übernehmen kann. Zwischendurch hab ich sie immer wieder angerufen und auf ihre Mailbox gesprochen. Auch gestern wieder einige Male«, berichtete die Befragte.

Sandra notierte sich, dass das Opfer ein Handy besessen hatte, um später nicht zu vergessen, dass sie hier nachhaken wollte.

»Ich mach mir eh Vorwürfe, dass ich die Polizei nicht schon früher verständigt hab«, jammerte die Frau. »Das hätt ich gleich am Dienstag tun sollen, und nicht erst heute hier vorbeischauen. Dann wär's vielleicht noch nicht zu spät gewesen für die arme Barbara …« Sie seufzte und biss sich auf die Lippen. »Ich hab wirklich nicht gewusst, dass sie so unglücklich ist. Wenn ich nur im Entferntesten geahnt hätte, dass sie sich was antun will, hätt ich mich bestimmt mehr um sie gekümmert.«

Sandra warf Bergmann einen kurzen Blick zu. Die Frau ging offenbar davon aus, dass sich Barbara Liebminger selbst getötet hatte. Vom beachtlichen Polizeiaufgebot, das mittlerweile die gesamte Wohnung in Beschlag nahm, hatte sie in der Küche wohl nur einen Bruchteil mitbekommen.

»Sie müssen sich keine Vorwürfe machen«, sagte Sandra. Allein durch mehr Zuwendung, ließ sich ein Suizid nur selten verhindern. In diesem Fall hätte sie sowieso keine Rolle gespielt. »Wir gehen davon aus, dass Frau Liebminger bereits am Montag getötet wurde«, erklärte sie.

»Was? Sie meinen ermordet? Um Gottes willen …« Mit weit aufgerissenen Augen starrte die Frau sie an.

Sandra nickte.

»Aber warum? Wer sollte die Barbara denn umbringen wollen?« Die Stimme der Frau überschlug sich.

»Hatte Ihre Kollegin in der letzten Zeit vielleicht Schwierigkeiten? In der Arbeit? Oder auch privat? War sie anders als sonst?«

Die Rothaarige schüttelte noch immer entsetzt den Kopf. »Na ja, wenn ich es mir recht überleg, hat sie in den letzten Wochen schon ein wenig nervös und ungeduldiger gewirkt als sonst. Einmal hab ich sie sogar drauf angesprochen, was mit ihr los ist. Sie hat nur gemeint, sie ist urlaubsreif, konnte sich momentan aber keinen längeren Urlaub leisten. Deshalb hat sie sich immer nur tageweise freigenommen. Wie auch am Montag.«

»Hatte sie finanzielle Probleme?«

»Hochverschuldet war sie nicht, soweit ich weiß. Aber besonders viel wird sie nicht verdient haben. Für ihre Fixkosten hat sie seit der Scheidung allein aufkommen müssen. Erst vor Kurzem hat sie eine neue Waschmaschine angeschafft. Und ihr Laptop ist auch eingegangen. Na ja, da wird's dann halt eng mit dem Geld, und schon ist die Urlaubsreise wieder verschoben. Die Barbara war nicht fest im Spa angestellt, müssen Sie wissen. Sie hatte einen freien Dienstvertrag. Wenn sie nicht gearbeitet hat oder krank war, hat sie auch kein Geld verdient.«

»Hatte sie Streit oder Feinde?«

Die Frau schüttelte den Kopf. »Die Barbara war sehr beliebt. Von einem Streit hab ich nichts mitbekommen. Auch nicht privat … Nicht, seitdem ihr der Mann davong'rennt ist.«

»Herr Liebminger?«, fragte Sandra nach.

Die Frau nickte. »Liebminger Günter heißt ihr Ex. Er ist Installateur. Meinen Sie, dass er die Barbara …?«

Sandra überging die Frage. »Wann haben sich die beiden denn scheiden lassen?«

»Das muss jetzt über ein Jahr her sein. Über eineinhalb Jahre sogar. Die Scheidung war im Herbst.«

»Ist es zu häuslicher Gewalt zwischen den Eheleuten gekommen?«

Die Frau schüttelte den Kopf. »Das kann ich mir nicht vorstellen. Die Barbara hat jedenfalls nie so was erwähnt.«

»War Frau Liebminger öfter verletzt oder im Krankenstand?«

»Sie war fast nie krank. Wie gesagt, sie hat ja nichts verdient, wenn sie nicht gearbeitet hat. Verletzt war sie nur ein einziges Mal, nachdem sie sich beim Kochen die Fingerkuppe fast abgeschnitten hat. Damals hat sie zwei Woche nicht arbeiten können. Da war sie aber noch verheiratet.«

»Und seit der Scheidung war Frau Liebminger alleinstehend?«

»Ja, sie war sehr enttäuscht von den Männern und wollte sich nie wieder auf einen einlassen. Der Günter hat sie ziemlich vernachlässigt und dann auch noch betrogen. Schließlich hat er sie wegen einer Jüngeren verlassen. Der Klassiker halt …«

»Haben die beiden Kinder?«

»Nein. Ich glaub, das war mit ein Grund, warum der Günter von ihr weg ist. Die Barbara konnte nämlich keine Kinder bekommen. Das hat er zwar gewusst, wie er sie geheiratet hat, wollte dann aber doch noch welche haben. Obwohl er selbst auch nimmer der Jüngste war. Über 40 war er bei der Scheidung bestimmt schon.«

Was für Männer keineswegs zu alt war, um Vater zu werden, fand Sandra. Aber ihre persönliche Meinung spielte an dieser Stelle keine Rolle. »Wissen Sie, wann Frau Liebminger Geburtstag hatte? Ich meine, an welchem Tag?«, fragte sie.

Die Frau überlegte. »Mitte Oktober. Im Sternzeichen war sie eine Waage. An den genauen Tag erinner ich mich grad nicht. Da müsst ich in meinem Kalender nachschauen.«

»Nicht nötig. Hatte Ihre Kollegin in letzter Zeit irgendeinen Grund zu feiern?« Warum sonst hatte Barbara Liebminger kurz vor ihrer Ermordung zwei Flaschen Sekt eingekauft? Und nicht gerade den billigsten?

Die Frau blickte zur Decke, während sie in ihrem Gedächtnis kramte. »Nicht, dass ich wüsste«, antwortete sie schließlich.

»Hat Frau Liebminger Alkohol getrunken?«

»Ja, schon. Aber nicht übermäßig. Höchstens ein, zwei Weißwein-Mischungen, wenn wir zusammen fortgegangen sind. Oder mal ein Glas Prosecco zum Anstoßen. Bier und Schnaps hat sie überhaupt nicht mögen. Davon hat ihr Ex mehr als genug getrunken, wie sie noch beisammen waren. Aber Alkoholiker war er, glaub ich, keiner.«

Vielleicht war der Exmann unter Einfluss von Alkohol ja doch handgreiflich geworden, überlegte Sandra. Häusliche Gewalt und deren körperliche Folgen wurden nach außen hin oftmals jahrelang gekonnt kaschiert. Die seelischen sowieso. Andererseits war das Opfer seit fast zwei Jahren geschieden gewesen. »Was arbeiten Sie denn im Spa?«, fragte Sandra weiter.

»Ich bin am Empfang und teile unter anderem die Termine ein.«

Das traf sich ja hervorragend. Die Befragte versprach Sandra, noch am selben Tag den Terminkalender der Wellness-Behandlungen von voriger Woche zu mailen.

»Und zuletzt haben Sie Frau Liebminger am vergangenen Freitag an ihrem Arbeitsplatz lebend gesehen?«

Es folgte ein Nicken. »Die Barbara hat am Freitag früher Schluss gemacht, weil ihr der letzte Massagetermin ausgefallen ist. Kurz nach 17 Uhr hat sie sich verabschiedet. Ich bin eine halbe Stunde nach ihr heimgefahren.«

Wieder sahen sich die Ermittler kurz an. Es schien tatsächlich einen Zusammenhang zwischen den beiden Opfern zu geben, der nicht weit in die Vergangenheit zurückreichte. »Hatte Frau Liebminger Pläne fürs vergangene Wochenende?«, hakte Sandra nach.

»Sie hat mir gegenüber nichts erwähnt.«

Sandra protokollierte noch, wo sich die Befragte am Freitagabend aufgehalten hatte. Dass ihr Mann respektive die beiden Kinder ihre Angaben bezeugen würden, bezweifelte sie nicht. Die Quittung der Pizzeria, in der sie mit ihrer Familie gegessen hatte, befand sich noch in ihrer Geldbörse. Den weiteren Abend und die Nacht auf Samstag hatte sie zu Hause verbracht. Am Montag war sie von neun bis 17.30 Uhr im Spa gewesen. Als Tatverdächtige konnten die Ermittler sie getrost ausschließen.

»Sie sagten vorhin, dass Frau Liebmingers Laptop kaputt ist?«, fragte Sandra weiter.

»Ja, er ist in der Reparatur. Sie hat am Freitagvormittag dort angerufen, um zu erfahren, wann sie ihn endlich wieder bekommt. Sie hat sich am Telefon ziemlich aufgeregt, weil sie schon wieder vertröstet wurde.«

»Wissen Sie auch, mit wem sie telefoniert hat?«

»Joe. Sie hat ihn Joe genannt und ihn geduzt. Mehr hab ich nicht mitbekommen.«

Demnach hatte Barbara Liebminger den Mann persönlich gekannt, nahm Sandra an. »Und Ihre Kollegin hat ein Handy besessen?«, ging sie auf die frühere Erwähnung der Mailbox ein.

»Ja natürlich.«

»Haben Sie die Nummer?«

Die Frau kramte das eigene Mobiltelefon aus der Handtasche und sagte Sandra die Handynummer der Verstorbenen an.

Auch der Computerfachmann, der den Laptop zum Reparieren übernommen hatte, würde sich rasch finden lassen, war Sandra überzeugt. Blieb zu hoffen, dass die Daten auf der defekten Festplatte nicht verlorengegangen waren. Und selbst dann bestand noch immer die Hoffnung, dass die IT-Experten des LKA diese wiederherstellen konnten.

Zum ersten Mal, seit sie die Mordermittlungen am Präbichl aufgenommen hatten, glaubte Sandra, dass diese an Fahrt gewannen. Wenngleich noch immer nicht abzusehen war, in welche Richtung es ging.

4.

Sandra und Bergmann wollten sich zuerst die Nachbarn von Barbara Liebminger vornehmen, die um diese Uhrzeit zu Hause waren. Doch weder der Student im zweiten Stock noch die alte Frau nebenan wollten am vergangenen Montag etwas Verdächtiges gesehen oder gehört haben. Während der junge Mann das Opfer nur vom Grüßen gekannt hatte, zeigte sich die betagte, ziemlich gebrechliche Dame, die noch dazu schwerhörig war, vom Tod ihrer vergleichsweise jungen Nachbarin tief erschüttert. Sie zitterte am ganzen Körper, und Sandra befürchtete, dass sie jeden Moment zusammenklappen würde. Wohin der geschiedene Herr Liebminger gezogen war, wusste sie leider auch nicht, geschweige denn, dass sie seine Telefonnummer gehabt hätte. Aber sie nahm an, dass er noch immer für dieselbe Leobner Installateurfirma arbeitete wie früher. An den Namen erinnerte sie sich nicht mehr, aber zumindest an die Straße, in der das Unternehmen firmierte. Vorsichtshalber verständigte Sandra noch den Hausarzt der 83-Jährigen, deren Nerven und Herz nicht mehr die besten waren, bevor sie sich von ihr verabschiedeten.

Die anderen neun Parteien in dem Mietshaus einer gemeinnützigen Wohnungsgenossenschaft, das in den 1960er-Jahren errichtet worden war, weilten zurzeit an ihren Arbeitsplätzen oder waren sonst wohin ausgeflogen. Sie alle würden in den nächsten Tagen telefonisch befragt werden.

Sandra und Bergmann machten sich zu Fuß auf den Weg in den nahen Supermarkt, aus dem das Tatwerkzeug und der Kassabon stammten. Die Filialleiterin, die sie in den Aufenthaltsraum bat, erkannte das Opfer auf dem Handyfoto des Chefinspektors zweifelsfrei als eine ihrer Stammkundinnen, wenngleich sie den Namen nicht wusste.

Bergmann ließ die Kassiererin, deren Nachname auf den Kassabon gedruckt war, in den Personalraum rufen. Auch sie war sich auf Anhieb sicher, dass die Frau auf dem Foto eine Kundin war, die sie regelmäßig bedient hatte. An den letzten Einkauf konnte sie sich allerdings nicht mehr erinnern. Erst als Sandra die zwei Flaschen Rosé-Sekt vom bekannten südsteirischen Winzer erwähnte, fiel der Groschen doch noch.

»Ach ja, jetzt erinner ich mich wieder«, gab sie an. »Die Kundin hat sich beim Scannen erkundigt, ob das eh ein guter Tropfen ist. Ich hab mich noch g'wundert, dass sie ausgerechnet mich das fragt, wo ich doch keinen Tau von Wein oder Sekt hab. Natürlich hab ich ihr trotzdem bestätigt, dass der besonders gut ist. Muss er ja auch sein bei dem Preis. Fast hätt ich die Kundin noch g'fragt, ob's was zu feiern gibt, hab mich dann aber doch lieber z'ruckg'halten. Geht mich ja nix an.«

Schade, dachte Sandra. Andernfalls hätte sie ihnen jetzt vielleicht einen Hinweis liefern können. »War Ihre Kundin allein einkaufen?«, fragte sie.

»Ja, sie war eigentlich immer allein hier«, sagte die Kassiererin.

»Früher war sie ab und zu auch mit einem Mann da«, warf die Filialleiterin ein, die deutlich länger hier beschäftigt war als die Kassiererin. »Aber das ist schon eine Weile her. Bestimmt über ein Jahr. Oder sogar zwei …«

»War sie immer mit demselben Mann hier?«, erkundigte sich Sandra.

»Ja, immer mit demselben. Er war nicht viel größer als sie. 1,70 Meter in etwa und zirka gleich alt wie sie, Anfang 40 vielleicht. Er hatte raspelkurze blonde Haare, stellenweise schon ein bissl grau, und ausgeprägte Geheimratsecken. Richtig dick war er nicht, aber ziemlich stämmig«, erinnerte sich die Filialleiterin, wie Sandra annahm, an den Exmann des Opfers.

Diesem würden sie ihren nächsten Besuch abstatten. Wo sie schon einmal in Leoben waren. Vorausgesetzt, er lebte überhaupt noch in dieser Stadt beziehungsweise arbeitete hier. Die Verständigung der Angehörigen von einem Todesfall zählte zwar nicht zu ihren liebsten Aufgaben, aber irgendjemand musste es schließlich tun. Außerdem konnten sie dem Exmann des Opfers bei dieser Gelegenheit gleich ein paar Fragen stellen.

Auf dem Rückweg durch den Supermarkt zog die Feinkostabteilung Bergmanns Aufmerksamkeit auf sich. »Wollen wir uns nicht ein paar Leberkässemmeln gönnen?«, fragte er.

»Nicht schon wieder dieses ungesunde Glumpert. Du solltest zur Abwechslung mal etwas Anständiges essen.«

»Und was ist an einer Leberkässemmel unanständig?«

»Du weißt schon, wie ich es meine.« Sandra ließ die Feinkosttheke links liegen.

»Jetzt warte mal, Sandra. Ich hab noch nichts zu Mittag gegessen. Ich kann gar nicht mehr klar denken vor lauter Hunger«, quengelte Bergmann.

»Dann lass uns etwas Vernünftiges essen gehen, bevor wir uns um Günter Liebminger kümmern. So viel Zeit muss sein.« Sandra schubste den Chefinspektor vor sich her Richtung Ausgang.

»Ich hoffe, du meinst mit *vernünftig* keinen Salatteller oder eine Gemüseplatte.« Bergmann setzte seine Sonnenbrille auf, während die Glastür automatisch zur Seite glitt. »Kennst du denn überhaupt ein *vernünftiges* Lokal in Leoben?«, zog er sie auf.

Sandra holte den Autoschlüssel aus ihrer Tasche. »Mehrere. Das ›Brauhaus‹ in Göss und zwei Wirtshäuser am Hauptplatz«, antwortete sie, als das Funksignal die Autoschlösser entriegelte.

»Brauhaus klingt gut für mich. Ich versuche inzwischen mal, einen Installateurtermin für uns zu arrangieren.« Bergmann stieg in den Wagen ein.

»Die Bürgermeisterin und ihren Lebensgefährten sollten wir uns auch noch einmal vornehmen.« Sandra griff nach ihrem Sicherheitsgurt. »Dieser abgebrochene Fingernagel lässt mir keine Ruhe. Außerdem scheint der Rosé-Sekt, den Barbara Liebminger vor ihrer Ermordung gekauft hat, aus drei Gläsern getrunken worden zu sein …«

»Du meinst, sie könnte mit Dick und Doof Sekt getrunken haben? Sieht aber nicht danach aus, als hätte das Opfer vor seinem Tod Sex gehabt, meint Jutta. Auf alle Fälle werden wir die beiden nach ihrem Alibi befragen.« Bergmann schnallte sich ebenfalls an.

Während er auf seinem Handy herumwischte, gab Sandra ihr Ziel ins Navi ein. Mittlerweile war es doch schon eine ganze Weile her, dass sie zuletzt das »Brauhaus« in Göss besucht hatte.

5.

Günter Liebminger empfing die beiden LKA-Ermittler, die ihren Besuch telefonisch angekündigt hatten, in seinem Büro. Die Einrichtung war ein Sammelsurium aus den unterschiedlichsten Epochen des letzten Jahrhunderts, bis auf den PC und den Drucker, stellte Sandra fest.

Dass der untersetzte Mann, der sie mit kräftigem Händedruck begrüßte, inzwischen zum Chef des Installateur-Betriebes avanciert war, hatte Bergmann bereits auf dem Weg ins »Brauhaus« herausgefunden. Ebenso seine Telefonnummer. Die Referenzen auf der Webseite der Firma ließen vermuten, dass der alteingesessene Familienbetrieb die meisten Umsätze über Großaufträge von Institutionen und Unternehmen lukrierte.

Den verschmitzten Gesichtsausdruck und den wachen Blick des Firmenchefs fand Sandra auf Anhieb sympathisch und vertrauenerweckend. Der Mann wirkte auf sie, als ob er Handschlagqualität hätte, was im Zeitalter kapitalgesteuerter Konzerne und angstgetriebener Manager nicht mehr allzu häufig anzutreffen war.

Als sie Günter Liebminger die Nachricht vom Tod seiner Exfrau überbrachte, verlor er seine aufrechte Haltung augenblicklich. Er ließ sich auf den nächsten Stuhl am Besprechungstisch plumpsen, der unter seinem Gewicht gefährlich ächzte. Er lockerte den Kragen seines Hemdes, um durchzuatmen.

Sandra und Bergmann setzten sich zu ihm an den Tisch.

»Was ist denn passiert? Ist sie bei einem Unfall gestorben?«, fragte Liebminger.

»Sie wurde ermordet«, sagte Sandra.

»Hm, also doch. Hätt ich mir eigentlich denken können …«

Die Ermittler sahen einander an. »Wieso hätten Sie sich das denken können?«, fragte Sandra nach.

»Sie haben doch gerade erwähnt, dass Sie vom LKA Steiermark Abteilung Leib/Leben kommen.«

Sandra nickte, den Blick auf ihr Gegenüber geheftet. Nicht jeder Bürger wusste, dass es sich dabei um jene Abteilung im LKA handelte, die für Tötungsdelikte zuständig war.

»Ich schau mir gern die Landkrimi-Reihe im Fernsehen an. Von dem her kenn ich mich ein bissl aus. Ich weiß auch, dass es bei der österreichischen Polizei keine Kommissare gibt wie in Deutschland, sondern Inspektoren«, erläuterte Liebminger ungefragt, woher sein Halbwissen stammte. »Außerdem hab ich vorhin im Radio gehört, dass die Leiche einer 43-jährigen Frau in ihrer Wohnung in Leoben aufgefunden worden ist, und dass die Polizei von Fremdverschulden ausgeht. Ich hab mich natürlich gefragt, ob ich das Opfer womöglich kenne. Auf die Idee, dass es die Barbara sein könnte, bin ich allerdings nicht gekommen.« Günter Liebminger hielt Sandras Blick noch immer stand.

»Ja, leider handelt es sich bei dem Opfer um Ihre geschiedene Frau«, bestätigte sie.

»Ich hab seit der Scheidung keinen Kontakt mehr zu ihr gehabt. Aber das trifft mich jetzt trotzdem volle Wäsch.«

»Herzliches Beileid«, sagte Sandra. »Sie hatten also seit Ihrer Scheidung keinen Kontakt mehr miteinander«, wiederholte sie die Aussage des Mannes.

»Nein. Wozu denn? Ich hab mir inzwischen ein völlig neues Leben aufgebaut. Ich bin wieder verheiratet und erst vor vier Monaten Vater eines Buben geworden.« Wieder veränderte sich sein Gesichtsausdruck.

Sandra konnte dem stolzen Blick, der so viel Glück widerspiegelte, einfach nicht widerstehen. »Herzlichen Glückwünsch«, sagte sie.

»Danke. Im vergangenen Jahr hab ich den Familienbetrieb von meinem ehemaligen Arbeitgeber übernommen. Seine beiden Kinder studieren lieber, als in die Firma einzusteigen«, fuhr Liebminger fort. Das erklärte, warum das Unternehmen unter einem anderen Namen firmierte. »Anfang dieses Jahres hab ich mit meinem Geschäftspartner ein Tochterunternehmen gegründet, das auf alternative Energieversorgung spezialisiert ist, vor allem auf Photovoltaik und Wärmepumpen. Da bleibt keine Zeit für alte G'schichten oder überflüssige Kontakte«, erzählte Liebminger weiter. »Das Leben ist doch sowieso viel zu kurz. Wie man sieht …« Der Mann seufzte und schüttelte ungläubig den Kopf.

»Hatte Ihre Exfrau Feinde, als Sie noch mit ihr zusammen waren?«

»Feinde? Nein. Keinen außer mir.« Der Anflug eines Grinsens huschte über sein Gesicht.

Dass Bergmann an dieser Stelle ebenfalls grinste, war zu erwarten gewesen.

»Entschuldigen Sie bitte meinen Galgenhumor«, sagte Liebminger wieder ernst. »Unsere Streitereien sind längst Geschichte. Eigentlich ist es meistens eh nur um Banalitäten gegangen. Im Nachhinein muss ich sagen, dass wir einfach nicht zusammengepasst haben. Wir hätten uns schon viel früher trennen sollen. Aber ich war lange Zeit zu bequem, um was zu verändern. Tut mir wirklich leid für die Barbara, dass sie ihr Glück nicht auch noch gefunden hat. Ich hätte es ihr vergönnt. Stattdessen so ein grausames Ende ... Ich kann's noch immer nicht fassen. Wie ist sie denn überhaupt umgekommen? Hat sie lange leiden müssen?«

»Der Tod muss ziemlich schnell und schmerzlos eingetreten sein. Sie wurde unter einem Plastiksackerl erstickt ...« Gerade hatte Sandra erklären wollen, dass bei einem solchen Erstickungstod durch Sauerstoffmangel, anders als bei anderen, in denen eine CO_2-Ansammlung im Blut hinzukam, keine Todespanik, sondern ein Gefühl der Euphorie vor dem Tod auftrat, als Günter Liebminger sie unterbrach.

»Was sagen Sie da? Na, das ist aber ein merkwürdiger Zufall ...«

»Inwiefern?«, hakte Sandra nach.

»Die Barbara hat mir mal erzählt, dass sich eine ihrer Jugendfreundinnen genau auf dieselbe Weise das Leben genommen hat. Sie ist in den Wald gegangen, hat sich dort ein Plastiksackerl aufgesetzt und ist erstickt. Sie war 14 und im fünften Monat schwanger, was damals aber niemand gewusst hat. Erst bei der Obduktion ist es herausgekommen. Das Dirndl war offenbar derart verzweifelt wegen ihrer Schwangerschaft, dass sie sich nicht anders zu helfen gewusst hat, als sich umzubringen. Echt tragisch.«

»Und als das Motiv für den mutmaßlichen Suizid, die ungewollte Schwangerschaft, offiziell war, wurden die polizeilichen Ermittlungen eingestellt«, vermutete Sandra goldrichtig.

»Ja. Sie haben zwar noch versucht, herauszufinden, von wem sie schwanger war, aber keiner aus ihrem Umfeld wollte es gewesen sein. Einen offiziellen Freund, mit dem sie intim war, hat es nie gegeben.«

»Aber Gerüchte wird es doch gegeben haben«, sagte Sandra.

Günter Liebminger zuckte mit den Schultern. »Gerüchte gibt es immer. Viele Burschen und junge Männer aus ihrer Umgebung sind damals verdächtigt worden, sie geschwängert zu haben«, meinte er.

Einer wohl kaum, dachte Sandra. Mit Manfred Siebenbrunner hatte das Mädchen ganz bestimmt nicht geschlafen. Wenigstens nicht freiwillig. Aber vielleicht war die Zeugung ja auch gar nicht beim einvernehmlichen Sex erfolgt, dämmerte es ihr. Ebenso gut konnte die Schwangerschaft die Folge eines sexuellen Missbrauchs oder einer Vergewaltigung gewesen sein.

»Die Wahrheit ist niemals ans Tageslicht gekommen«, unterbrach Günter Liebminger ihre Gedanken. »Wie gesagt, es wurde nie herausgefunden, wer die Kleine geschwängert hat. Sie hat sich offenbar weder ihren Eltern noch ihrer Schwester oder ihren Freundinnen anvertraut, und auch keinen Abschiedsbrief oder ein Tagebuch hinterlassen.«

»Wissen Sie, wie das Mädchen geheißen hat?«

»Nein, tut mir leid. Es ist viel zu lange her, dass mir die Barbara diese Geschichte erzählt hat. Aber fragen Sie doch ihre Freundinnen in Vordernberg. Eine ist sogar die Schwester von diesem armen Dirndl. Warten S', ich komm gleich auf ihren Namen … ja, Susanne …«

Bergmann und Sandra tauschten Blicke aus. Susanna Kaltenegger hatte doch behauptet, nicht aus der Region zu stammen. »Susanna Kaltenegger?«, fragte Sandra nach.

Günter Liebminger kratzte sich am Hinterkopf, während er weitergrübelte. »Nein, nein … Jetzt hab ich's, ja! Sabine heißt sie. Den Nachnamen weiß ich leider nimmer. Aber so viele Sabines wird's dort ja nicht geben.«

Möglicherweise meinte er die Cousine von Viktoria Kronsteiner, die in der Tatnacht bei ihr übernachtet hatte. »Sabine Breitfuß?«, hakte Sandra nach.

Günter Liebminger schüttelte den Kopf. »Der Name sagt mir nichts.«

Auch Sabine Breitfuß konnte ihren Namen bei einer Eheschließung geändert haben, dachte Sandra. »Vielleicht erinnern Sie sich noch an etwas anderes? Wissen Sie vielleicht, welchen Beruf die Schwester des verstorbenen Mädchens später ausgeübt hat? War sie Pflegerin oder Krankenschwester?«

»Nein. Ich glaub, sie war Tierarzthelferin. Oder war das die andere, und sie war die Friseurin?«, versuchte sich Liebminger zu erinnern.

»Welche andere?«

Günter Liebminger fuhr sich über die Stoppelfrisur oder was davon noch übrig war. »Da war noch die Ma… Ma…«, kramte er in seinem Gedächtnis.

»Marlene?«

»Ja genau! Marlene heißt sie.«

»Sind Sie sicher?«

»Ja, Marlene war eine von den Vieren.«

»Vier?«

»Ja, da war da noch eine Vierte im Bunde, eine Bauerntochter namens Vicky. Vicky Kronsteiner. Der Name ist mir geläufig, weil ihr Bruder der Chef von meiner Ex war, bevor ich sie kennengelernt habe.«

Endlich kam ein wenig Licht ins Dunkel. In Sandra keimte das Gefühl auf, dass sie von Günter Liebminger wesentlich mehr erfuhren, als sie von seiner Exfrau zu Lebzeiten jemals erfahren hätten. »Und Ihre geschiedene Frau hatte nach wie vor Kontakt zu ihren Freundinnen?«, schürfte sie noch tiefer.

»Solange wir verheiratet waren, ja. Sehr oft hat sie ihre Freundinnen aber nicht mehr gesehen. Ab und zu, wenn eine mal in Leoben war und es sich stressfrei ausgegangen ist. Nur einmal im Jahr haben sie sich alle vier gemeinsam in Vordernberg getroffen. Rund um den Todestag des Mädchens. Immer am zweiten Samstag im November. Das war ihr ›Jour fixe‹, da ist die Eisenbahn drübergefahren.«

»Sind Sie diesen Frauen jemals begegnet?«

»Ja, einmal waren die Barbara und ich miteinander am Präbichl Ski fahren. Dort hab ich die anderen drei Damen kennengelernt. Allerdings nicht besonders gut. Das war eine eingeschworene Weiberrunde mit Tischerlrücken, Karten legen und allerlei anderen geisterhaften Ritualen.«

»Tischerlrücken, sagen Sie? Waren Sie denn dabei?«, fragte Sandra.

»Ich? Um Gottes willen, nein.« Günter Liebminger lachte auf.

Sandra hatte schon angenommen, dass der bodenständige Mann ebenso wenig an derlei Hirngespinste glaubte wie sie.

»Die Vicky soll ein Medium sein, hat mir die Barbara erzählt. Angeblich hat sie Kontakt mit Verstorbenen aufgenommen, auch mit diesem toten Mädchen. Und ihre Freundinnen haben sie bei diesem Hokuspokus unterstützt. Früher wären sie wohl alle auf dem Scheiterhaufen gelandet.« Liebminger grinste über beide Ohren.

»In welchem Jahr hat dieser Suizid denn stattgefunden?«

»Das muss irgendwann in den frühen 80-Jahren gewesen sein«, meinte er wieder ernst.

»Also einige Jahre, bevor Ihre Frau bei Doktor Kronsteiner als Sprechstundenhilfe beschäftigt war«, sagte Sandra.

»Ja, damals war sie noch in der Schule. Was ich Sie die ganze Zeit schon fragen wollte: Ist dieser Tote vom Polsterlift Doktor Kronsteiner? Meine Frau hat mir erzählt, dass es sich bei dem Ermordeten um einen Arzt aus Vordernberg handelt, der jahrelang in den USA gelebt hat und auf Heimatbesuch war.«

Sandra bestätigte, dass es sich bei dem ersten Mordopfer um Doktor Rupert Kronsteiner handelte. »Er ist nach Kanada, nicht in die USA ausgewandert«, stellte sie richtig.

»Ach ja, Kanada war es … Ich glaub, jetzt brauch ich erst mal einen Schnaps. Möchten Sie auch was trinken? Kaffee vielleicht? Alkohol dürfen Sie ja nicht im Dienst …«

Wenigstens ein Detail, das in Fernsehkrimis realistisch dargestellt wurde, dachte Sandra. Sie bat um ein Glas Leitungswasser. Bergmann, wie konnte es anders sein, um einen schwarzen Kaffee mit Zucker.

Günter Liebminger stand auf, um die Getränke telefonisch zu ordern. »Doktor Kronsteiner …«, murmelte er, auf dem Weg zurück zum Tisch. »Na so was, der wurde also auch ermordet. Das ist ja wohl kein Zufall …«

»Kannten Sie ihn persönlich?«, lenkte Sandra von seiner Frage ab.

»Nur von Erzählungen. Die Barbara hat es zwar nie ausgesprochen, aber ich bin mir ziemlich sicher, dass sie mit ihrem Chef mal was gehabt hat. Sie hat ihren Job verloren, nachdem er ausgewandert ist, weil sich kein Arzt mehr gefunden hat, der die Praxis in Vordernberg und sie mit übernehmen wollte. Sie hat sich dann in Leoben zur Heilmasseurin ausbilden lassen. In dieser Zeit hab ich sie kennengelernt.«

»Und warum glauben Sie, dass Ihre Exfrau und Doktor Kronsteiner ein intimes Verhältnis miteinander hatten?«

»Was genau zwischen den beiden vorgefallen ist, weiß ich nicht. Aber es war bestimmt etwas Persönliches. Zumindest muss sie ihn irgendwann mal sehr gern gehabt haben, sonst hätte er sie nicht so abgrundtief verletzen können. Sie hat einen wahnsinnigen Hass auf ihn gehabt. Einmal hat sie mir erzählt, dass er sie nur ausgenutzt hat und dann einfach ohne Ankündigung und Verabschiedung sitzen hat lassen. Und dass sie wegen ihm fast gestorben wäre.«

»Gestorben?«

»Ich nehm an, sie hat gemeint, er hätte ihr das Herz gebrochen. Nachgefragt hab ich aber nie. Ihre Vergangenheit mit anderen Männern hat mich ehrlich gesagt nicht interessiert. Und von sich aus hat sie sich nicht näher dazu geäußert. Nur, dass sie ihm die Eier abschneiden wollte, sollte sie ihn jemals wieder zu Gesicht bekommen.« Wieder etwas, das Günter Liebminger witzig fand. Hätte er gewusst, dass Doktor Kronsteiner tatsächlich kastriert worden war, wäre ihm das Lachen bestimmt im Hals stecken geblieben.

Hatte Barbara Liebminger tatsächlich Doktor Kronsteiner entmannt und ermordet? Aber wer hatte sie dann getötet? Die Bürgermeisterin und der Geschäftsführer der Seilbahnen? Welches Tatmotiv sollten die beiden haben? Eine sexuelle Motivation war beim zweiten Mord nicht erkennbar.

Oder hatte sich Viktoria Kronsteiner für den Mord an ihrem Bruder gerächt? Warum hatte die Landwirtin behauptet, nicht zu wissen, was aus ihrer Freundin geworden war, wenn sie sich doch mindestens einmal im Jahr trafen? Sandras Gedanken drohten, ungezügelt in verschiedene Richtungen zu galoppieren. Erst einmal mussten sie alle neuen Hinweise sammeln, diese überprüfen und dann ihre Schlüsse ziehen, zwang sie sich, nicht voraus zu preschen und sich womöglich zu verrennen. »Hat Ihre Frau diese Drohung wörtlich gemeint?«, fragte sie.

»Wo denken Sie hin? Das war nur so dahingesagt. Mir hat sie einmal dasselbe angedroht, falls ich sie jemals betrügen sollte. Und obwohl sie mich später in flagranti erwischt hat, versichere ich Ihnen, dass an mir noch alles dran ist. Gott sei Dank. Sonst hätte ich nämlich keinen Sohn mehr zeugen können.«

Ein zaghaftes Klopfen an der Tür kündigte die Getränke an.

»Danke, Babsi. Du kannst dann Schluss machen für heute«, sagte Liebminger freundlich, während die junge Frau die Getränke auf den Tisch stellte.

»Ist gut, Chef, bis morgen«, verabschiedete sie sich zuerst bei ihrem Vorgesetzten, dann bei seinen Gästen.

»Meine Sekretärin heißt auch Barbara«, erklärte Liebminger schulterzuckend, nachdem die Angestellte das Büro verlassen hatte.

Da die Heilige Barbara die Schutzpatronin der Bergleute war, fand Sandra eine Häufung des Vornamens in dieser Region nicht weiter verwunderlich. Früher war er vermutlich noch wesentlich häufiger aufgetreten. Vielmehr hatten die langen, pink lackierten Fingernägel ihre Aufmerksamkeit erregt, auf die sie momentan sensibilisiert war. Susanna Kaltenegger hatte sie mittags zurückgerufen und erklärt, ihre Gelnägel ausschließlich in einem Nagelstudio in Leoben pflegen zu lassen. Noch nie sei ihr einer abgebrochen, geschweige denn hätte sie einen solchen Schaden selbst reparieren können. Sie gab an, seit dem Mord an Doktor Kronsteiner nicht mehr im Nagelstudio gewesen zu sein und wisse auch nicht, welcher Lack sich auf ihren Nägeln befand. Außer das dieser pink war. Das Fabrikat und die Farbbezeichnung kenne einzig und allein das Nagelstudio, dessen Adresse sie Sandra durchgab.

»Hat Ihre Exfrau eine besondere Beziehung zum

Polster-Sessellift?«, kehrte Sandra zu Günter Liebminger zurück.

»Na ja, der Polster war einer ihrer Hausberge. Sie hat dort Ski fahren gelernt und war auch im Sommer oft oben. Die Polsterrinne ist sie wie der Teufel hinuntergefahren. Mir war diese Piste ja fast schon zu anspruchsvoll. Aber wie gesagt: Seit unserer Hochzeit, war sie nimmer so oft dort. Vielleicht nach der Scheidung wieder …«

Die Bürgerinitiative hatte Barbara Liebminger jedenfalls nicht unterstützt. Das hatten die Ermittler bereits überprüft. Anders als Viktoria Kronsteiner, Sabine Breitfuß, Marlene Illmaier und der Hüttenwirt, die ihre Unterschriften zur Erhaltung des Polster-Sessellifts geleistet hatten.

»Noch eine Frage, Herr Liebminger«, sagte Sandra.

»Und die wäre?« Der Firmenchef lächelte sie an.

»Angeblich befindet sich der Laptop Ihrer Exfrau zurzeit in der Reparatur. Wissen Sie zufällig, wen sie damit beauftragt haben könnte? Sagt Ihnen vielleicht der Name Joe etwas?«

»Aber sicher. Der Joe betreut meine Firma schon seit ewigen Zeiten in EDV-Angelegenheiten. Auch um meinen privaten Rechner kümmert er sich bei Bedarf. Und früher um den von der Barbara. Wenn sie sich inzwischen nicht einen anderen EDV-Experten gefunden hat, wird ihr Laptop wohl bei ihm sein.«

Sandra notierte sich den Nachnamen, die Adresse und Telefonnummer des Mannes. Weitere Hinweise konnte ihnen Günter Liebminger nicht mehr liefern. Ohnehin hatte er sie ein großes Stück weitergebracht.

Die Ermittler verließen das Bürogebäude, das an eine größere Lagerhalle grenzte. Den Parkplatz des Firmengeländes überquerten beide in Gedanken versunken.

»Warum hat bisher niemand den Suizid dieses schwangeren Mädchens in Vordernberg erwähnt?«, fragte Sandra wenige Schritte vom Auto entfernt.

»Weil keiner weiß, dass Doktor Kronsteiner möglicherweise und Barbara Liebminger offensichtlich mit Plastiksackerln erstickt wurden. Ohne diese Parallele zu kennen, ist diese alte Geschichte wohl niemandem in den Sinn gekommen«, antwortete Bergmann.

Sandra stand noch immer bei der Fahrertür, während Bergmann die Beifahrertür öffnete. »Das stimmt, bis auf eine Ausnahme – Siebenbrunner weiß es«, sagte sie übers Autodach hinweg.

Bergmann hielt inne. »Verdammt ja, Sandra. Du hast recht «, sagte er. »Und der Suizid des Mädchens liegt so lange zurück, dass er ihn mitbekommen haben muss. Warum hat er uns davon nichts erzählt?«

»Falls das damals überhaupt ein Suizid war«, sagte Sandra und stieg in den Wagen ein.

»Je mehr ich darüber nachdenke, desto eher glaube ich doch, dass Siebenbrunner uns Hinweise unterschlagen haben könnte«, sagte Bergmann im Auto.

»Hoffentlich hat er nicht auch noch Beweisstücke unterschlagen.« Sandra startete den Motor.

»Meinst du wirklich, er würde Beweisstücke verschwinden lassen, die ihn beziehungsweise den Täter belasten?«

»Wenn er Angst um sein Leben hat …«

»Wir werden ihn morgen Früh noch einmal befragen. Diesmal aber im Verhörraum«, entschied Bergmann.

Seufzend fuhr Sandra los.

»Möchtest du bei seiner Befragung lieber nicht dabei sein?«

»O ja, selbstverständlich möchte ich dabei sein.« Zwar hielt sie sich nur ungern mit Siebenbrunner im selben Raum auf, aber ausgerechnet dann zu kneifen, wenn er womöglich entscheidende Fakten enthüllte, kam für sie nicht infrage. In diesem Fall hätte sie selbst ein Rendezvous mit dem Teufel nicht gescheut.

»Gut. Dann fahren wir jetzt erst einmal in dieses Nagelstudio und anschließend zu Computer-Joe, falls er da ist«, sagte Bergmann und griff einmal mehr zu seinem Smartphone.

KAPITEL 8

Freitag, 23. Mai, Graz

1.

Wieder versammelte sich die SOKO morgens im Besprechungsraum. Diesmal erschien Bergmann wie gewohnt pünktlich.

Sandra hatte gestern Abend noch mit Andrea telefoniert. Ausgehen hatte ihre Freundin nicht mehr wollen. Nicht einmal ein Gläschen Wein in ihrer Lieblings-Vinothek konnte sie hinterm Ofen hervorlocken. Nach dem Tag mit Sarah war sie hundemüde. Die Kleine sei entzückend und sehr aufgeweckt, berichtete sie, aber eben auch sehr anstrengend. Überhaupt für jemanden, der es nicht gewöhnt war, den lieben langen Tag mit einem Kind zu verbringen. Heute stand Andrea ein weiterer bevor, ehe sie sich am Wochenende von den Strapazen der Kinderbetreuung erholen konnte. Ein Aufenthalt im steirischen Thermenland mit Rundum-Verwöhnprogramm war geplant. Wer außer den Wellness-Behandlungen noch zu ihrem Wohlbefinden beitragen würde, erwähnte sie jedoch nicht.

Bergmann riss Sandra aus ihren Gedanken, als er sie ansprach. Um alle SOKO-Mitglieder auf den neuesten Stand zu bringen, legte sie alle bekannten Fakten im Mordfall Barbara Liebminger auf den Tisch. Den Laptop, den sie und Bergmann gestern noch aus der Reparatur abgeholt hatten, übergab sie den IT-Experten der SOKO. Vielleicht würde ihnen gelingen, was EDV-Joe bisher nicht geschafft hatte: die Daten auf der defekten Festplatte wiederherzustellen. Anschließend überreichte Sandra ein Probefläschchen mit Nagellack und alle weiteren Utensilien, die das Labor benötigte, um das Fundstück aus der Talstation mit den künstlichen Fingernägeln der Bürgermeisterin vergleichen zu können. Auf den ersten Blick und mit freiem Auge stimmten die beiden Farbtöne nicht überein. Der eine hatte deutlich mehr Blauanteil. Sicher sein konnte man aber erst, wenn der Lack auf demselben Trägermaterial aufgetragen wurde.

»Was hat die Befragung der Hausbewohner in Leoben ergeben?«, wandte sich Bergmann an Miriam.

»Wir haben noch nicht alle erreichen können. Aber eine Zeugin aus dem hinteren Nachbarhaus hat sich bei uns gemeldet. Sie will im Tatzeitraum beobachtet haben, wie die Terrassentür gegenüber geputzt wurde. Das war kurz vor 11.30 Uhr. Bei der Person soll es sich um eine Frau mit schulterlangen blonden Haaren gehandelt haben. Den Bewegungen nach zu schließen, war sie zwischen 30 und 50 Jahre alt. Genauer konnte die Zeugin das Alter nicht schätzen, weil die Distanz von ihrem Fenster im zweiten Stock bis zur Terrassentür zu groß ist.«

»Blond sagst du? Dann kann es unmöglich das Opfer gewesen sein, dass seine Fenster geputzt hat«, meinte Sandra. Barbara Liebminger hatte kurze dunkelbraune Haare gehabt. Entweder war die Täterin bei der Beseitigung von Spuren beobachtet worden oder eine Komplizin. Viktoria Kronsteiner schied aufgrund der Haarfarbe auch aus. Susanna Kaltenegger passte hingegen auf die Beschreibung. Ebenso Marlene Illmaier.

»Die Zeugin hat Barbara Liebminger vom Sehen gekannt und sich zuerst gefragt, ob sie eine neue Haarfarbe und Frisur hat. Dann erst ist ihr die kräftige Statur der Blondine aufgefallen und sie hat daraus geschlossen, dass die zierliche Nachbarin neuerdings wohl eine Putzfrau beschäftigt. Weitere Gedanken hat sie sich nicht gemacht, weil sie zu einem Arzttermin musste. Erst als sie später von dem Mord erfahren hat, ist ihr die Beobachtung wieder eingefallen. Sie kann sich auch noch erinnern, dass die Fensterputzerin ein blaues Kleid anhatte, das bis zu den Knien reichte. Möglicherweise ein Jeanskleid und dunkle flache Schuhe.«

»Meinst du, sie könnte uns dabei helfen, ein Phantombild von der unbekannten Fensterputzerin zu zeichnen? Vielleicht erkennen wir sie ja«, sagte Sandra.

»Das glaube ich nicht. Sie konnte aufgrund der Entfernung keine Details ausmachen. Aber möglicherweise kann sie die Frau bei einer Nachstellung am Tatort identifizieren. Bewegungen sind ja oft sehr charakteristisch«, meinte Miriam.

»Dann sollten wir möglichst zeitnah einen solchen Termin ansetzen«, sagte Bergmann.

»Wird veranlasst«, erwiderte Miriam. »Aus dem Umfeld der beiden Mordopfer kommen Susanna Kaltenegger und Marlene Illmaier in Betracht. Viktoria Kronsteiners Haare sind dunkler und länger«, fuhr sie fort.

»Was ist mit Sabine Breitfuß?«, fragte Sandra. »Wir wissen nicht, wie sie aussieht. Vielleicht ist auch sie blond.«

»Das könnt ihr heute Nachmittag bei Doktor Kronsteiners Beerdigung herausfinden. Ich nehme mal an, dass Sabine Breitfuß auch dort sein wird«, sagte Miriam.

»Heute Nachmittag findet schon die Beerdigung statt?«, fragte Sandra.

Miriam nickte. »Um 15 Uhr am Friedhof in Vordernberg.«

Vor drei Tagen hatte sich Viktoria Kronsteiner noch Sorgen um die Begräbniskosten gemacht, und heute sollte bereits die Beerdigung stattfinden, staunte Sandra. Anscheinend wollte sie ihren Bruder nur im kleinen Kreis begraben, der rasch zusammengetrommelt war. Viele Angehörige hatte er ja nicht mehr. Freunde noch weniger. Und irgendwie war es ihr offenbar auch gelungen, die Bestattungskosten aufzubringen.

»Dann sollten wir uns das Begräbnis nicht entgehen lassen, Sandra. Und bei dieser Gelegenheit alle drei Frauen noch einmal befragen. Ich nehme doch an, dass sie alle an der Beerdigung teilnehmen werden«, sagte Bergmann. »Hast du noch was für uns, Miriam?«

»Wir haben den Terminplan vom Spa überprüft. Doktor Kronsteiner ist nach dem Einchecken im Hotel und der Übernahme des Leihwagens am Donnerstag tatsächlich von Barbara Liebminger behandelt worden.«

»War sein vollständiger Name im Kalender eingetragen?«, fragte Sandra.

Miriam blickte auf ihre Unterlagen. »Nein. Nur Doktor Kronsteiner und die Hotelzimmernummer 331. Sein Vorname scheint hier nicht auf.«

»Dann muss sie ihn nicht zwangsläufig erkannt haben«, überlegte Sandra laut. »Er hat ja völlig anders ausgesehen als früher.«

»So häufig ist der Name Kronsteiner nun auch wieder nicht. Und dann noch der Doktortitel«, meinte Bergmann. »Außerdem müsste doch umgekehrt er sie wiedererkannt haben. Immerhin war sie mal seine Sprechstundenhilfe und mutmaßliche Geliebte. Anzunehmen, dass er sie auf ihre gemeinsame Vergangenheit angesprochen hat …«

»Vergiss nicht, dass sie ihm – laut Aussage ihres Exmannes – die Eier abschneiden wollte. Würdest du dich in einem solchen Fall zu erkennen geben?«, warf Sandra ein.

Einige Kollegen lachten.

»Falls ihm diese Drohung jemals zu Ohren gekommen ist, gebe ich dir recht«, erwiderte Bergmann.

»Barbara Liebminger ist ja auch nicht auf der Liste der Begräbnisgäste gestanden. Das könnte er gewusst haben. Daher musste er eine weitere Begegnung mit ihr nicht fürchten. Vielleicht hat er den zweiten Massagetermin am Freitag deshalb abgesagt, damit sie ihn nicht doch noch erkennt.«

»Möglich. Aber diese Gästeliste stammt von Viktoria Kronsteiner, die behauptet hat, ihre Freundin vor Jahren aus den Augen verloren zu haben«, erwiderte Bergmann. »So gescheit, dass sie den Namen von der Liste löscht, bevor sie uns diese schickt, wird sie wohl sein.«

Sandra musste dem Chefinspektor recht geben. Unklar war ihr hingegen, warum Viktoria Kronsteiner behauptet hatte, keinen Kontakt mehr zur letzten Sprechstundenhilfe ihres Bruders gehabt zu haben. Sie musste doch annehmen, dass es Zeugen gab, die von ihrer langjährigen Freundschaft und dem alljährlichen Treffen mit Barbara Liebminger wussten. Oder hatte diese ihrem Exmann ein Märchen aufgetischt? Oder er ihnen? Auch dieses Rätsel würde sich hoffentlich lösen lassen.

»Was habt ihr denn Neues, Jörg?«, sprach Bergmann Siebenbrunners Vertretung an. »Konntet ihr inzwischen die verschwundene Sektflasche sicherstellen?«

Gut möglich, dass der Mann seinen Interim-Job länger behalten würde, als ihm vielleicht lieb war, überlegte Sandra. Wenn sein Vorgesetzter nämlich Hinweise oder gar Beweisstücke unterschlagen hatte, waren dessen Tage im Landeskriminalamt gezählt.

»Nein. Die zweite Sektflasche war weder in der Wohnung oder im Garten des Mordopfers noch im Altglascontainer des Hauses aufzufinden. Der wurde vier Tage vor der Tat zum letzten Mal entleert. Wir haben uns auch alle anderen Sammelbehälter im Müllraum des Wohnhauses vorgenommen. Nichts. Und von den drei polierten Sektgläsern konnten wir leider auch keine brauchbaren Spuren abnehmen.«

»Dann müssen wir wohl davon ausgehen, dass der Täter oder die Täterin die Sektflasche mitgenommen hat, um keine Spuren am Tatort zu hinterlassen«, sagte Bergmann. »Außerdem – und ich verzichte ab sofort aufs Gendern – gibt es anscheinend einen Mittäter, einen Komplizen oder einen Tatzeugen. Es sei denn, die dritte Person hat vor der Tat den Tatort verlassen. Laut vorläufigem Obduktionsbericht hat sich lediglich eine sehr geringfügige Alkoholmenge im Blut des Opfers befunden. Barbara Liebminger kann kurz vor ihrem Tod nicht mehr als ein Gläschen Sekt getrunken haben. Ob sich auch in ihrem Fall keine betäubenden Substanzen nachweisen lassen, wird uns der vollständige Laborbefund zeigen.«

»Der Täter könnte den restlichen Sekt doch auch weggeschüttet und die drei Gläser auf Hochglanz poliert haben, damit wir glauben, dass es zwei Täter waren«, warf Miriam ein.

»Eine falsche Fährte? Höchst unwahrscheinlich«, erwiderte Bergmann. »Normalerweise versuchen sich Täter möglichst rasch vom Tatort zu entfernen. Drei Sektgläser zu polieren ergibt in einer solchen Situation nur dann einen Sinn, wenn es gilt, Spuren zu beseitigen. Das ist umso wahrscheinlicher, nachdem wir jetzt wissen, dass auch die Terrassentür im Tatzeitraum geputzt worden ist. Sonst noch was?«

»Das grafologische Gutachten der Poststücke, die aus Kanada an Hildegard Kronsteiner geschickt wurden, liegt uns nunmehr vor«, meldete sich Jörg wieder zu Wort. »Die Handschrift auf allen Schriftstücken lässt sich zweifelsfrei ein und derselben Person zuordnen.« Dass die Korrespondenz eine Lücke von fast zwei Jahren aufwies, war auch Sandra längst aufgefallen. Möglicherweise hatte Viktoria Kronsteiner eine Erklärung dafür. Sandra bezweifelte allerdings, dass sie freiwillig damit herausrücken würde. Die Landwirtin wusste mehr, als sie bisher zugegeben hatte, war sich Sandra mittlerweile sicher.

2.

Manfred Siebenbrunner wartete längst im Verhörraum, als die beiden Ermittler eine Viertelstunde zu spät kamen. Die Wartezeit sollte ihn verunsichern, hatte Bergmann gemeint.

»Gut, Siebenbrunner«, kam er grußlos zur Sache. »Ich gebe Ihnen jetzt eine allerletzte Chance, uns alles mitzuteilen, was zur Klärung der Morde an Doktor Rupert Kronsteiner und Barbara Liebminger beitragen könnte. Wir wissen inzwischen, dass sie uns wesentliche Tatsachen verschwiegen haben. Selbst wenn einige Straftaten, die in der Vergangenheit in Vordernberg vorgefallen sind, verjährt sind, kommen Sie ganz bestimmt nicht ungeschoren davon. Das verspreche ich Ihnen, so wahr ich hier sitze. Also überlegen Sie sich gut, ob Sie uns weiterhin den Unwissenden vorspielen.« Bergmann schenkte sich in aller Ruhe Kaffee aus der Thermoskanne ein, während Siebenbrunner auf seinem Sessel herumrutschte.

»Und?«, fragte Bergmann.

Siebenbrunner nickte.

»Darf ich Ihr Nicken als Kooperationseinverständnis deuten?«

»Na schön, was möchten Sie von mir wissen?«, fragte Siebenbrunner. Offenbar wollte er zuerst herausfinden, was die Ermittler bereits wussten, ehe er etwas preisgab, von dem sie nichts ahnten und das sie vielleicht niemals entdecken würden.

Bergmann schlug mit der flachen Hand auf die Tischplatte, sodass auch Sandra erschrak. »Alles will ich wissen. Und das sofort. Sonst können Sie gleich Ihre Sachen packen und sich einen neuen Job suchen. Ins Landeskriminalamt Steiermark setzen Sie bestimmt keinen Fuß mehr. Höchstens, um hochoffiziell verhört zu werden.« Dafür, dass sie lediglich einen Verdacht hatten, ging der Chefinspektor ganz schön hart ran.

»Drohen Sie mir etwa?«, versuchte sich Siebenbrunner zu wehren.

»Ich wollte Sie nur warnen, Siebenbrunner. Also: Warum haben Sie uns verschwiegen, dass es in den frühen 80er-Jahren einen mutmaßlichen Suizidfall in Vordernberg gab? Ich meine den der schwangeren 14-Jährigen, die sich mit einem Plastiksackerl angeblich selbst erstickt hat. Ist Ihnen nicht in den Sinn gekommen, dass das etwas mit unseren Mordfällen zu tun haben könnte?«

Siebenbrunner senkte den Blick. »Es ist mir schon in den Sinn gekommen …«

»Und warum haben Sie uns nichts davon erzählt? Aus Angst? Wovor? Ihre Schuld einzugestehen?«

Siebenbrunner schluckte. »Ja, ich habe Angst. Angst um mein Leben …«

»Ein Grund mehr auszupacken, damit das Morden aufhört. Finden Sie nicht?«

»Wenn Sie mir Personenschutz zusichern …«

»Wie wär's mit eine Schönheits-OP und einer neuen Identität?«, fragte Bergmann.

Sandra hoffte, dass sein Sarkasmus den Kollegen nicht gleich wieder verstummen ließ.

»Sehr witzig, Bergmann«, erwiderte Siebenbrunner.

So hilflos hatte der großspurige Leiter der KPU noch nie gewirkt, fand Sandra.

»Reden Sie erst einmal, dann sehen wir weiter«, sagte Bergmann.

»Edith Wallner hat sie geheißen. Sie hat sich am 13. November 1982 selbst getötet. Das ist die offizielle Version. Ich habe jedoch schon damals den Verdacht gehegt, dass sie ermordet wurde.«

»Ach … Haben Sie das auch der Polizei gesagt?«

Siebenbrunner schüttelte den Kopf.

»Und warum nicht? Herrschaftszeiten, so lassen Sie sich doch nicht alles aus der Nase ziehen«, schnauzte Bergmann ihn an.

»Das ist nicht leicht für mich … Ich weiß, wer Edith vergewaltigt hat. Ich war dabei …«

Glänzten da etwa Tränen in Siebenbrunners Augen? Sandra war perplex. Hatte der Mann am Ende doch Gefühle? Weinte er wegen des toten Mädchens? Aus Angst? Oder doch aus Selbstmitleid?

»Sie kennen den Mann, der das Mädchen vergewaltigt hat, und haben ihn gedeckt?«, fragte Bergmann.

»Ja. Ich musste ihm schwören zu schweigen. Dafür hat er mich vor den anderen beschützt.«

»Rupert Kronsteiner hat das Mädchen vergewaltigt«, sagte Bergmann.

»Ja. Er hat Edith am Waldweg angesprochen, als sie mit dem Fahrrad vorbeigekommen ist. Dann hat er sie vergewaltigt. Das war am Mittwoch, den 16. Juni 1982. Zwischen halb drei und drei Uhr nachmittags. Ich war zur selben Zeit auch in diesem Waldstück. Zufällig … Der Rupert hat währenddessen aufgeblickt und mich im Gebüsch stehen sehen. Edith hat nicht mitbekommen, dass ich auch dort war. Jedenfalls hat sie sich nie etwas anmerken lassen.«

»Sie sind hinter dem Baum gestanden und haben bei der Vergewaltigung zugeschaut, statt einzugreifen oder Hilfe zu holen?«, meldete sich Sandra erstmals zu Wort.

Siebenbrunner wischte sich über die feuchten Augen und sah sie an. »Edith Wallner hat Ihnen sehr ähnlich geschaut. Jedes Mal, wenn ich Sie ansehe, muss ich daran denken, dass ich mitschuldig bin. Nicht nur an der Vergewaltigung. Auch an ihrem Tod. Ob sie sich nun selbst das Leben genommen hat oder ober er sie ermordet hat, um sein ›Problem‹ loszuwerden, wie er ihre Schwangerschaft nannte.«

»Dann hat Rupert Kronsteiner schon vor Edith Wallners Tod gewusst, dass sie von ihm schwanger war? Und Sie haben es auch gewusst?«, fragte Sandra nach.

Siebenbrunner nickte und schluchzte los.

Sandra tat der Mann kein bisschen leid. Nur, weil sie

dem Opfer von damals ähnlich schaute, hatte er ihr all die Jahre das Leben schwer gemacht. Abgesehen davon, dass er es damals unterlassen hatte, Nothilfe zu leisten, was für Zivilpersonen zwar rechtens, moralisch dennoch verwerflich war.

Siebenbrunner fand seine Fassung wieder. »Rupert hat mir gedroht, er würde mich mit ins Gefängnis nehmen, wenn ich ihn verrate«, erzählte er weiter. »Er wollte aussagen, ich hätte gewusst, was er vorhatte, wäre vorsätzlich mit ihm in den Wald gekommen, hätte im Gebüsch gestanden und onaniert, während er es dem Mädchen wie ein Mann besorgte.«

»Sie haben sich während der Vergewaltigung einen runter geholt?«, fragte Bergmann.

Siebenbrunner nickte beschämt.

Sandra fühlte die Übelkeit in sich aufsteigen. Sie griff zur Wasserkaraffe und schenkte sich ein.

»Rupert hatte eine manipulative, psychopathische Persönlichkeit«, fuhr Siebenbrunner fort. »Er besaß ein hohes Maß an Intelligenz, dafür mangelte es ihm an Mitgefühl. Er hätte fast jedes Mädchen haben können, wollte aber nur die, die es nicht freiwillig mit ihm taten. Das hat ihn erregt, ihm das Gefühl vermittelt, allmächtig zu sein.«

»Dann hat er noch weitere Frauen vergewaltigt?«

»Das weiß ich nicht. Ich habe meine Zelte ein knappes Jahr nach dieser Vergewaltigung, gleich nach der Matura, abgebrochen und bin dann zum Bundesheer nach Kärnten gegangen. Danach nach Graz gezogen, um Kriminaltechniker zu werden.«

Sandra konnte es nicht fassen. »Warum will jemand

mit Ihrer Geschichte ausgerechnet bei der Polizei arbeiten?«, fragte sie angewidert.

»Weil ich verhindern wollte, dass Verbrecher wie Rupert auch künftig ungestraft davonkommen. Hätte die Polizei damals gründlicher ermittelt, wäre der Fall wohl gelöst worden. Selbst wenn es die Möglichkeiten einer DNA-Analyse noch nicht gab.«

Sandra schüttelte den Kopf. »Sie hätten doch nur gegen ihn auszusagen brauchen.«

»Hätte ich ausgesagt und mich anschließend auf die schlampigen Ermittlungen der Polizei verlassen, wäre ich vermutlich vorbestraft gewesen und hätte mir meine Zukunft verbaut.«

»Deshalb haben Sie die Straftat lieber vertuscht und zu Ihrem Vorteil genutzt, indem Sie sich von einem Kriminellen beschützen haben lassen.«

»Ich hatte Angst vor ihm«, verteidigte sich Siebenbrunner.

»Und vor wem haben Sie heute Angst?«, fragte Bergmann.

»Wenn Rupert wegen dieser Vergewaltigung ermordet wurde, was ich annehme, dann könnte der Täter genauso gut wissen, dass ich damals Zeuge war und mich ebenfalls beseitigen wollen.«

»Und warum musste Barbara Liebminger Ihrer Meinung nach sterben?«

»Das frage ich mich auch schon die ganze Zeit … Sie wird wohl auch von der Vergewaltigung gewusst und geschwiegen haben. Ihre Freundin Edith könnte sich ihr damals anvertraut haben. Oder Rupert, dem sie ja später angeblich sehr nahestand.«

»Wie nahe wissen wir nicht«, sagte Sandra. »Edith war damals also mit Barbara befreundet. War sie auch mit Marlene Illmaier und Viktoria Kronsteiner befreundet?«

»Marlene und Viktoria sind einige Jahre jünger als die beiden. Sie und die jüngere Schwester von Edith, Sabine waren enge Freundinnen.«

»Heißt diese Sabine, die Schwester von Edith, heute Breitfuß?«

»Das weiß ich nicht. Als ich Vordernberg damals verlassen habe, hat sie noch ihren Mädchenamen Wallner getragen. Aber es kann gut sein, dass sie einen der beiden Breitfuß-Brüder geheiratet hat.«

»Zur Bürgermeisterin von Vordernberg, Susanna Kaltenegger, können Sie uns vermutlich nichts sagen? Sie ist ja eine Zugereiste«, meinte Sandra.

Siebenbrunner bestätigte das.

»Was ist mit Karl Hofer? Den müssten Sie doch kennen.«

»Den kenne ich, ja … Karl war ein schlechter Schüler, nicht besonders hell im Oberstübchen. Ein schmächtiger Handlanger jener Burschen, die mir jahrelang das Leben zur Hölle gemacht haben, bevor Rupert mich vor ihnen beschützt hat.« Viel mehr konnte ihnen Siebenbrunner nicht über den Geschäftsführer der Seilbahnen erzählen. Als ein Häuflein Elend verließ er den Verhörraum wieder.

KAPITEL 9

Immer noch Freitag, 23. Mai, Vordernberg

1.

Um 15.40 Uhr erreichten die Ermittler die gelb getünchte Pfarrkirche Maria Himmelfahrt. Die Totenmesse wollte Bergmann nicht besuchen, war er doch erst vor sieben Tagen zuletzt in der Kirche gewesen. Nicht, dass das noch zur Gewohnheit wurde, meinte er. Es würde reichen, die anschließende Beerdigung zu beobachten und sich danach die Frauen vorzunehmen. Zumindest diejenigen, die noch lebten. Besonders viele Fahrzeuge parkten nicht vor dem Gotteshaus. Viktoria Kronsteiners blauen Opel suchte Sandra vergeblich. Vielleicht war sie ja mit ihrer Freundin oder der Cousine mitgefahren.

Sandra und Bergmann betraten den Friedhof über den der Kirche näheren Eingang. Von den Trauergästen war weit und breit nichts zu sehen. »Die Totenmesse ist wohl noch nicht zu Ende«, sagte Sandra.

»Wie lange dauert so etwas denn hier?«, knurrte Bergmann.

»Maximal eine Stunde«, schätzte Sandra.

»Dann setzen wir uns dort drüben in die Sonne.«

Die Ermittler tauschten ihre Position am schmiedeeisernen Tor gegen einen Platz auf der Parkbank ein. Von hier aus konnten sie sowohl die Kirche als auch den gesamten Friedhof überblicken. Zumindest Sandra konnte es.

Bergmann hatte seine Augen hinter der Sonnenbrille geschlossen und sich entspannt zurückgelehnt. Sein Gesicht streckte er der Sonne entgegen.

»Weißt du, was ich glaube?«, fragte Sandra.

»An Gott, den allmächtigen?«, murmelte Bergmann, ohne seine Augen zu öffnen.

Sandra überging seine ohnehin nicht ernst gemeinte Gegenfrage. »Ich glaube, dass nicht nur Siebenbrunner und Kronsteiner einen Pakt geschlossen haben.«

»Ach ja?« Bergmanns Augen blieben geschlossen.

»Ich denke, dass sich die Schwester des toten Mädchens und ihre Freundinnen gegen Rupert Kronsteiner verschworen haben. Sie könnten von der Vergewaltigung Wind bekommen haben, wie Siebenbrunner meinte, und ihm Rache geschworen haben. Hat Günter Liebminger nicht erzählt, dass Sabine früher Tierarzthelferin war?«

Bergmann öffnete die Augen und richtete sich auf. »Oder Friseurin«, erwiderte er.

»Marlene Illmaier ist Friseurin. Du weißt, worauf ich hinauswill?«

Bergmann schlug die Beine übereinander und nickte.

»Dass Sabine ganz genau weiß, wie man eine Kastration durchführt.«

»So ist es. Vielleicht haben die Freundinnen nur auf den Tag gewartet, an dem Rupert Kronsteiner heimkehrt, um dann ihren Racheplan in die Tat umzusetzen. Warum sonst wurde er auf dieselbe Weise erstickt wie damals das Mädchen?«

»Wenn sie von der Vergewaltigung wussten, warum haben sie ihn dann nicht angezeigt?«, fragte Bergmann.

»Vielleicht hatten sie damals Angst vor ihm wie Siebenbrunner. Oder sie sind erst später draufgekommen. Möglicherweise war die Tat zu diesem Zeitpunkt schon verjährt.« Vorausgesetzt, Rupert Kronsteiner hatte das Mädchen nicht umgebracht. Denn Mord verjährte nie.

»Und warum ist Barbara Liebminger ebenfalls mit einem Plastiksackerl erstickt worden?«, fragte Bergmann.

»Vielleicht hängt das mit diesem Massagetermin zusammen, keine Ahnung«, sagte Sandra. Im Augenwinkel nahm sie Bewegungen wahr. Sie wandte sich den Männern in ihren Salonsteirern zu, die sich neben dem Kircheneingang aufstellten. Kurz entschlossen stand sie auf und ging auf sie zu. »Entschuldigung, für wann ist denn das Ende der Totenmesse anberaumt?«, sprach sie die Männer an.

Sechs Augenpaare lugten skeptisch unter drei Steirerhutkrempen hervor. »Müsst' jeden Moment aus sein. Sie ham eine Viertelstund' später ang'fangt, weil eine Angehörige des Verstorbenen ned da war«, erklärte ihr einer der Männer.

»Und ist sie noch gekommen, die Angehörige?«, fragte Sandra nach.

»Wer will das wiss'n?«

Sandra zückte ihren Dienstausweis. »Sandra Mohr, LKA Steiermark.«

»Die Mess' hat ohne den Verstorbenen sei' Schwester ang'fangt. Is aber gut möglich, dass die später noch nach'kommen is.«

»Wir war'n die ganze Zeit unten in der Aufbahrungshalle. Von dem her wiss' ma nix Genaues«, ergänzte ein anderer Mann.

»Viktoria Kronsteiner ist also nicht zum Begräbnis erschienen«, wiederholte Sandra nachdenklich.

»Wenn s' inzwischen ned in der Kirch'n is«, wiederholte der Mann, als ob sie ihn nicht schon beim ersten Mal verstanden hätte.

Sandra bedankte sich und kehrte zur Bank zurück, als der erste Schlag der Kirchenglocke sie jäh aus ihren Gedanken riss.

Die Sargträger verschwanden paarweise in der Kirche, um ihrem Auftrag nachzukommen.

»Steh auf«, sagte Sandra zu Bergmann.

»Wieso?«

»Aus Pietätsgründen?«

Bergmann schnaubte, ehe er sich erhob.

Der Pfarrer trat als Erster aus der Kirche, die Männer mit dem Sarg folgten ihm. Hinter dem Sarg schritt eine unbekannte ältere Frau her, eingehakt bei einer jüngeren, gefolgt von zwei Männern um die 40. Dahinter erkannte Sandra Marlene Illmaier neben einer kleineren dunkelhaarigen Frau. Der Wirt der Polsterhütte, der

Förster und der Liftwart der Polster-Talstation schlossen den kurzen Trauerzug ab. Einzig die Schwester des Verstorbenen war nicht unter den Trauergästen. »Da stimmt was nicht«, murmelte Sandra.

»Hm?«, fragte Bergmann.

»Viktoria Kronsteiner ist nicht da.«

»Wie?« Bergmann suchte den Trauerzug ebenfalls mit seinen Blicken ab.

»Komm!«, sagte Sandra.

»Ich komm ja schon.«

2.

Wieder meckerten die Ziegen, als die Ermittler aus dem Wagen stiegen. Eine getigerte Katze lief schnurstracks auf Bergmann zu. Der sprang fluchend beiseite. Mehrmals klingelte Sandra vergeblich an der Haustür. Schließlich drückte sie die Klinke hinunter. »Es ist offen«, rief sie Bergmann zu.

Der ließ vom Fenster ab, durch das er eben einen Blick in die Stube geworfen hatte.

Sandra ging voraus. Im Haus herrschte gespenstische Stille. Umso lauter tickte die alte Pendeluhr im Vorzimmer. An der Türschwelle des Schlafzimmers angekommen, wusste sie, dass ihr Gefühl sie nicht getrogen hatte. Beide Ermittler zogen die Einweghandschuhe aus ihren Gesäßtaschen und streiften sie über die Finger, ehe sie den Raum betraten.

Die Frau in Schwarz lag wie aufgebahrt auf dem Bett, ihre Arme auf der Brust gekreuzt. Auf dem Kopf ein Plastiksackerl, um den Hals ein verknotetes Seidentuch, das die Luftzufuhr verhinderte. Direkt neben ihrem Kopfpolster hockte der schwarze Kater, als würde er den leblosen Körper bewachen. Luzifer fauchte, als Sandra nach der obenliegenden Hand der Frau griff, um ihren Puls zu fühlen, der ohnehin nicht mehr spürbar war.

Bergmann klatschte ein paar Mal in die Hände, um den Kater vom Bett zu verscheuchen. »Schleich dich da runter!«, sagte er und schenkte dem fliehenden Luzifer keine weitere Beachtung. »Das könnte das Sackerl sein, nach dem wir gesucht haben«, meinte er. »Adam & Sons. Das große A …«

»Da ist ein Kuvert unter ihrer Hand.« Vorsichtig zog Sandra einen unbeschrifteten versiegelten Briefumschlag hervor.

»Ein Abschiedsbrief?«, fragte Bergmann überrascht und reichte ihr sein Taschenmesser. »Mach ihn auf.«

Vorsichtig öffnete Sandra das Kuvert an der Oberkante, ohne das altmodische rote Siegel zu brechen. Sie zog den Brief heraus und entfaltete ihn möglichst behutsam, um keine Spuren zu vernichten. Was auf den ersten Blick wie der Abschiedsbrief einer Selbstmörderin aussah, konnte schließlich auch der Täter verfasst und bei der Leiche platziert haben, um die Polizei in die Irre zu führen. »Der Teufel ist in mich gefahren. Der Geist meines Bruders tobt in mir«, las sie laut vor.

Bergmann hob die Augenbrauen. »Klingt nach ernsthaften psychischen Problemen«, meinte er.

»Nur im Tod kann ich meinen Frieden finden. Bei unseren Schwestern – im ewigen Licht«, fuhr Sandra fort.

»Hatte Viktoria Kronsteiner Schwestern? Oder war sie bei einem christlichen Orden?«, fragte Bergmann.

Sandra schüttelte den Kopf. »Vermutlich hat sie ihre toten Freundinnen Edith und Barbara gemeint.«

»Aha. War's das schon?«

»Nein ... Marlene, Sabine«, las Sandra weiter. »Unser Pakt ist erfüllt. Brecht euer Schweigen. Befreit euch von eurer Schuld. Büßt für eure Sünden. Er ist euch näher, als ihr denkt.«

»Wer?«, fragte Bergmann ratlos. »Ihr Bruder? Oder der Teufel?«

»Ich glaube, das ist ein und derselbe.«

»Ach so.«

»Wir sehen uns im ewigen Licht«, las Sandra weiter. »Gezeichnet: Viktoria. P.S.: Ihr könnt dieses Vermächtnis vernichten. Mein Geständnis hab ich der Polizei geschickt, um euch und mich zu erlösen.«

Wieder wanderten Bergmanns Augenbrauen nach oben, diesmal überrascht.

»Sie hat wohl angenommen, dass ihre Freundinnen ihre Leiche finden würden«, sagte Sandra.

»Möglicherweise wussten die beiden ja auch von ihren Suizidplänen.« Bergmann griff zu seinem Handy.

3.

Einmal mehr meckerten die Ziegen wild durcheinander, als der Streifenwagen am Moserhof vorfuhr. Durchs Fenster der Stube sah Sandra zuerst Schaunitzer, dann eine uniformierte Polizistin aussteigen, gefolgt von Marlene Illmaier und einer zweiten Frau in Trauerkleidung, die beide dem Fond des Wagens entstiegen. Die kleinere Dunkelhaarige, die schon beim Begräbnis an Marlene Illmaiers Seite gewesen war, musste Sabine Breitfuß sein. Als Fensterputzerin, die am Tatort in Leoben beobachtet worden war, kam sie wohl nicht infrage. Es sei denn, sie hatte eine blonde Perücke getragen.

Die Frauen wurden in die Wohnstube geführt, wo die LKA-Ermittler bereits auf sie warteten. »Setzen Sie sich bitte«, sagte Sandra.

»Was ist mit der Vicky? Ist sie nicht hier?« Sabine Breitfuß nahm neben ihrer Freundin Platz.

Beide trugen den gleichen Anhänger an einer kurzen Silberkette um den Hals, der Sandra schon an Viktoria Kronsteiner aufgefallen war. An Barbara Liebmingers Hals hatte sich keine solche Kette befunden. Nur das Klebeband über dem Plastiksackerl, das ihr die Luft zum Atmen genommen hatte.

»Frau Kronsteiner ist tot«, verkündete Bergmann ansatzlos.

Beide Frauen sahen ihn erschrocken an.

»Wir gehen von einem Suizid aus«, sagte Sandra, sich ebenfalls setzend. »Dieser Brief ist wohl für Sie beide gedacht.« Sie schob den Abschiedsbrief, den sie inzwischen für die Tatortgruppe in einem wieder verschließbaren Plastikbeutel asserviert hatte, über den Tisch. Höchst wahrscheinlich hatte Viktoria Kronsteiner ihn geschrieben. Die Handschrift im Brief und in ihrem Kalender war augenscheinlich identisch.

Marlene Illmaier zog beim Lesen Farbe auf. Sie weinte, während Sabine Breitfuß stocksteif dasaß, das Gesicht wie versteinert. Anscheinend hatten beide nichts von den Suizidplänen ihrer Freundin gewusst.

Sandra nahm das Beweisstück wieder an sich.

»Sie können jetzt gleich ein Geständnis ablegen, was Ihre Situation erheblich verbessern würde«, erklärte Bergmann. »Oder aber Sie warten, bis wir das Geständnis Ihrer Freundin überprüft und alle weiteren Beweisstücke und Zeugenaussagen ausgewertet haben, die Sie belasten. Das würde sich dann allerdings negativ auf Ihr Strafmaß auswirken.«

Marlene Illmaier schluchzte los. »Wir sind keine bösen Menschen. Wir wollten doch nur, dass eine alte Schuld beglichen wird. Und dass der Rupert keiner mehr …«

»Halt dei' Gosch'n!«, unterbrach Sabine Breitfuß sie.

»Wie Sie wünschen … Dann werden Sie beide jetzt unverzüglich nach Graz überstellt und getrennt voneinander verhört«, entschied Bergmann, ehe Sandra die Frauen über ihre Rechte aufklärte.

KAPITEL 10

Samstag, 2. August, Pfarrkirche St. Anna, Graz Gösting

1.

Diesmal war alles anders. Die Kirche kleiner und schlichter, die Gäste nur halb so zahlreich wie bei Julius' Hochzeit. Die meisten Leute trugen Tracht. Auch Sandra hatte ihr Dirndl aus dem Kasten geholt, wie es sich für eine Trachtenhochzeit gehörte. Nur Bergmann stand im selben Sommeranzug wie vor zwölf Wochen da. In einer steirischen Tracht konnte sich Sandra ihn auch beim besten Willen nicht vorstellen. Ein Schmunzeln huschte über ihr Gesicht.

»Ist was?«, fragte Bergmann.

Sandra schüttelte den Kopf.

Zu den Klängen der Orgel und Bläser schritt der Brautvater an ihnen vorbei, seine bildhübsche Tochter eingehakt. Vor dem Altar übergab er Miriam im blütenweißen Hochzeitsdirndl ihrem Bräutigam, der im festlichen Erzherzog-Johann-Anzug mit weißer Weste ebenfalls gute Figur machte. In den letzten Monaten hatte Stefan Baumgartner bestimmt an die zehn Kilogramm verloren, schätzte Sandra. Wenn nicht sogar mehr. Das Zupfen an ihrem Kittel ließ sie hinunterblicken.

Sarah, die zwischen ihr und Bergmann herumzappelte, sah zu ihr auf. Dass Sandra ihren Finger an den Mund legte, damit sie schwieg, ignorierte die Kleine geflissentlich. Nicht von ungefähr war sie Bergmanns Tochter. »Miriam ist sooo schön – wie eine Prinzessin«, plapperte sie lautstark gegen die Trompete an. »Glaubst du, kauft mir der Papa auch so ein schönes Kleid?«

Die Frau in der Reihe vor ihnen drehte sich um und warf Sandra einen vorwurfsvollen Blick zu. Als ob sie ihre Tochter wäre und nicht die des Mannes, der gerade so tat, als würde er sein Kind nicht kennen.

Sandra beugte sich zu Sarah hinunter. »Wenn du später einmal heiratest, bestimmt. Aber jetzt sei bitte still und mach einfach, was alle machen.«

Sarah nickte dermaßen ernsthaft, dass Sandra erneut schmunzeln musste. In ihrem rosafarbenen Kleidchen mit der weißen Lochstrickweste, den weißen Söckchen und den Riemchen-Lackschuhen erinnerte sie das Mädchen an die einzige Puppe, die sie in ihrer Kindheit besessen hatte. Mike hatte sie als Vierjähriger von oben bis unten mit Kugelschreiber beschmiert und ihr die himmelblauen Schlafaugen eingedrückt. Nur, um seiner großen Schwester etwas zu Fleiß zu machen. Die Mutter hatte ihr damals versichert, er habe es nicht böse gemeint. Er sei doch noch viel zu klein, um zu wissen, was er tat. Das wusste er 25 Jahre später wohl noch immer nicht. Griseldis hatte die Puppe geheißen, fiel Sandra wieder ein. Wie war sie bloß auf diesen schrecklichen Namen gekommen? Sogar die Locken, die Andrea in aller Herrgottsfrüh in Sarahs blonde Haare gedreht hatte, ähnelten Griseldis'. Sandras hellbraune Haare hatte die Freundin, passend zum Dirndl, zu einem Kranz eingeflochten. Bergmann fand diesen ziemlich albern. Aber was wusste der schon von Trachtenfrisuren?

Andrea war anschließend ins steirische Thermenland aufgebrochen, um sich dort nach Strich und Faden verwöhnen zu lassen. Sandra war diskret genug, in Gegenwart von Bergmann nicht nachzufragen, wer sie begleitete, und wünschte ihr ein schönes Wochenende.

Mit Bergmann und seiner Tochter hatte Sandra anschließend in ihrer Lieblingsbäckerei gefrühstückt, ehe sie gemeinsam zur Hochzeit nach Gösting fuhren. Bergmanns Exfrau verreiste in letzter Zeit häufiger ohne die Kleine, sodass Bergmann seine Freizeit öfter als früher mit Sarah verbringen konnte. Inzwischen hatte er ein Au-pair-Mädchen aus Italien engagiert, das sich um Sarah kümmerte, wenn er Dienst hatte. Nebenbei konnte die Germanistikstudentin angeblich auch noch ganz hervorragend kochen.

Als Sandras Blick durch die Reihen schweifte, entdeckte sie einige Kollegen vom LKA Steiermark. Manfred Siebenbrunner war nicht unter ihnen. Miriam hätte ihn auch dann nicht zu ihrer Hochzeit eingeladen, wenn er nach dem Disziplinarverfahren nicht nach St. Pölten versetzt worden wäre, wo er seinen Dienst im LKA Niederösterreich verrichtete. Allerdings nicht mehr als Abteilungsleiter.

Die Mordfälle in Vordernberg und Leoben waren soweit aufgeklärt. Wiewohl sich manches nicht mehr rekonstruieren ließ. Einige Geheimnisse hatten die Opfer mit ins Grab genommen. Für ein Gerichtsverfahren gegen Marlene Illmaier und Sabine Breitfuß reichten die Beweise allemal.

Marlene Illmaier hatte das umfassende Geständnis von Viktoria Kronsteiner bestätigt, das sich beinahe wie der Krimi einer fantasiebegabten Autorin las. Schon vor Jahren hatten die vier Frauen einen Pakt geschlossen und sich geschworen, Rupert Kronsteiner bei der nächstbesten Gelegenheit seiner gerechten Strafe zuzuführen.

Angefangen hatte alles, als die damals 19-jährige Viktoria das alte Hexenbrett ihrer Großmutter auf dem Dachboden des elterlichen Hofs fand. Aus Neugierde beschäftigte sie sich näher damit. Bald schon sollte daraus Besessenheit werden. Anfangs rief Viktoria den Geist ihrer verstorbenen Großmutter an, der ihr prompt antwortete. Es folgten viele weitere spiritistische Sitzungen. Immer in der Hütte am Präbichl, die der Vater hinterlassen hatte. Auch seinen Geist versuchte die junge Frau damals mehrfach anzurufen, doch dieser antwortete ihr nie. Stattdessen tauchte irgendwann Ediths Geist auf, der berichtete, dass ihr Bruder Rupert sie vergewaltigt, geschwängert und später erstickt hatte, weil sie sein Kind nicht abtreiben wollte. Viktoria verschwieg diese Nachricht aus dem Jenseits, wissend, dass ihr kaum jemand glauben würde. Am allerwenigsten die Polizei. Doch Edith erschien ihr immer wieder und forderte Gerechtigkeit. Eines Tages offenbarte sich Viktoria ihrer Mutter. Der Bruder war inzwischen Gynäkologe und wollte demnächst die Praxis in Vordernberg übernehmen. Die Moserbäuerin glaubte ihrer Tochter nicht. Lieber hätte sie diese für unzurechnungsfähig erklärt, als ihren Sohn eines Verbrechens zu bezichtigen.

Viktoria konnte ihr Hirngespinst nicht vergessen, wie ihr die Mutter geraten hatte, sondern vertraute sich Sabine, der Schwester des toten Mädchens, an. In einer gemeinsamen Séance rief sie Ediths Geist an. Fortan war auch Sabine von Kronsteiners Schuld überzeugt, der mittlerweile in seiner Praxis in Vordernberg ordinierte. Sabine wusste, was zu tun war. Ihr Plan begann, sich zu formieren und mit jeder Séance zu verdichten.

Das Schicksal wollte es, dass Doktor Rupert Kronsteiner nach Kanada auswanderte, ehe die Frauen ihr Vorhaben in die Tat umsetzen konnten. Vielleicht ahnte er ja auch, dass er in Lebensgefahr war. Oder er ging fort, weil er inzwischen weitere Frauen missbraucht hatte und befürchten musste, aufzufliegen und zur Rechenschaft gezogen zu werden.

Als er fort war, erzählte Marlene ihrer Freundin Viktoria, dass ihr Bruder sie in seiner Praxis missbraucht hätte. Aus Scham und Angst vor ihm hatte sie geschwiegen. Und sie wollte auch zu diesem Zeitpunkt keine Anzeige erstatten. Was hätte es schon gebracht? Der Täter war über alle Berge. Der Plan, sich zu rächen, falls er jemals wieder nach Vordernberg kommen würde, kam Marlene gerade recht. Sie stieg in den Pakt der Frauen ein. Die Vierte im Bunde stieß nur wenige Wochen später zu ihnen. Wie Marlene hatte Doktor Kronsteiner seine Sprechstundenhilfe ebenfalls in seiner Praxis missbraucht. Allerdings hatte Barbara sich anschließend in ihren Arbeitgeber verliebt, war schwanger von ihm geworden und folgte seiner Anweisung abzutreiben. An den Folgen dieses Eingriffs wäre sie beinahe gestorben. Kinder konnte sie seither keine mehr bekommen. Der Doktor war fort, als sie aus dem Krankenhaus kam. Ohne auch nur ein einziges Wort für sie hinterlassen zu haben. Auch Barbara schloss sich dem Pakt der Frauen an, bevor sie nach Leoben übersiedelte. Die Freundinnen vereinbarten, sich jedes Jahr am zweiten Samstag im November in der Hütte am Präbichl zu treffen und Ediths Geist anzurufen. Ihren Pakt wollten sie jährlich erneuern.

»Sandraaa …«

Das Zupfen an ihrer Schulter ließ Sandra aufmerken.

»Du musst auch machen, was alle machen«, sagte Sarah.

Sandra war so sehr in Gedanken versunken, dass sie als Einzige noch immer auf der Kirchenbank saß. Erschrocken sprang sie auf und stimmte ins Gebet ein. Es dauerte nicht lange, bis ihre Gedanken wieder zu dem geisterhaften Mordfall abglitten. Viktoria Kronsteiner und Marlene Illmaier hatten beide zugegeben – die eine in ihrem Abschiedsbrief, die andere beim Verhör – an der Verschwörung und Ermordung von Doktor Rupert Kronsteiner und Barbara Liebminger beteiligt gewesen zu sein. Sabine Breitfuß schwieg bis heute und ließ ihren Anwalt für sich sprechen.

Den IT-Experten des LKA war es gelungen, die defekte Festplatte von Barbara Liebmingers Laptop wiederherzustellen. Darauf befand sich ein Video, das bei einer Séance aufgezeichnet worden war. Die Stube war in Kerzenlicht getaucht, das flackernde Schatten an die Wand warf. Erst rief Viktoria Ediths Geist an. Ein seltsames Knistern und Knacken war zu hören, während die Frauen ihre Fragen stellten, die meisten zu ihrem Racheplan. Viktorias Finger, die auf einem Plättchen lagen, glitten über das Hexenbrett zu den jeweiligen Buchstaben, die eine Antwort ergaben.

»Was soll mit seiner Leiche geschehen?«, fragte Sabine.

»Polsterlift«, lautete die Antwort.

Immer wieder wurde nachgefragt, bis das erschöpfte Medium die Sitzung beendete. Ein anderes Video zeigte, wie die Frauen ihren Pakt erneuerten und besiegelten. Die Blutstropfen aus ihren Fingern wurden in die kleinen silbernen Kapseln gefüllt, die sie um den Hals trugen.

Marlene sagte aus, dass sie Barbara vor deren Ermordung die Kette abgenommen hatten, weil sie den Pakt gebrochen hatte. Sie war in der Nacht der Nächte nicht wie ausgemacht erschienen, hatte stattdessen mit der Polizei gedroht, wenn sie künftig nicht in Ruhe gelassen werden würde, und die Freundinnen mit den Videos der Séancen erpresst, die entstanden waren, damit keine der Frauen aussteigen konnte, ohne sich selbst zu belasten. Barbara war zur Gefahr für die anderen geworden. Deshalb musste sie sterben. Zudem hatte sie den Auftrag gehabt, die persönlichen Gegenstände des ermordeten Doktors aus dessen Hotelzimmer zu entsorgen und nicht bestätigt, ob sie diesen durchgeführt hatte. Weder den Laptop mit den Beweisvideos noch Kronsteiners Sachen hatten ihre Mörderinnen in der Wohnung gefunden. Auch keine Versicherungspolizze, nach der sich Sandra im Verhör erkundigte.

Die Versicherungsgesellschaft gab schließlich Doktor Manuel Lassacher als Begünstigten an. Ob es ihm und der Bürgerinitiative gelingen würde, den Polsterlift zu retten oder die weiterhin unbekannten Pläne der Bürgermeisterin umgesetzt wurden, würde die Zukunft weisen.

Marlene gestand, zusammen mit Sabine die abtrünnige Freundin Barbara unter dem Vorwand besucht zu haben, den erfolgreichen Pakt mit ihr feiern zu wollen, mit ihr Sekt getrunken und getan zu haben, was zu tun war. Diesmal ohne zuvor Ediths Geist befragt zu haben. Ihre Spuren samt der leeren Flasche entfernten die beiden Frauen ebenso gründlich, wie Viktoria am Sonntag alle Spuren am ersten Tatort in ihrer Hütte am Präbichl beseitigt hatte.

Dorthin hatte sie ihren Bruder am Freitagabend eingeladen und vorgeschützt, mit ihm sprechen zu wollen. Doktor Kronsteiner war mit einem Geschenk für sie, einem seidenen Halstuch, gekommen. Dasselbe Tuch, das später um den Hals ihrer Leiche geknotet gewesen war. Mit dem alten Jagdgewehr zwang Marlene ihn ins Schlafzimmer, wo er sich ausziehen musste und ans Bett gefesselt wurde. Sabine penetrierte ihn mit der Kerze, damit er am eigenen Leib spürte, wie es sich anfühlt, vergewaltigt zu werden. Danach kastrierte ihn die frühere Tierarzthelferin, wie es der Pakt schon seit Jahren vorsah. Marlene stülpte ihm das vorbereitete Plastiksackerl über den Kopf, das Sabine mit Klebeband um seinen Hals fixierte. Dasselbe Klebeband verwendete sie auch bei ihrem zweiten Mord.

Marlene bestätigte, in der ersten Tatnacht den Zugang zum Polsterlift ermöglicht und diesen in Betrieb genommen zu haben, um die Leiche ein Stück weiter hinauf zu befördern und für alle sichtbar bloßzustellen. Wie Edith es von ihnen verlangt hatte.

Dass Barbara den Doktor einen Tag vor seiner Ermordung im Spa massiert hatte, wusste Marlene nicht. Möglicherweise war diese Begegnung ja der Grund gewesen, den Pakt zu brechen. Vielleicht waren Barbara Zweifel gekommen, dass der fremde Mann Rupert Kronsteiner war. Da sie am Begräbnis der alten Moserbäuerin nicht teilgenommen hatte, wusste sie nichts von seinem Unfall und den Eingriffen, die sein Aussehen radikal verändert hatten. Oder etwas anderes hatte sie davon abgehalten, ihren Teil der Abmachung zu erfüllen. Der Grund dafür würde sich wohl nicht mehr nachvollziehen lassen.

Ebenso wenig konnte sich Sandra erklären, warum Viktoria behauptet hatte, Barbara aus den Augen verloren zu haben, wo sie doch annehmen musste, dass ihre Lüge früher oder später auffliegen würde. Auch, ob sie Teile der Post von ihrem Bruder an die Mutter hatte verschwinden lassen, blieb unklar. Vielleicht hätte sich damit das Rätsel lösen lassen, warum sich Doktor Kronsteiner für die Erhaltung des Polsterlifts hatte einsetzen wollen. Vielleicht aber auch nicht.

Auf alle Fälle hatte er bekommen, was er aus Sicht der Frauen, der toten wie der lebenden, verdiente. Gut möglich, dass es auch in Kanada welche gab, die aus Angst und Scham schwiegen und die ihn lieber tot als lebendig sahen. Hinweise dafür gab es jedoch nicht. Auch in Kanada lagen keine Anzeigen gegen den Doktor vor. Aber das musste nicht zwangsläufig bedeuten, dass er sich dort nichts hatte zuschulden kommen lassen.

»Miriam Seifert«, ließ die Stimme des Pfarrers Sandra wieder aufhorchen. »So frage ich dich nun vor Gottes Angesicht: Willst du den anwesenden Stefan Johannes Baumgartner zu deinem Ehemann nehmen?«

Ruhigen Gewissens ignorierte Sandra das vibrierende Handy in ihrer Tasche. An ihrem freien Wochenende gab es keinen Grund, sofort nachzuschauen, wer sie anrief. Viel lieber folgte sie dem Höhepunkt der Trauungszeremonie und freute sich für Miriam und Stefan, denen sie von Herzen eine lange glückliche Ehe wünschte. Samt Nachwuchs, der hoffentlich noch ein paar Jahre auf sich warten ließ.

EPILOG

Das Schlössel mit seinen Erkern und Türmchen, das sich an den Fuß des Plabutsch schmiegte, kannte Sandra bisher nur von Weitem, da es sich in Sichtweite der Göstinger Straße befand. Hier wollten Miriam und Stefan heute den schönsten Tag ihres Lebens feiern, dem hoffentlich noch viele weitere schöne folgen würden.

Mit dem Sektglas in der Hand steuerten Sandra und Bergmann einen der Stehtische an, die im Grünen aufgestellt waren. Sarah hatte sich inzwischen mit einem Mädchen in ihrem Alter angefreundet und tollte irgendwo im Schlosspark herum. Sie prosteten sich zu, als Sandra plötzlich der versäumte Anruf wieder einfiel. Sie nippte am Muskatellersekt und stellte das Glas ab, um ihr Handy aus der Tasche zu holen. Auf dem Display schien Andreas Name auf, außerdem eine neue Nachricht. Statt ihrer Freundin meldete sich nur die Mailbox.

»Hallo, Andrea«, sagte Sandra. »Ich bin jetzt wieder erreichbar. Wir sind im Plabutscher Schlösserl. Ein romantisches Platzerl … wahrscheinlich kennst du es eh. Also melde dich, wenn du was brauchst. Ansonsten wünsche ich dir noch ein schönes Wochenende! Bussi, baba.«

Sandra beschloss, Andreas Nachricht noch abzuhören.

Gleich nach der Ansage stockte ihr der Atem.

»San-dra …«, wimmerte Andrea. »Hilf mir … bitte … komm … er ist …« Erst ein markerschütterndes Kreischen. Dann ein dumpfer Schlag, dem Stille folgte. »Keine weiteren Nachrichten. Sie befinden sich jetzt im Hauptmenü«, verkündete die Ansagestimme.

Sandras Herz schlug bis zum Hals. Zweifellos befand sich ihre Freundin in Lebensgefahr. Wenn sie nicht gar schon tot war.

ENDE

DANKSAGUNG

Mein ganz besonderer Dank gilt Norbert Fussi vom Komitee zur Rettung des Polsterlifts, der mir keine Antwort auf meine zahlreichen Fragen rund um den »Classic Einser« schuldig geblieben ist und mich zur Veranschaulichung mit entsprechendem Fotomaterial versorgt hat.

Ich bedanke mich bei meinem Mann Hannes Rossbacher, der mich seit einem Vierteljahrhundert durchs Leben begleitet und unterstützt. Ich liebe dich.

Ein herzliches Dankeschön geht an meinen Kollegen Oskar Feifar, der mir immer wieder beratend zur Seite steht, an den Gmeiner Verlag, allen voran an meine Lektorin Claudia Senghaas und an meinen Verleger Armin Gmeiner.

GLOSSAR DER ÖSTERREICHISCHEN UND STEIRISCHEN AUSDRÜCKE UND ABKÜRZUNGEN

Allibert, der Der Herstellername war das Synonym für den Spiegelschrank, der ab den 1960ern die häuslichen Badezimmer eroberte
anlassig aufdringlich
Anser, der Einser; einheimischer Name für den Einser-Sessellift auf den Polster
Blunzen, die Blutwurst
entrisch einsam gelegen, abgeschieden
Erzherzog-Johann-Anzug, der die elegante Version des Steireranzugs für festliche Gelegenheiten
Grantscherm, der missgelaunter Mensch
Greibl, das altes Fahrzeug
hudeln sich beeilen, hetzen
Kittel, der Dirndlrock
Krimineser, der Kriminalbeamte
liegen gehen schlafen gehen
LKA 8 KPU die für Kriminalpolizeiliche Untersuchungen zuständige Abteilung im LKA (Kriminaltechnik)
PAN Primary Account Number; Identifizierungsnummer von Bankomat-/ec-Karten und Kreditkarten
Patschen, der hier: Hausschuh; auch: Loch im Reifen
picksüß sehr süß
Plabutsch, der höchster Berg in Graz
Salonsteirer, der eigentlich: Altsteirer Anzug; anspruchsvollere Ausführung des Steireranzugs

Schlapfen, der Pantoffel
schöpfen arbeiten
sierig gierig
umanand herum
Wölli, der ungehobelter Mensch

Weitere Krimis finden Sie auf den folgenden Seiten und im Internet:

WWW.GMEINER-SPANNUNG.DE

CLAUDIA ROSSBACHER
Steirerland

978-3-8392-1683-5 (Paperback)
978-3-8392-4643-6 (pdf)
978-3-8392-4642-9 (epub)

MORD IM VULKANLAND Sandra Mohrs Auszeit neigt sich dem Ende zu, als sie der Ruf des Chefinspektors Sascha Bergmann zu einem Leichenfund ereilt. Diensteifrig folgt die LKA-Ermittlerin diesem in ein Waldstück nahe Straden, um dort den verstümmelten Toten zu begutachten, dem beide Hände fehlen. Wenig später erfährt sie, dass es vor Kurzem einen ähnlichen Mord in der Nähe gab – der Leiche waren die Beine abgetrennt worden. Sandra befürchtet, dass der Täter bereits ein weiteres Opfer im Visier hat. Und sie soll recht behalten …

CLAUDIA ROSSBACHER
Steirerkreuz

978-3-8392-1536-4 (Paperback)
978-3-8392-4367-1 (pdf)
978-3-8392-4366-4 (epub)

MORD AM PILGERWEG Als Sandra Mohr und Sascha Bergmann ins Mürzer Oberland gerufen werden, erwartet sie ein seltsamer Leichenfund. Ein Mann und ein Hund wurden kopfüber an einem Baum aufgehängt. Ist der Tatort unweit des Pilgerweges nach Mariazell ein Hinweis auf einen religiös motivierten Ritualmord? Welche Rolle spielt die blinde Magdalena, um die sich im Dorf alles zu drehen scheint? Und was verbirgt Pater Vinzenz, der sich so rührend um sie kümmert? Die Spuren führen die LKA-Ermittler in die Vergangenheit …

GMEINER SPANNUNG

WWW.GMEINER-VERLAG.DE
Wir machen's spannend